张云成著　黑明摄影

漓江出版社

假如我能行走三天

图书在版编目（CIP）数据

假如我能行走三天 / 张云成著；黑明摄影.—桂林：漓江出版社，2008.6
ISBN 978-7-5407-2968-4

Ⅰ.假… Ⅱ.①张…②黑… Ⅲ.成功心理学 Ⅳ.B848.4

中国版本图书馆CIP数据核字（2008）第079898号

假如我能行走三天

作　　者	张云成著　黑明摄影
责任编辑	庞俭克　魏志明
特约编辑	张大诺
美术编辑	罗　森
责任校对	徐　明　田　芳
责任监印	唐慧群

出 版 人　杜　森
出版发行　漓江出版社
社　　址　广西桂林市安新南区356号
邮　　编　541002
发行电话　0773-3896171　010-85893190
传　　真　0773-3896172　010-85800274
邮购热线　0773-3896171
电子信箱　ljcbs@163.com
http://www.Lijiang-pub.com
印　　制　山东新华印刷厂德州厂
开　　本　710×980　1/16
印　　张　13
字　　数　233千字
版　　次　2003年4月第1版
印　　次　2009年11月第2版第2次印刷
印　　数　32 001—35 000册
书　　号　ISBN 978-7-5407-2968-4
定　　价　19.80元

目　录 >>

001

第一章　一封让编辑惊讶的读者来信

进行性肌营养不良是一组原发于肌肉的遗传性疾病，由于先天性基因缺陷，引起细胞膜功能紊乱，产生肌原纤维断裂、坏死而引起肌肉疾病。其主要临床特征为某些对称部位的肌群进行性无力和萎缩。

007

第二章　一生只上过一天小学

我坐在房檐下一条长板凳上，看着几十个同学在远处玩"丢手绢"。脑后那块校牌子被风吹得"呱嗒呱嗒"……

014

第三章　与病魔斗，让自己晚些告别行走

当初害怕的一切就这样全都成了现实，怕站不起来，现在真的站不起来了；怕拿不动一本书，现在真的拿不起来了，而且我也明白病情将不断恶化，直到连笔也握不住了！

021

第四章　指引我写作的人

一个使我从迷茫中走出，大踏步走向理想的人，一个彻底改变我命运并让我的生命为之丰富多彩的人……

的生命；感谢三哥，是三哥在我病危的时候为我祈祷……

　　感谢生命，感激亲情……

彭明榜
一个生命的梦想和传奇（代序）

云成的书终于要出版了，我们都为他高兴。当您手捧着这本书的时候，亲爱的读者啊，您捧着的是一个年轻人滚烫的梦想，是一份原本卑微的生命经由苦斗赢得了尊严的奇迹。知道云成的故事是在去年的一个冬夜。那晚，当我照例打开电脑，收看邮件，下面的一段话闯入了我的眼睛：

他因病从小到大只上过一天学。

20年只能天天在炕上坐着，眼中唯一的风景是自家的院子。肌肉萎缩到不能自己穿衣和洗脸，拿不起一本书、一杯水。他叫张云成。他写就了一部17万字的书稿。这是第一部由肌无力患者写就的、真实再现肌无力患者生活以及坚强的励志之作。他说：我终于证明了一点，我在这个世界存在过、奋争过！

只读了这几句导语，我的心便立刻亢奋起来。经验告诉我，这将是一篇十分适合《中国青年》的好稿。我一口气将那篇题为《为活着书写证据》的稿子读完，其间好几次热泪盈眶。我为云成知道自己只能活28岁的残酷真相后仍淡定从容而心房震颤，更为他执著写书的坚强而感动，特别是文中所引的一段段"云成书稿"让我看到了其中独特的生命体验和价值。我当即拨打了作者亓昕留下的手机号码，但可惜亓昕关机。第二天，我与亓昕取得了联系。我告诉她，云成的故事让我感到震撼，我想看到云成的全部书稿。当晚，亓昕将十几万字的"云成书稿"发到了我的邮箱里。这时候我才知道，云成的故事背后还有故事。这背后的故事的主角就是亓昕的丈夫张大诺。大诺是黑龙江某报的编辑，云成17岁那年给他写了第一封信，其时云成刚得知自己病情的真相。善良的大诺从此成了云成精神上的"大哥"，是他鼓励云成把自己的生命体验写成一本书，是他一篇篇像老师批改学生作文一样指导云成写作并帮云成把所有文章输入电脑，是他一直悄悄地给云成寄钱买稿纸、看病。6年多的时间里，大诺一直把帮助云成写出一本书当成自己工作以外的"事业"，而云成则把这本书当作了自己生命的所有寄托和意义。

读完云成的17万字是在夜深人静之时，我读这部书稿时的种种感受在此不必赘述了，我只想告诉读者的是：我当时产生了一种冲动，那就是想用一整期《中国青年》将云成的书稿发完，做成一本专刊，然后再找一家出版社帮云成把书出版圆他的出书梦。

第二天，我敦请本刊首席摄影、著名摄影家黑明尽快前往云成家，并嘱他在云成家多住几天，多拍一些精美的能反映云成的生活状态的照片，以备刊用。

遗憾的是，后来因为方方面面的原因，我的想将云成的书稿做成一本专刊的想法没能成为现实，退而求其次地将云成作为一期《中国青年》封面人物的设想也未能实现。最后，我们只在2003年第2期《中国青年》上用了八个版来向读者介绍云成。虽然这样的报道规模在近年的《中国青年》上已属空前，但我还是觉得愧疚。

令人稍感慰藉的是，许多读者都被云成的事迹所打动，他们纷纷打电话、写信到编辑部，询问云成的具体情况，并向云成捐款捐物。特别让我感动的是，浙江桐庐一位名叫刘思福的"母亲"，在看过报道仅一星期后，就寄了两件毛衣到编辑部，让转给云成和他的三哥。

这位母亲附了一封短信给我，大意是，她的家里也比较困难，但还是订了一份《中国青年》给她的两个儿子（一个在读高三，一个读高一）看。看了云成的故事后，她急忙去买了毛线，赶着给云成和云成的三哥各织了一件毛衣，算是表达对云成一家的敬意。

如果说云成在绝症面前的坚强表现的是一种人生的大勇，那么，张大诺对云成以及读者们对云成的关怀则是一种大爱。《中国青年》有幸见证了这种大勇和大爱，并以自己的方式弘扬了这种大勇和大爱，这是一种难得的缘分。现在，通过漓江出版社出版的这本小书，亲爱的读者您也与这种大勇和大爱结下了难解的缘。我们不期望您从中只得到感动和震撼，更期望您从中得到一个信念：每个人的生命都能写成一本书，属于您自己的那本同样精彩。

在您读这本书的时候，请收下我代云成对您的感谢，您的阅读就是对他的理解和珍重，就是与被疾病隔离的他作了一次心与心的交流。

最后，我想起张大诺曾经这样鼓励云成：你写吧，你的书要是出版了，你就会成为中国的保尔，中国的海伦·凯勒。或许，云成就其高度而言，不可能达到保尔和凯勒那样，但就其与命运搏斗的精神而言，就其为生命赢得的尊严而言，他与保尔和凯勒确是可堪比拟的，他们都是人生的英雄。

(作者为《中国青年》编委会副主任、《青年心理》杂志社社长)

马 云

为云成的书再版序①

2007年9月，在网商大会上，我见到了轮椅上的张云成兄弟俩，尽管之前淘宝的同事跟我讲起过他们的事迹，但见面还是让我震撼不已。我难过，因为重度的肌肉萎缩使他们无法站立；我感动，因为他们的眼睛里不是痛苦和沮丧，而是感恩和坚强！

云成兄弟身残志坚，他们不仅在淘宝上开店自立，更加难得的是，他们还积极参与到网商互助的事业中，去帮助"魔豆妈妈（宝宝）"等人。云鹏50块钱一幅的画，每卖出一幅，就拿出10块钱做为捐款。他们说，只要饿不着，能让别人的生活因为我们有一点改变，哪怕这个改变特别小，我们也会觉得很快乐。

我认为，给别人最需要的东西是伟大的，而把自己最需要的东西给别人则更加伟大！云成兄弟就是这样的人。他们是网商的楷模，我和我们所有的同事为有这样的网商而骄傲。

网商的互助，网商的自立和自强，一次次地感动着我，他们让网络的上空到处飘扬着爱的旗帜，并激励着我们的团队在前进的道路上勇敢无畏。同时我们也庆幸，我们能有这样的平台可以为社会服务。

---

① 《假如我能行走三天》（繁体字版），台湾城邦文化事业股份公司商周出版2008年5月出版。

云成在书稿完成前，积劳成疾，昏迷了五天五夜，才顽强地醒过来。他说："也许，我的生命就是为了这本书存在的……"。感谢城邦公司出版云成的呕心沥血之作，希望网商间这种手拉手、薪火相传的爱心互助能温暖和影响广大的读者。

（作者系阿里巴巴董事局主席）

引　子

在黑龙江省五大连池市风景名胜区青泉村，有这样一位农村青年：

因病从小到大只上过一天学，连汉语拼音都不懂。

二十年只能天天在炕上坐着，眼中唯一的风景是自家院子。

肌肉萎缩到不能自己穿衣和洗脸，拿不起一本书、一杯水……

除了家人在世界上没有一个朋友，家里经济状况不太好。

现在，大拇指也萎缩，握笔也很困难……

他叫张云成。

他写就了一部二十余万字的书稿。

书稿的诞生，从他自学汉语拼音开始……

由肌无力患者写就的、真实再现肌无力患者生活以及坚强的励志之作。

他说：我终于证明了一点，我在这个世界存在过、奋争过……

亓 昕

他知道自己只能活 28 岁

黑龙江省五大连池风景区青泉村。

沿着村西的一条土道再往西走，一些草坯房寂寥地分布着，张学臣老汉的家就在这里。我们在比肩的屋檐下穿过，有两只鸭子吵闹着跑开。低头，越过门槛，终于看到了张学臣的两个儿子：云鹏、云成。

他们在那铺局促的炕上相对而坐。坐着，只是坐着，算一算，有 20 年了。

而 20 年的时间，足够一个人酝酿奇迹……

"进行性肌营养不良是一组原发于肌肉的遗传性疾病，由于先天性基因缺陷，引起细胞膜功能紊乱，产生肌原纤维断裂、坏死而引起肌肉疾病。……世界卫生组织列其为人类五大疑难病症之一。""兄弟多同患此病，病人最后因肺部肌肉萎缩无法呼吸窒息而死……他们的生命不会超过 28 岁。"（摘自云成书稿）

第一次确切地知道自己和三哥云鹏的病之残酷是在一封笔友的来信中，那时云成 18 岁，三哥 21 岁。看过信后，云成望了靠在对面墙上的三哥一眼，没说什么，心却一点儿一点儿凉下去。"五大疑难病症……不会超过28岁……"这些确凿的词语就像魔鬼的宣判，云成一阵阵发冷，对一个少年人来说，知道自己的死期，无疑是一件恐怖的事情。但一转念，云成开始自嘲：我和三哥也够"难得"了，得了个世界级的疾病……接着，他看电视、看窗外、看蜻蜓在自家院子里的植物上轻盈地掠过，再与三哥说笑，那封信，像句咒语，被他藏在了箱子的最底部。

这病是从娘胎里带来的，3岁左右开始"显形"。到了7岁，云成只能很慢地走，不能跑跳，周身无力。该上学了，父母把他送到村办小学，学校以残疾儿童的身份收下了他。第一天上学的下午，他坐在学校房檐下的木凳上看同学们在不远处玩游戏，风很大，校牌子在风中发出"呱嗒呱嗒"的声音，同学们在笑啊唱啊。坐了一个下午，放学回家后他就感冒了，从此就再也没有进过校园。

在一篇《我也曾上过一天学》的文章中云成写道："从那以后，我就再也没进过学校……有时，看见一个背着崭新书包的小孩儿走过视线，我都会很感慨：觉得自己像是一个已入暮年的老人……"

这就是一个只上过一天学的人，所描述的自己的心理活动。就是从那天以后，云成开始了漫长而艰难的自学之路。12岁那年的一天，云成用二哥教给他的拼音，认识了"理想"这个词，字典里说"理想就是对未来事物的想象或希望"，云成想了想："哦，这是个好词……那我的理想是什么呢？作家，对！作家！"在他小小的心灵世界中，作家就意味着有很多知识，受人尊重，能够赚钱治自己和三哥的病。此时，他并不知道在这之后的若干年里，为了自己的理想他竟会承受如此之多的煎熬与磨难，从那天起，他用那一点日渐稀薄的力量，开始努力构建一种叫做意志的非凡的东西。

而对他这样一个进行性肌无力患者，追逐理想，就像在刀尖上舞蹈——

当给人家递东西却递不动而掉下时；头上痒但怎么也够不着时；当炕太热，我不能把脚抬起来，尽管我可以用手按住腿，左右稍稍晃动一下脚，但仍不能离开那越来越烫的炕时，总有阴影笼罩在我的心头。

吃饭时，我左胳膊支在腿上，右胳膊肘支在桌子上，这样才能去夹菜，每吃一口菜，我都要将上身伏下去，然后再用力地坐直了，每一次都非常非常吃力。（现在的云成已经完全靠母亲喂了——编者注）

前些日子，一杯开水被大哥不小心碰洒了，眼看滚烫的开水就奔我的脚来了，我下意识地用力搬自己的腿，可我的力气太小了，根本搬不动！

我只能眼看着那冒着热气的开水淹没了我的脚……（摘自云成书稿）

云成妈把炕烧得很热（即使是夏天），不烧不行，两个孩子皮包着骨头，炕凉全身都冰凉。我坐在炕头，朝窗外望去，那是云成和三哥二十几年来的唯一视野，园子里的玉米秆豆角架蹿得老高，挡在那儿，那后面的乡村、乡村里的田野、田野里的牧童和那泊着安静白云的天空，他们，他们根本看不见——二十几年啊！

而只要学习，云成就是最快乐的人。

第一次看到小学《语文》第一册是什么时候我已经记不清了，但当时的情形还清晰得一如昨日：我翻着这本掉了许多页的书，注意到了一个个奇怪的拼音字母。大哥看我看语文书，问我："你会拼吗？"

"不会。"

大哥说："你看这不是'上'吗，就拼'上'。"

我问大哥："咋拼呀？"

大哥说："就那么拼呗。"

从未学过也没接触过拼音的我怎么能理解大哥这句话呢，大哥说："学会了拼音就什么字都认识了。"

大哥这句话对我的诱惑太大了，我就让二哥教我拼音。

我非常认真地学，每一个音我都问二哥好几遍，直到把每个拼音字母的音都念准了。我太想学会拼音去认识汉字了！

二哥教完了，我就抓紧学习。二哥说："能把一个拼音字母从四声念到一声，就算学会一个拼音字母了。"我那时也真够笨的，怎么也不能念全一个拼音字母的音，但我不承认自己不行，就一遍一遍不嫌烦地念、凝视书本背诵，或用粉笔在炕上练习……经过勤奋的学习，我很快就把拼音全学完了。（摘自云成书稿）

云成活着的全部动力都在于他的作家梦的实现。我很想看看云成是怎么握笔写字的，但几天前得的一场大病使他一直打吊瓶，身体素质差，药液不吸收导致双手严重浮肿，别说握笔，灵活地动一动都有困难。云成妈捧着那双馒头一样的手，想揉，怕云成疼，不揉，自己心里疼，看了一会儿，终于叹了口气，轻轻地放下了。那双手是云成实现理想的全部保证，它是他最大的骄傲，更是他最大的恐惧——

　　我深感病魔在一天一天将我推向深渊。我真的很怕失去所有肌肉，怕不能自己吃饭，怕让妈妈喂，最害怕的是握不住笔，实现不了我的作家梦！

　　每当想到这儿，我真想哭，真想找一个没人的地方，哭上三天，这么想时我的泪水真的流出来了……

　　当一本稍厚一点儿的书怎么也拿不起来的时候，我心里就像刀绞一样难受，这时我觉得世界上所有东西都是那么重。我多么渴望自己能有许多肌肉，能有力量呀，在三哥摔倒在炕上时能去拉他一把，在侄女哭闹时能拿玩具逗逗她。现在，我的病情发展得非常快，1999年春天，我的右手大拇指在不知不觉中变得无力了。以前，它是可以自如弯曲的，而现在它只能是直愣愣的，一丁点劲也使不上，就跟不是我的一样！

　　写作时最让我头疼的有两点：冬天和发烧。

　　在冬天，健康人并不觉得屋子凉，而我和三哥会觉得冷，脚如果不盖就会冻脚，就别提露在外面的手了。

　　写几分钟就得把笔放下，用什么东西焐一下手，暖一暖，而且天冷时手没劲的频率更快，很快就握不住笔了，那种感觉就是干使劲使不上，意识里在一次次用力，手却没有感觉。

　　冬天拿笔时也不灵活，需要半分钟才能把它拿起来，而且还不能立刻握紧它，需要一点点使劲……因此每次写作都是在吃完饭后立刻进行，这时候身体是热乎的……

　　发烧时全身发凉，跟泼了凉水似的，胸口疼，后背也疼，尤其是头疼，疼得连想东西都很难受，但我不能放下笔，因为我一发烧即使用药及时、充分也得躺一周，一周之内什么也不写，不行！两个小时内身体如此难受，即使只能写两三百字，也要坚持写。

　　一写完就更难受更疲劳了，注意力全转到"不舒服"上了，就躺下睡觉，而睡觉前看着自己写的东西，觉得心里是那么踏实，放心了，没什么事了，可以好好睡

一觉了……（摘自云成书稿）

云成自己清楚地知道不远的一天，他那双手会永远地告别笔，我问他到那时怎么办？他说：要是书写完了，变成那样也没事儿……

热乎乎的火炕，似乎很招苍蝇，有几只很兴奋地飞来飞去，偶尔停在云成或云鹏的身上，他们动不了，拍子就近在咫尺，他们够不着……云成不善表达，他自己总结说是很少说话的缘故。写作之外的云成看上去是个内向沉默的孩子，我能够懂得他的紧张和眼神里快速的闪躲，而在他自己梦想的世界里，他生命的丰富、尊严和大气，足以令每一个人充满敬意——在一封信中他写道（信为鼓励一个因学习成绩不理想而产生轻生念头的小女孩而写）：

从懂事那天起，我就面临着只能活到28岁的无情命运。

10岁，我只能举起一个枕头；12岁，我只能拄着棍儿走路。

14岁，我走不出院子；16岁，完全不能走了，只能直直地站着。

18岁，不能下地；20岁，胳膊举不过头顶。

如今，我拿不动一杯水……

生活完全不能自理！

我所承受的，是不是比你的要沉重，要令人痛心呢？虽然现实如此残酷，我却从没想过要去死，要去退缩，我只是想人生无论怎样都不该白活！不能白活！绝对不能白活！我今年22岁，到28岁还有6年，你今年16岁，到22岁还有6年，而你到22岁时，我可能已经……

好好活着，好吗？

你未来的路还长着呢，这次考试只是对你的一次考验，对于整个壮丽的人生之旅，对于不仅仅是为了活着而活着的人生来说，考试的失败是不是太微不足道了？只要有志气，在什么情况下都是强者！（摘自云成书稿）

屋子的一角，是一堆摆放得密密麻麻的点滴瓶子。云成妈张罗着做饭，她的背总是微弓着，走路也不太灵便，说话的工夫她卷起了裤脚，两条小腿因为腰椎与腿部骨质增生压迫神经已明显一粗一细。她站在地上给我看她的双腿，她看上去是那

011

么疲惫瘦弱，20年来，她几乎每天晚上每隔10分钟就得起来给两个儿子翻身，白天的每分每秒他们更是离不开她……说起前一阵子云成病得差点"过去"的事，她终于忍不住哭了，泪水对这个苦难深重的家庭来说，或许已没有太大的意义，但对一个母亲来说，爱永远是最深沉的表达。

乡村的天似乎黑得早些，几个邻居家的孩子陆续回家了，那两只鸭子也进了窝里。开饭了，地上炕上各放一个桌子，但炕上那个小桌已经没什么实际用处了——云成、云鹏都得靠妈妈喂。我们这些健康的人在吃，他们在炕上看着。云成执意说自己不饿，使劲别过头去拒绝妈妈送到嘴边的饭，我知道，他不是不饿，他只是不想让我们看到他被妈妈喂饭的情景……

小侄女打开了电视，那台21英寸的彩电是云成二哥在1998年用打工一年的积蓄为两个弟弟买回来的，炫目夸张的广告使这户人家热闹了许多，园子里种得密密匝匝的作物与蔬菜黑寂下来，看上去有点儿吓人，某颗星斗在远处寂寞地闪烁着。

在村寨的灯光之下，云成看上去敏感而俊美，在他年轻的、蜡黄的脸上，有种执拗与高傲，那是他与命运抗争的表情，是他为理想鏖战的印记。

——引自《中国青年》2003年第2期

第一章 一封让编辑惊讶的读者来信

1996年6月，《黑龙江广播电视报》编辑张大诺收到一封署名张云成的读者来信，这封信让他十分震撼，他给张云成回了信。他没想到，一本由肌无力患者写就的、将给无数人以鼓励的书从此"开头"了。他更没想到，张云成竟然只上过一天学！连汉语拼音都是自学的！他同时不知道，写这封信时张云成实际上处在人生的一个黑暗期……

编辑你好：

我是一个农村青年，是个17岁的男孩，我虽然是个男孩，但我的心情却常常……

当我看到秋天里那如雪片一样坠落的树叶时，心里就阵阵酸楚。这时我觉得我就是一个快要冬眠的小昆虫，在冬天就要来临之际，对这个世界充满着无限的留恋。

我的病已得了14年了，在这14年里，我一半的时间是在痛苦中度过的。

3岁时，别人家的孩子都能满地跑了，可我还得走一会儿歇一会儿。这被细心的爸爸妈妈发现了，于是四处为我治病。当时的医学技术还不够先进，所以到最后也没有一个完整的结论。但综合所有检查，我得的可能是——进行性肌肉萎缩。

我的三哥已经得了肌肉萎缩，我们得上了同样的病……

14年过去了，我的病不但没好一点，而且还加重许多，现在我连站起来也很费劲了。

回首往事，真是令我感慨万千。记得4年前我还能扶着墙走很远，可我现在连半步也走不了了，这真让我不敢相信呀……

当夏天来临时，炎热的天气使我的心情极为烦躁，这时我真想用我的双腿猛地跑出去，跑出这个闷热的屋子，跑进冰冷的大海里，让刺骨的海水浸透我的身体，浸透我"正在燃烧"的心。

每当我看到别人家的孩子背着书包高高兴兴上学时，我真是羡慕极了，我真想也跟他们一起去上学，去读书，去做游戏。但是，我的腿……我只能永远坐在屋子里，用渴望的眼神望着外边。

我时常想：我和三哥还不如个犯人！我们是被判无期徒刑的犯人，我们这一生也不会被释放呀。我们将永远被锁在这个狭窄的"监狱"里。

那年冬天，有一次妈妈在炕上做针线活，她让我去西屋把剪子拿来，那时我走路还是很轻松的，于是我拔腿就走，刚走几步就被一个小土包卡了个跟头，我的脸出了血，哭了起来。妈妈把我抱起来，抚慰我说："孩子别哭了，明天妈妈就给你抹上水泥地。"一听到这话我哭得更大声了。因为我知道家里很穷，一袋水泥钱也很难拿出来，果然，打水泥地面一下就推迟了好几年。

如今平整的水泥地面已经打好了，可我也不能走了……

我现在真想上去走走啊……

每当我想到这里，我就特别想大声地哭，哭他十天十夜永不起来。

我现在的劲跟以前比起来真是小多了，以前我能举动的枕头，现在举不动了；以前能拿动的一块砖，现在拿不动了；以前能抻动的弹弓子，现在抻不动了。前几天我二哥好不容易给我买来了一把打石子的枪，满心欢喜地给我送来了。这枪特别好看，我也特别喜欢，但我把这枪一拿到手，心里就全凉了，因为我搂不动！

这时我真是难受极了：既有对二哥的惭愧，也有怕别人看出我搂不动的担心。此时我真有无地自容之感。

因为我全身肌肉都已经不同程度萎缩，终于，我什么也玩不"动"了……

当我一寂寞的时候，我就听我最爱听的《二泉映月》，伴着那委婉动听的琴声我每每百感交集……

虽然爸妈从没向我们说过我们的病会发展到什么程度，但我们心里早已尽知了。

我也曾经想过死，甚至连遗书都想好了。但转念一想：我死了又有什么用呢？不是更加重家人的伤心吗？再说我才只有17岁呀，我还有许许多多的事想知道，这么一想我就不想死了，因为我还没有活够！

其实死也是一种无能的表现。你要是不无能，你就该好好地活着！去跟那许许多多的困难作斗争，只有无能的人才选择死来解脱自己。我不是一个无能者，我不能死。

人活着就应该有理想。我的理想是当一名大作家。这个理想对于我来说未免有些过于夸大。我知道在前进的道路上会有数不清的困难和坎坷，但我坚信一句话：

世上无难事，只怕有心人。

当朝阳慢慢升起的时候，是我努力学习的好时候；当明月悄悄爬上树梢时，也是我努力学习的好时候。

无论什么样的人，只要活着就应该对这个社会作出自己的一点贡献。残疾人虽然不能用正常人作贡献的方式，但可以用别的方式。如果你失去双腿，那么你可以当作家；如果你失去了双眼，那么你可以当音乐家和演奏家……这些不都是为社会作贡献的方式吗。

不经历风雨，怎么见彩虹。

所有的残疾人朋友们，让我们携手共进。经历命运的风雨，去见那成功的彩虹！加油吧！

张云成

1996年6月

张（大诺）哥您好：

我是云成，您的信我收到了。看过信后我特别激动。张哥，我很愿意和您交朋友。而且我要特别感谢您能给我回信，并且还要帮我写书。

当我知道我的作文被你们看了后，又惊讶又高兴。惊讶的是我觉得我的作文也不怎么好，可您却给了我很高的评价，高兴的是我的作文终于有读者了。

我现在的病情还是那样，但拿笔还是能的，前两天我还写了篇作文，这次给您邮来了，您看看哪写得不好，一定要给我指出来。

我是个残疾人，失落和消沉是时常会有的，有时我经常会觉得这生活很没意思，这可能是因为不自信了。

关于您要帮我写书的事我觉得我现在的文化水平太低，还有许许多多的知识没学，对了，我得说实话：我没上过学，连汉语拼音都是自学的，现在就写一本书好像太早了。虽然现在写书不行，但我愿意让您跟我说说写书的详细办法，因为这对我写作文也有帮助啊。

张哥，现在我向您请教几个作文方面的问题：记叙文的格式是什么样的？一篇好的记叙文应该是什么样的？

谢谢您对我的鼓励，我一定不会忘，我一定会好好学习。

祝您生活愉快，工作顺利。

你的朋友：云成

我第一次发现了自己这种病

那是1998年夏天，我的一个笔友给我邮来一份进行性肌营养不良的资料，读后我才真正认识了这种病的严重性。

进行性肌营养不良是一组原发于肌肉的遗传性疾病，由于先天性基因缺陷，引起细胞膜功能紊乱，产生肌原纤维断裂、坏死而引起肌肉疾病。其主要临床特征为某些对称部位的肌群进行性无力和萎缩。

临床仍在试用的有加兰他敏、肌生注射液、肌细胞移植等，但仍不能阻止疾病发展，基因治疗仍在实验阶段。

看完这些资料，我的心一下就凉了，我的病不能治！

病情无法阻止发展！我将慢慢地死去，受尽疾病的折磨……

我想哭但哭不出来。我想到了我死之前的那一情景：肺部因肌无力而呼吸困难，憋得我脸色发白。家人们都在我身旁痛苦地看着我。最后我因大脑缺氧而睁着大大的眼睛死去……

我真的很害怕很害怕，我还想多活几年，多享受一些人间的快乐，去实现我的作家梦。可疾病会将我带走的，走得那样急，急得还没来得及为成功而欢呼。而我走了亲人会为我伤心的，我不想让他们哭，我想让他们快乐……

人活一回就这样地结束了吗？！我想找个没人的地方放声大哭一场，大哭一场！！！

时间对于人的一生是非常珍贵的，生命只有一次，尤其对我这个患有"不是癌症的癌症"的病人就更是贵中之贵了。怅然若失之后，我必须面对现实！

病，已经得了，哭又有什么用，与其蹉跎残生，不如奋起一搏！

即使我这一搏没有实现理想，没有什么结果，那我也心甘情愿，因为这总比虚掷光阴要强！

（特约编辑注：很久以后云成在一篇稿子中提到与上面稿子有关的内容：

写那一篇《我第一次知道自己的病》时，有些资料放在小箱子里，我就去找这个资料，正常人找它有八九分钟就够了，但我需要用近一个小时，我的手没有劲，翻东西拿东西都很慢、很累，用手用几分钟就得歇几分钟，而休息时手也不好立刻拿出来，只能放在箱子里休息着，然后再去找……）

（特约编辑注：应要求，云成写来了一封信，介绍了家庭基本情况。）

家庭成员姓名及年龄：
张云成，23岁。
爸爸张学臣，57岁；妈妈李敬琴，56岁；大哥张云凯，31岁；大嫂韩桂霞，32

岁；二哥张云才，28岁；二嫂杨金波，26岁；三哥张云鹏，26岁；大侄女张海钰，9岁；二侄女张海宁，2岁。

我们现在4口人（大哥、二哥已分出单过），以爸爸种地为生，共有土地8亩。爸爸不定期地干一些零活儿。

张云鹏：1977年7月21日出生（属蛇）。

张云成：1980年4月26日出生（属猴）。

张云鹏病情变化记录：3岁发病；6岁走路觉着费力；9岁走不了路；13岁腿伸不直了；15岁腰开始弯曲；17岁不能自己吃饭；19岁手指伸不直；20岁用手画画开始觉着吃力；23岁开始用嘴叼笔画画；24岁嘴唇也有点无力了；25岁脖子开始无力；26岁春季感冒明显重于往年。三哥全身肌肉几乎已全部萎缩，全身骨骼全部变形，成为体重仅达20多公斤的残疾人！他的一生真的是好苦哇！

张云成几乎每天都需要输液。

第二章　一生只上过一天小学

大约在我8岁时（1988年），爸爸和妈妈把我送到了村上办的小学。尽管我是残疾儿童，但学校老师仍然收下了我，并答应父母会个别照顾我。老师点名的时候，看着这个人站起来喊"到"，那个人又站起来，我很是不解，老师喊到我名字时，我根本没听见，这时一个小伙伴捅了我一下，我还没弄明白是咋回事就喊了一声"到！"

中午下课时，所有的同学都去操场上做游戏，老师让我也到外边看看。我坐在房檐下一条长板凳上，看着几十个同学在远处玩"丢手绢"。脑后那块校牌子被风吹得"呱嗒呱嗒"（那个声音至今还清楚地被我记着，时常响在我耳边）。那天风很大，又是阴天，再加上我在房檐下板凳上坐了很久，到家我就感冒了。在我的记忆里我还记着：我趴在炕上哭了……从那以后，我就再也没进过学校……

再也没有进过学校……

离开了学校，但我还要学习呀。没有老师教，我只能自己学，学语文课文分段，也不知道自己分得对不对，也没人给我看；遇上一个新数学定律我不知道怎么才能将它灵活运用；散文应把握一个什么原则才能形散神不散？什么是名词？什么是动词？我都不知道……

我渴望有个老师，我渴望能去学校读书。

后来在十几年内我曾无数次憧憬自己又去学校读书的样子，你想听听吗？

虽然我已二十多岁了，但我仍开着电动轮椅来到小学，与孩子们一起上学，我成了他们中的焦点人物，因为我有现代化的电动轮椅，还因为我知识"渊博"。一开始我们有些陌生，但很快，他们把我围了起来，开始摸轮椅，摸摸这儿，摸摸那儿。我也看出他们的心思，让他们闪开，我扳动动力杆，电动轮椅往前走了，我身后是他们的惊讶声赞叹声。很快我们成了朋友。

半年时间，我便从一年级升到了五年级，我的人生阅历比同学们丰富得多，我也更懂得学习的重要性，课后我为同学们讲他们没理解的问题，他们围着我或蹲或坐，歪头仔细听我的讲解。久而久之，我便成了他们的优秀辅导员，更成了他们的好朋友，有啥事都爱找我商量。

同学们办报，请我当顾问，请我帮着设计版面；编选刊发内容，逐渐我由顾问变成了主编。我们的报纸办出了特色，成为校办报纸中的典范。由于我的学习成绩和对学校作出的一点点力量，所以我每年都受到学校的表扬。面对表扬，我不骄不躁，脚踏实地地继续努力。

星期天，我带领同学们打扫校园，在校园里栽树，种花，美化校园。

对了，还有师生情深！到教师节时，我会亲手为尊敬的老师做一张美丽的卡片，表达我对老师的敬意和问候！

很快地我就又走向初中校园，身后是衷心祝福的目光，眼前是一片火红的朝霞，感慨之间，我更胸怀万丈豪情！没几年，我就又将步入大学校门，与同龄人一道为理想而发奋学习！

有时，我看见一个背着崭新书包的六七岁小孩走过我的视线，我都会很感慨：觉得自己像是一个已入暮年的老人……

这个孩子，你知道吗？我羡慕你，因为你能去学校读书。你有一个对你负责的好老师为你讲语文、数学、地理、历史课，你无须为该学什么该怎么学而发愁，而只要按照一个最好的学习路线走就行了……你的前途是美好的。哦，快上学去吧。而我，只能作以上这些想象了……

不当文盲　我在家自学拼音！

（特约编辑注：云成在很小时就对自己说，上不了学，我也不能当文盲！我可以自学！自己学拼音！）

第一次看到小学《语文》第一册是什么时候我已经记不清了，大概十一二岁吧，但当时的情形还清晰得一如昨日：我翻着这本掉了许多页的第一册《语文》，看上面如一个个故事的图画，在我看图画时，我注意到了一个个奇怪的拼音字母。大哥看我看语文书，问我："你会拼吗？"

"不会。"

大哥说："你看这不是'上'吗，就拼'上'。"

"怎么能叫'上'呢？它是怎么能拼出来的呢？拼是怎么一回事呢？"我脑子里一下子充满了许多问号。我问大哥："咋拼呀？"

大哥说："就那么拼呗。"

从未学过也没接触过拼音的我怎么能理解大哥这句话呢，大哥说："学会了拼音就什么字都认识了。"

大哥这句话对我的诱惑太大了，我就让二哥教我拼音。

1988年夏天，二哥开始给我们上拼音课。二哥很有责任心，给我和三哥订了本子，放上桌子，让我和三哥坐好，打开书本，开始认真教我和三哥学拼音。

我非常认真地学，每一个音我都问二哥好几遍，直到把每个拼音字母的音都念准了。我太想学会拼音去认识汉字了！

二哥教完了，我就抓紧学习，二哥说："能把一个拼音字母从四声念到一声，就算学会一个拼音字母了。"我那时也真够笨的，怎么也不能念全一个拼音字母的音，但我不承认自己不行，就一遍一遍不嫌烦地念……后来即使读准了也很快就忘了，但我坚持地再念，吃饭的时候也不忘练习它，这样一天下来，平时最爱忘的读音，却成了记得最牢的了。

"功夫不负有心人"，经过口干舌燥的背读，我终于会念了，而且我学得很快，因为我很用功。我一回忆那段日子，脑子里就会出现自己或凝视书本背诵，或用粉笔在炕上练习的情形，经过我勤奋的学习，我很快就把拼音全学完了。

学会拼音后，我学的第一个汉字仍是当初大哥给我指出而我不会拼的"上"字，当我用自己学过的拼音把它拼出来时，心里真的很快乐很激动，甚至为自己感到骄傲！这时我仿佛已驾驭了整个世界，这个世界上没什么事是难的！只要用心去学，什么都可以学会！

而当我拼出"上"这个字的时候，我才明白了大哥为什么把"就那么拼呗"说得那么轻松，是啊，就那么拼呗！

生字和数学同样能自学

拼音学得好，我也就非常爱学生字。

三哥他们看电视时，我就在一旁用粉笔反复在炕席上练习写生字；家人们休息时，我在一旁用字典查着生字；冬天，晚上睡觉前，我一个人坐在冰凉的被上，用手指在被子上画写着生字，手冻得冰凉冰凉的，可还是不想睡觉，还是想再多学几个。除了在课本里学习生字外，在生活中我更是见到一个不认识的字就学一个。

为了能随时练习生字，我把生字写在一个小纸条上，吃饭时看，玩时看，上厕所时也看，所以生字我记得就特别牢。一日一字，千日千字，积少成多，我就认识了很多字。

每时每刻我都要学，在什么地方遇到一个生字，我马上就把它抄在小本上，然后再查字典，因为我有一个梦：在一整页纸的字中没有一个字我不认识！

我也总想超过同龄人，用我学过的生字去考他们。有一次，表哥写字考我，可无论他写什么我都认识。考了半天他也没考住我。后来该我考他了，于是我随手写了一个前几天学的字，表哥歪着头看着它，嘴里不停叨咕着："这念什么呀？"我看他认不出，这心里别提多美了，我自豪地告诉表哥这个字念什么！

生字、词的来源是报纸和书。报纸上的生字不多，主要是生词。每当我读报读书时，我都会在旁边放上纸和笔，在报上见到生词马上记下来，看完后再集中查工具书。我的手边有二哥1995年去广东时留给我的《新编汉语词典》，这个词典词挺全的，一般的词都能查到，我非常喜欢。

在一段时间里，由于还没有课本，我就拿来《西游记》，先学上面的生字。我特意为《西游记》订了一个小本子，把在《西游记》上遇到的生字查完后全记在这个小本子上，然后我再一天学两个小本子上的生字，虽说不多，但只要我坚持，一年也有700多呢！

二哥对我特别好，不管到谁家，都留心看看有没有适合我看的书，如果有就借来，所以我总是有新的书能找到新的生字，就这么一直学下去……

在我七八岁时二哥曾教我背乘法口诀，当时觉得挺有意思的，经常闭着眼睛摇着头背，不过背会了也没想过再深学什么。

正式自学数学已经是12岁了，看着同龄小孩都会数学，还说着我听不懂的术语，我就想：我虽然不能上学，但我也得会数学！

二哥帮我弄来了几本小学数学教材，我开始学习了。

我一般是在下午学，屋子里只有三哥和母亲，我坐在炕上，一边看书一边琢磨、想着书里的话是什么意思。

一开始学得很顺利，二哥放学后再帮帮我，基本都懂了。学了一两册后就有难度了，许多东西不明白，我就在那绞尽脑汁地想：到底是什么意思呢？想的时候再看看家里东西，希望能找到与它有关的地方……但是仍然有太多不明白的地方。不过我从没想过放弃，同龄人都会，我不能不如他们呀！

在我家后院有一个人，他是小学毕业，经常到我家玩，我就问他数学，他一来我就问，他也愿意教我。再就是来串门的邻居，来一个我问一个，来一次我问一次！一开始也不好意思，但我看书时人家会问我："自己学数学？你太厉害了！不过你能看懂吗？"我一听就乐了，赶紧问他！

就这样，下午学习，来人就问，再有二哥和爸爸帮我，我一直往上学着，在数学上不断进步！

谁能给我小学课本啊……

自学，有些困难可以克服，但有些困难却……

我最想要的是正规的课本！

1998年春天到了，可我的课本还没有弄到，我心里很着急，拿起笔，给一个亲戚写了一封信，让她帮帮忙。可是这套书很难弄。

转眼到了1999年，我都二十岁了，但仍找不到我要学的小学课本，二十岁了，手里还没有小学课本啊！一个人自学为什么那么难啊？

后来我家安上电话，这为我弄课本提供了巨大的方便，于是我四处打电话，寻找着弄到书的可能，但还是失望了……

打电话到书店，没想到，书店里也没有全套的小学用课本，又一个希望破灭了，我又要开始漫长的等待。

后来在一些人的帮助下我弄到了第九册《语文》、《数学》，以及《自然》，行啊，有什么就先学什么，以后再复习吧。看着这三本花了好几年好不容易才凑到一起的课本，我感慨万千……

语文是这样，数学更不容易，但后来，数学学到第五六册就不得不放弃了，没有书了……

在那长达几个月的时间里我一直盼着新书的到来，等待时我经常设想一些场景，比如书到以后自己怎么学它，以及学明白时的快乐，这么想就越发激动与自信了……

但一想就是几个月。

书太不好弄了，一直拖下去了，直到有一天我终于相信：确实是很难弄到了，心就凉了……

数学，就这样放弃了。

现在我还经常看看那几本破旧的数学教材，心里想的是：太可惜了……要是书不断，到现在我连小学生都能教了……可事实却是许多小学的习题我还不会做……要是有书，这么多年了我都敢设想自学到大学课程呢……我不缺少学习毅力啊……

虽然有那么大的遗憾，但我也为自己高兴，毕竟通过自己的努力学到了有用的东西，没有让那么多时光白白流走……

自学作文

在我十二三岁时，我已经能认识、能写出许多字了，用手握笔也还方便，这时就有了一种冲动：想用"字"把自己的感受表达出来，那就是要写作文和小文章了，于是开始自学作文！

1992年，我写了有生以来第一篇作文。那是一个看图作文：一群小鸡和老母鸡一起出去叼虫子……我用半小时就写完了，一共写了一百多个字，至于水平也就是有啥说啥。但我仍十分兴奋，我在作文上面郑重写上我的名字、年、月、日，并要把它永久保存，现在我还能找得到它，已经都十年了……

写了第一篇，就更爱写下去了，很快地我就能写二百多字了。

因为是自学作文，所以总有这样的感受：找不到恰当文字表达我要表达的意思，就觉得肯定有这个词汇，但就是（在脑子里）找不到，着急啊！这时候也更明白自己学得太少了，还得好好学生字生词！因此学习欲望就更强烈了，同时有一个目标出现了：要把所有"肯定有，但找不到"的词都找到，顺利痛快地表达我的想法！

再到后来，一有点事我就想写东西，也能把瞬间感受立刻用字记下来了。对了，还有一个苦恼：就是写的时候总觉得不能把握文章走向，什么地方该详写？是否要另起一段？这个地方用不用继续写了？都不知道。但我没想过放弃，我要超过同龄人，在生字方面已经超过一些孩子了，作文也要超过他们。

二哥一直帮我改作文，他是我的小老师，告诉我问题所在，下次我就改正了，就不再犯同样的错误了。看到书上的成语以及好的字词我就立刻记下来，记在专门的本上，保证一天学几个新的词汇。

在自学作文时，我并不清楚未来能学到什么份上，也不知道未来能干什么，在我身边也很少有人问我，你的理想是什么。也许觉得我病成这样是不能有理想的，但我会问自己呀：云成，你的理想是什么？我立刻就回答自己说：我要当作家。

"作家"这个愿望在前方模模糊糊的，但这么多年，因为有它在前面，我就一直往前走了……现在想来它竟然有那么大的力量，让我在认识大诺哥之前一直就有了不懈的动力和热情……

张哥您好：

我现在挺好的，我现在每天学语文数学各一课（自然因没有书，所以也就没学）。对了！张哥，您邮来的书我收到了，这两本书都挺好，不过还都用不上，我只是先看看，《语文》初中第一册，我看了后，增长了不少知识，看到不少从前听说过而没看过的著名文章，使我写作文的思路开阔了许多。

张哥，我把《桂林山水》这篇课文背下了！

我觉得现在对读书还谈不上计划，到以后我的书读多了再计划吧。我现在就是想把现有的书读透，读出精华。虽然读书计划不能定，但写作还是可以的，我不知道怎么定更好，您帮我定一个行吗？

好了，先写到这了！

云成
1996.12.7

张哥：

　　您对我说先补中学的课。您可能还不知道我现在虽然18岁了，但我自学后的真实水平才达到小学四年级。现在要是只学中学语文还行，要是数学，我看还是早了点。学习得脚踏实地，一步一个脚印地学……您说呢？

　　张哥，您在信上问我现在都有哪些文学方面的书籍，我只有一本《少年儿童名篇鉴赏》。

　　缺少文学和作文书的原因有两个，一是经济条件不允许，二是我们这缺少这一类的书籍。而初中高中的课本我也很难买到……

　　对了，我最后想问您个问题，你们报纸刊登了毛泽东诗词十首，其中有一首诗中的一个字我不认识，查字典也没查着，我想问问您这字到底念什么。

　　祝您工作顺利，天天有好心情！

您的朋友：云成
1996.10.20

张哥：

　　你好！

　　又让你等了这么长时间，在此说一声对不起了。

　　又感冒了，又打了几个吊瓶。春天，对我来说，真是一个难熬的季节。常感冒不说，它更让我心情低落，产生悲观心理。

　　张哥，我想挣钱哪！我想挣稿费，我知道，我的文章还很差，还无法达到发表的标准，但我不怕，只要你给我提出不行的地方，不好的地方，我可以改呀，就是十次八次修改不好我也不灰心，我再改二十次三十次！生活中，有那么多用钱的地方，而家里又不富裕，爸爸总是说钱紧，我又如何好意思再开口呢。

　　电子辞典，是我多年向往的东西，我也攒了许多从报纸上剪下来的电子辞典广告，看着它富有现代气息的外表，我恨不得立刻把它拿下来。家里辞典是有，但有一斤多重，对我来说非常难拿，而且因它是1990年出版的，随着社会的飞速发展，有许多词在里面已查不到了。当然了，说什么都好像是借口，我只有一个理由：我就是想要它——就像爱车的人看见一辆世界名车想拥有它一样！

　　张哥，你能理解我这种心情吗？我想要，但我不愿被施舍，我想自己挣钱自己买！看着它那查字、查词、查询、记录等等的功能，我真是垂涎三尺，真想一下就用上它。请张哥帮我找一下看哪个报社要什么样的文章，如果是你们报社那就更好了。

　　请你原谅我用两种笔给你写信。

云成
1999.4.6

第三章　与病魔斗，让自己晚些告别行走

张哥你好：

　　这次给你邮去的虽不是日记，但这件事是真实发生过的，这件事我从来没跟家人说过，因为我不想让他们知道我的病已经发展到这个程度，我还有许多许多的事想去做，我也曾经发愤努力锻炼过肌肉，但都不见有什么好转。

我与我自己的一次"搏斗"

　　那是1997年夏天的事了，大哥去外地了，二哥在辽宁。这天爸爸和妈妈去我家地里种豆角，临走之前把里屋门关上了，可外屋门没关，他们刚走十多分钟，我和三哥就听见外屋进鸡了，不行，得把它轰出去！我一看屋门还关着呢，大声喊叫，鸡还不怕，这怎么办呢？

　　我们想了半天也没想出办法，最后只有一招了：就是我坐到地上，挪到门边，把门打开，然后把鸡轰出去。对此想法三哥说什么也不同意，他怕我下了地就再也上不来炕，我也想到这个问题了，可我又一想：前几年我从地上上炕还很轻松呢，现在就是再笨，也能上来吧。再说地上还有两个椅子呢，到时候可以借上力……

　　于是我说："没事，我怎么也上得了。"三哥说："你要是上不来，就得等妈回来了，妈得六点才能回来，现在才四点，那你得在地上冻两小时，再说要是让爸妈看见你在地上坐着上不来炕，那多不好啊。"

　　我想：也是啊，要是让爸妈看见我病得连炕都上不来了，他们会伤心的……我

有点动摇了，正在这时我听见鸡在外屋把什么东西弄倒了，响声让我急了，我决定马上下地。

我先把一根细棍子扔到地上，然后扶着炕沿坐在地上，又慌忙拿起棍子，挪到屋门，用棍子使劲打外屋的水泥地，鸡终于被轰出去了。

鸡出去了，我也该上炕了。

我急忙挪回到炕沿边，想跪起来然后一点一点爬上炕。可当我往起跪时，我觉得自己特别没劲，怎么也支撑不起沉重的身体，这时我的心一下子就凉了……

我怎么也不敢相信：我真的跪不起来了！

忍着剧痛，我倔强地往起跪，可最后我发现我真的跪不起来了……

跪不起来也得上炕！

我拽过来一把椅子，心想扶椅子怎么也能跪起来吧，但还是不行，这下我真失望了，我坐在地上看着四周都比我高的东西，心里有一种说不出来的难受……同时想着等会爸妈回来了，看我在地上坐着，他们该多难受啊……

我往上跪了一会，发现确实跪不起来，最多只能半跪坐在小腿上。但这样跪着身体压在腿上钻心地疼，但又没办法，只能疼一会了。唉！疼一会要是能上去也值，可费了半天劲，还是无济于事……

我一下又坐在地上，心里乱糟糟的，我又急又怕带着哭腔对三哥说："我真上不去了。"我真想哭，但又哭不出来。

三哥看我这样，有些生气地说："你哭有啥用啊，快想办法呀。"三哥看见地南边有个塑料壶，他眼睛一亮说："你把塑料壶拿来，坐在上边，不是好跪一点吗？"

我立刻去把塑料壶拿来，先把两个腿放到上面，然后再一点一点往上挪，当坐到壶上时，一下把它给坐瘪了。我"哎呀"一声，三哥说："没事，能上来管它呢。"我使劲猛地往椅子上一趴，但因为塑料壶太矮，怎么也扒不上去，我一看这也不行啊。正发愁时，三哥又看见地上另一个椅子上面有两个洗脸盆，他喊着："哎，你用洗脸盆多好啊，坐不瘪，又够高。"

我一听对啊，就用洗脸盆！

我把那个没水的脸盆拿下来，放在地上推着往回挪。洗脸盆与地面磨擦发出的声音特别大，这刺耳的声音让我心都颤了。我把脸盆推到炕边，把它翻过来，扣在地上，然后再往上坐。费了半天劲，总算坐到洗脸盆上了，我一点一点往椅子那儿挪，到椅子边后，又一使劲往上一趴，一下就趴到椅子上了！但硌得特别疼，可我不怕，因为我马上就能上炕了！

我牢牢地趴在椅子上，慢慢地往炕上挪，挪了一会，终于趴到炕上了！这时我真是高兴极了，我大声喊："终于又上来了！"

我虽然已经趴到炕上，可还不能说肯定上来了，因为我的腿在地上很沉，往前爬又爬不动，怎么办，我想了想，对！要是把腿支起来不就能上去了吗？于是就开始撑起支腿，但我的腿基本没有肌肉了，怎么支也支不起来。

我又有些失望了，但又一想：都上到这程度了，怎么能灰心呢，不行，我还得往上上！

没有肌肉的腿怎么能支起沉重的身体呢。于是我只好把上身往一旁挪，来抻这条腿。我把腿抻直后，一蹬，我的腿终于支起来了！然后使劲一支，就又坐到椅子上了，这下我心里有底了：肯定能上来！

果然，在椅子上坐起来后，一下子就挪到炕上去了！

我真高兴啊！对着三哥喊着："我终于又上来了！哈哈，又和你一般高了。"

这一刻我有一种多年不曾有过的激动，真的，我觉得自己是那么了不起，是的，那么了不起！我竟然从地上又上到炕上了！

我在抗争：只为晚一些告别行走

三岁患病，二十年来，病情在一步步恶化，每一次病情加重，都给我沉重打击，让我感觉这个世界离我越来越远。

在十几岁时，我拄着棍儿走还是挺轻松的，那时我也爱走，愿意体会"自己走"的那种好的感觉。冬天的寒冷也挡不住我，戴上手套，到外边去抓雪玩，感受人在飘雪中的心境，但毕竟我不像健康孩子，得了一两次感冒后冬天就很少出去了。

春暖花开，我重新获得自由！但当我拄着棍儿出去寻找那份感觉时，我那么害怕地发现：我的双腿已没有以前灵活有力，迈起步来很吃力很吃力……

腿是那样沉，那样沉……

莫非我也和三哥一样了……

那一刻，我只想哭，心里那么难过，血一下涌到了脸上，耳朵里呜呜直响。这是真的吗？秋天时我还不这样啊，我真的就不能快速走在平坦地面上吗？我的病真的又恶化了？而恶化的结果就是某一天——再也站不起来?!

再也站不起来?!

腿很沉，但我还是倔犟地使劲快走着，不想承认这是真的。松开杖子，硬硬地走起来，腿很飘，总担心摔倒，无论怎么使劲也走不了当初那么快。

终于，一个不大的小石子把我绊摔了，我不去想疼，只是什么也不顾地爬起来，继续往前走……

无论我怎么走，总也无法遮蔽事实：我确实走不快了。

望着这春天的小花小草，我的心里十分难过……

第二天早上醒来，穿上衣服，本能地下地刚要往外屋走，一下想起来腿已不像往日那么灵活了，我拄着棍儿，站在那儿，垂着头，心里想着，想着，不解地想着……我真的想不通，这是为什么？别的小伙伴此时正过着无忧无虑活泼玩耍的童年，可我却经历病情加重的痛苦煎熬！

我带着一种说不清的心情拄着棍儿扶着墙走出了屋门，外边依然是阳光温暖，充满活力，可我已不能感受它的美好了，心中只怀着一种依依惜别的情感，仿佛是在与它们告别……

是的，告别。明天也许将不再见面了。

我靠在窗台边，默默地看着这熟悉的一切，看着我那一双腿，默默地看着，没有任何感受……

扶着杖子，我垂下头，看着那条我曾经走过的路，痛苦地看着……

病情果然在恶化，夏天的时候，我跟二哥三哥出去玩，回来时，站在门口，我却不走了，我觉得腿太沉了，怎么使劲也迈不过那不高的门槛儿，我心里非常恐惧，怕二哥发现，怕有人说：你门槛都迈不过来了……我怕……

二哥问我为什么不进屋，我只好说：先等一会。

我站在那不安地弄着手里的棍儿，正难受的时候，园子里进了鸡，二哥急忙去轰鸡了，我趁二哥轰鸡的时候，果断地蹲下，开始——爬，"爬"着过了门槛儿，爬到了屋里炕沿边，然后赶紧起来……

我只能这样，只有这样我才可以逃脱心灵的痛苦，把悲伤埋在心底，不让家人为我愁苦。

随着病情的发展，我对身边能搀扶东西的依赖性越来越大，没有东西扶着，我就走不了，而那么巧的，大哥结婚那年为了抹水泥地面，不知情的爸爸把屋里东西全搬出去了！

我本想抹完水泥地面就让爸爸把木柜搬回来，可当地面干了以后，爸爸却觉得柜子遮挡住了光洁平整的地面，他们不知道：那木柜是我行动的搀扶、自由的保障呀！

家人不知道我病情的发展，我再也没什么东西可扶了，坐在炕沿边上，看着那平坦的水泥地面心里真是很委屈：为什么我能走的时候它是坑洼不平的，而我不能走的时候，它却那样平，那样净……

我不能就这样不能走了呀，我还要去看我种的"扫帚梅"，我还要去看小伙伴们的打闹，我还想跟着二哥他们出去看好看的飞机——想看一看那笨重的飞机为什么能浮在空中，我真的不想就这样不能走了呀，永远地与这间低矮小屋相伴。

为了阻止病情的发展，我曾经在那么多的日子里每天坚持走，坚持锻炼。

在还能走出这个屋子时，在还能感受阳光、清风的时候，在还能去看我爱看的那几棵参天白杨树时，我在心里发誓：坚持锻炼！虽不能控制病情的发展恶化，但肯定会让它迟一些发展，让痛苦的日子晚一些到来。

妈妈也督促我多走，但现在……要知道：我走了呀！我没少走啊！比妈妈要求的还多呢，我真的没有偷懒，我真的没有偷懒……

我太留恋这个世界了，我不想不能走！夏天，烈日当头的时候，所有人都在屋里乘凉，而我却一个人在外边院子里来回走，来回走！火一样的阳光让我汗流不止，可我一点也不在乎，手扶着板杖子尽量快地来回走着……

扶着杖子不是简单去扶，而是手指通过杖子缝扳住杖子。所以有时候一走快了手来不及抽出来，就会把手指别住，这时真的很疼。而且，我走路的样子就像是个刚学会走路的小孩，没有重心，走路时就像往前冲一样，刹不住，有时候眼看着前面有个东西将绊倒自己，但就是停不住，眼睛一闭冲过去，摔成什么样，就来不及想了……

走到后院的时候，我就觉着自己的腿很软很没劲，总想靠在墙上。我不去多想什么，只是让自己不停地走，不停地走，不停地走，不停地走……

晚上我仍然出去练习，后院的地还是那样地平整、干爽，风吹地上的小草依然让我为之感动，天已有些黑了，可我还在外边，扶着窗台东西来回地走……

我在锻炼时没少摔跤，膝盖上总有血，妈妈看我总是磕膝盖，就给我做个套子套在膝盖上，可我嫌热说什么也没戴，疼也比捂得慌强。

后来有一天我试探地放开扶墙的手，而放开手后，我竟然从炕边走到了窗前！而且还能走在宽敞的院子里，感受清风和畅快的心情！我的心里真的好高兴好高兴，脸上绽满了抑制不住的笑容。记得那天我走的路最多，以前所有我去过的地方我又都去了一遍，重新看了看。

那天晚上我觉着特别累，但到了安静下来后我在内心深处知道：我在欺骗自己，我并没有喜从天降般重获健康，而只是鞋子轻了，穿的衣服少了。现实终究是现实，而现实又不得不去接受，尽管它是那样地苦涩。

走不了，我又开始练习站立。

那些天我天天去站着，用胳膊肘支在缝纫机上，让腿站在地上，让腿用力，这样站一会后，我再扶缝纫机站一会，我可真怕自己连站起来都费劲！

站起来后我总觉得肌肉被抻得很紧，我同时还要把头仰起来，这样就可以让腰尽量伸直，不至于让身子向前倒。站直后特别吃力，后来，我的病继续发展，恶化。到后来我已经不"敢"再练习走练习站立了，害怕在试的时候又发现病情继续恶化，再到后来，已经不指望再"重获健康"了，腿真的一天天没劲了。这是现实，不是不愿意接受就可以不接受的……

对此，只能接受了……

我就这样被永远禁锢在这个低矮的小屋里了，我也曾痛苦过，也曾渴望过，渴望自己是一只小鸟，从窗口飞出去……

当初害怕的一切就这样全都成了现实，怕站不起来，现在真的站不起来了；怕拿不动一本书，现在真的拿不起来了，而且我也明白病情将不断恶化，直到连笔也握不住了！

后来我一点点接受了这个事实。开始想：病，我无力阻止它，那么我唯一可以做到的就是把现在该做的事情做好！把该学的学好！去争取一个好的未来。

而且，我在身体方面已不如同龄人了，如果再不去努力学些什么，那我就更不如同龄人了。坐在这炕上，我虽然有过痛苦，但我却从未绝望过，心中总是有一股热血，总是不罢休，总是认为自己不该这样成为废人，而该做点什么！不该白活一生！

在一般人的意识里，一个人只要失去体力，便是一个废人，失去了生存的价值，但越是这样我越是不服气。人是否有活的价值不是看有无健康的体魄，而是看他是否有一颗上进心，是否有一个积极的人生态度。身体健壮，却不思进取，这无异于行尸走肉，只要有一颗进取的心，不向命运低头，再大的身体残缺又算什么呢。没有体魄我就用心灵去面对生活，搏击风浪！我一样能做得到！

曾在电视上听到一个人说过这样的话："人的生命长度相对都是固定的，人无法将它延长，但人生命的宽度却是无限的。"是啊，如果两个人从出生到去世同样是几十年，但两人在生命质量上却不一定相同，一个人可能是蛰居田园，吃喝一生，另一个人可能是东奔西走，为自己的梦想以及救他人于困苦中耗尽毕生精力。

我的人生长度肯定不会像同龄人那样长了，所以就尽量拓宽自己的人生宽度，尽量多做有意义的事，纵然耗尽一生精力也要争取实现梦想，去为别人做点什么！

有时我甚至会想：也许这就是上天有意的安排吧，它让我有决心有时间去学习，去为理想拼搏，如果我现在还能走在外边的话，我肯定不会认识大诺哥，肯定不会如此努力地为理想作出实际行动。

面对现在的病情，我已经做到无怨无恨了，我只想去把书写完，实现理想，为他人有所贡献，买一辆电动轮椅，重新拥有自由，拥抱美好的生活……

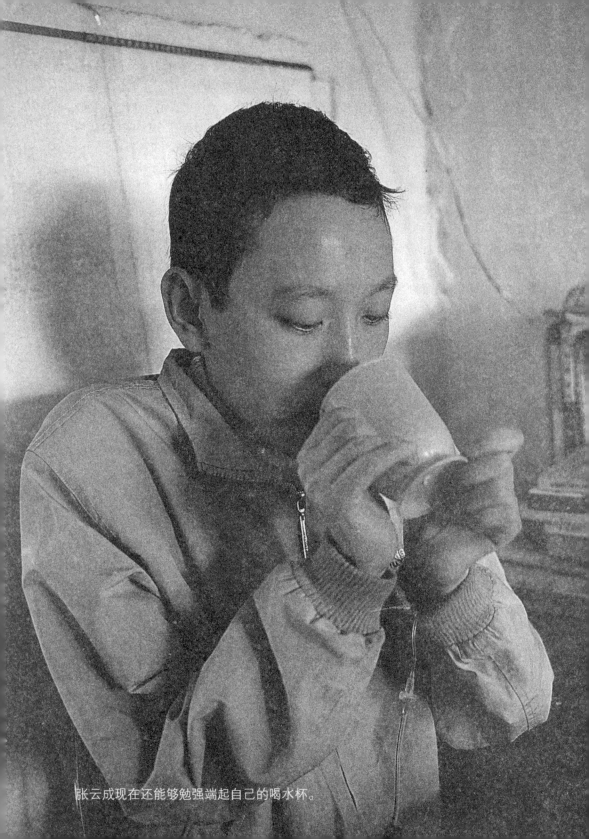

张云成现在还能够勉强端起自己的喝水杯。

第四章　指引我写作的人

今天，我要写一个人，一个使我从迷茫中走出，大踏步走向理想的人，一个彻底改变我命运并让我的生命为之丰富多彩的人，他就是黑龙江广播电视报社的编辑、记者张大诺，我的张哥。

1996年正是二哥在辽宁学习汽车装潢的一年，这一去就是一年。没有二哥在身边，我们的生活变得一片死寂，我们的生活没有一点点活气，每天都不知道在为什么而活着，渐渐地我意识到：不能这样下去！二哥早晚要走出这个家去寻找梦想，我们不能总靠二哥，我要去追寻我的理想，去改变这困苦的生活……

可我该从何做起，应该怎么做，这一切都令我茫然。生活的苦闷、理想的遥远让我感到从未有过的无助与困惑，于是我将我的痛苦写在纸上，寄给了当初我唯一知道的一家报社——黑龙江广播电视报社。在把这封信交给大哥寄出的时候，我的心里却是凉的，我不对它抱任何希望，我知道这个世界上不可能有人愿意帮我，这只是一次心灵的倾诉罢了。

在这封信寄出后不久，我竟收到了一封来自黑龙江广播电视报社的回信——那就是大诺哥给我的第一封信。

那绝对是一种缘分，为什么别人没发现我，就大诺哥发现了并给我回了信，从大诺哥打开我的信那一刻起，便注定大诺哥将为我付出很多很多。

收到信的那一刻我还清晰地记得，那是一个阳光灿烂的下午，阳光透过玻璃窗洒满了整个屋子，让人心中暖洋洋的……大诺哥在信中鼓励我要勇敢地去实现理想。从那一天起，我的生活发生了彻底的变化……

我的内心不再空虚，我的生活不再没有目标，我懂得了该怎样去做。

从来过这第一封信后，大诺哥每隔几天就给我来一封信，给我布置学习任务，为我制定计划，领着我一步步走向理想。（他先让我好好学习，条件成熟后开始写书！）这一封封信就像导航灯的光芒，一闪一闪地为我指明前进方向，从我认识大诺哥后就结束了苦闷的生活，开始走向理想征程。

提起大诺哥的信，我总觉得对不起他，因为我曾用大诺哥给我的信做过本子。

那是三年多以前了，我的本子用完了，家里做本子的纸也没了，爸爸他们下地干活忙，没时间去亲戚家给我要做本子的纸。这时我收拾我的小箱子，大诺哥一年多给我的20多封信显得那样多，也许是没本子有点急，也许是想让箱子利落一下，我竟作了一个我一生中最不该下的决定——把大诺哥给我的信做成本子！

现在回想起来真不应该！那一封封仅仅是信吗？那里面饱含着大诺哥对我的一片情义呀！那里面有大诺哥为我定的学习计划，三年内的拼搏目标，那是大诺哥对我的一片心哪！记得在我做完本子后，看到了大诺哥写出的或为我展望未来，或夸我进步的话语时，我真的后悔了，我不仅毁了这20多封信，更伤了大诺哥的心哪。我知道我不能容忍自己，对大诺哥的一份歉疚之感将伴我一生。

从1996年认识大诺哥到现在已快五年了，可我还一面也没见过大诺哥，连照片也没见过，可大诺哥对我真心的理解和帮助却令我感到他离我很近很近。

与大诺哥认识不久，他就让自己的母亲——大庆市某中学的崔老师帮我学习，崔老师为我邮来我最需要的语文学习用书，还为我写了学习提纲……

大诺哥知道我在家寂寞，给我邮来价值二百多元的收音机，我学习写作没有书，大诺哥就到书店买适合我看的书，一摞一摞邮来。大诺哥每次邮东西都不说什么，只是在默默帮我，不想听到一个谢字，不想得到一点感激。大诺哥知道我家不富裕，为了让我有钱买邮票、信封和稿纸，他就每个月在信里给我邮20块钱，或者是现成的邮票。看着那整齐的20元钱和崭新的邮票，我的心里总不是滋味。于是我拒绝了大诺哥的好意。

1999年我家安电话了，这使我与大诺哥的联系方式又多了一种，而且更直接更快捷方便了。安上电话后我先把电话打到大诺哥单位，他出去采访了，下午我打了大诺哥的传呼，打完不到一分钟，大诺哥就回电话了，这也是我与大诺哥的第一次通话！

"你好，你好，你在哪儿呢？"电话那边传来大诺哥热情、亲切的话语。那次通电话大诺哥是用手机回的电话，可我们的通话时间却将近20分钟。

以后我们一直用电话联络，大诺哥打电话很有特点，每次我接电话"喂"一声后，大诺哥也会"喂"一声。大诺哥的声音对于我来说已经是刻骨铭心了，就算是我在梦里，大诺哥一说话我也会醒来的……

时常想：我这一生如果没有大诺哥将是什么样？那一定是平凡的，不会有我这本书的问世，我也不会有一个快乐的人生，大诺哥让我改变了生命航向——让我从困苦中走出，走向快乐通途。

其实大诺哥认识我后不久就让我写书了，可当时我觉得自己文化水平有限，就没有写。又过了一年多，大诺哥在信中对我说："你边学习边写书，写下你真实的生活体验，随着你写作水平的不断进步，你的书也会越写越好，如果你等写作水平很高了再写，就写不出真实感受了。"

看了大诺哥的话，我觉得很对，于是决定开始写书。

一开始写书的时候，大诺哥在每封信里为我命题，然后我把书稿邮去，由大诺哥保存，以后再整理。为了快一点给我出题目，大诺哥就用电报给我命题，总共收到大诺哥的命题电报20多封。我知道电报是以字计费的，每封电报四五十字，20多封，这就是多少钱哪！

后来我家安电话了，大诺哥就每隔一周给我来一个电话，在电话里告诉我该写什么、该怎么写，大诺哥告诉我："写作一定要自然流露，千万不要为了取悦读者而刻意去写什么……写文章要有起伏，这样读者读起来不累。"

大诺哥还经常夸我说："云成，你的文章越写越好了。"每当这时我的心里别提有多快乐了！

为了让我把书写好，大诺哥真的付出很多。为了赶时间，不至于让稿件丢了，大诺哥就时常给我邮来一百或五十块钱，让我用特快专递把稿件邮给他。每次收到我的稿件后大诺哥都把这些稿件复印一份，十几万字的书稿要复印多少份，要花多少钱哪。

每次我写完一篇书稿，都会在电话中给大诺哥念，让大诺哥为我指导，提出修改意见。在读书稿前只要我稍有犹豫，大诺哥就会理解我的意思："如果不方便就先别念了，你什么时候方便再联系。"每每此时，我的心里……

当我念完书稿时，大诺哥都会非常满意地说："嗯，非常好。"我知道大诺哥一半是在鼓励我，给我以信心，而这又有谁会为我想到呢。每次与大诺哥通过电话后，我的心情都是快乐的。因为在与大诺哥通电话时，我会感到我还是一个完整的人，我可以得到极大的尊重，我能感到我的未来是充满阳光的。我不会孤独无助，我不会迷失方向，我不会平庸一生，因为我有大诺哥。

前些日子，大诺哥来电话说哈市有一女学生因为学习负担太重有了轻生念头，让我给她去一封信，开导开导她。听了这话我心里充满了对大诺哥的感激，有谁能理解我不甘平庸想做点啥的心，有谁能这样信任我，而大诺哥却将一个挽救生命的重任交给我，这是一种多么大的信任啊！几天后，我把给这个女孩子的信写好了，为了不至于让信起到反作用，我特意打传呼给大诺哥，想给大诺哥念念，让他把把关，大诺哥回电话说："不用念，我信任你。"

我还清晰地记得，当我听到大诺哥说"我信任你"这句话时，我的心里像大海一样翻涌，眼里满含着热泪。世界上还有什么比别人信任你更值得幸福的事呢，世界上还有什么比被别人信任更令我感动令我感到活着还有价值呢。大诺哥的这一句话就值得我感激他一辈子！

前两年大诺哥让我写一篇关于妈妈的文章，可我竟然没写，还问大诺哥是什么意思，没有写还这么问大诺哥，可大诺哥一点也没生气，该怎么对我还怎么对我，还在信中对我说："现在不愿写就算了。"这件事始终挂在我心上，每每想起都让我后悔不已，我当时怎么能这样对大诺哥呢，我难道就没想会伤大诺哥的心吗。与大诺哥交谈时我的感受很多：有时我觉得我是一个天下少有的奇才，有时我感觉我是一个孩子，受大人宠着，有时我会忘记有些人对我的冷漠，感觉自己与大诺哥一样是一个事业有成、非常有能力的人！

我时常这样想：大诺哥长得什么样？我想象中大诺哥个子很高有些清瘦，英俊潇洒，生活匆忙洒脱，是一个有责任心有爱心懂得生活的人。

这些年大诺哥不但为我操心付出，也为我的全家出了许多力。

前些日子，大诺哥又为三哥开始奔忙，他要帮三哥实现梦想——开自己的小画展。

我在夜里常想：我这一生虽得了不治之症，终身将与病榻为伴，但我也可以毫不犹豫地说："我是幸福的。"因为在这泥泞的人生道路上我遇到了大诺哥……

提议让我写书的是大诺哥，为我命题的是大诺哥，为我整理书稿的是大诺哥，完全可以说如果没有大诺哥就没有我这本书的问世，没有我的今天。我是一只孤独的小舟，大诺哥就是一盏航灯，我是一个行路者，大诺哥就是一个任劳任怨、无怨无悔的开路者，在我走向理想的道路上，大诺哥为我填平沟壑，搬开绊脚石，为我铺开一条金光大道。

人们都说："滴水之恩当涌泉相报。"滴水之恩都要涌泉相报，何况大诺哥给我的是涌泉之恩，所以我要回报以江海，用我生命中的每一分每一秒去回报大诺哥。

我的每一天都在向着"写出一本书"这个理想迈进，前方有希望，我每天都在希望中前行，这怎么能不让我快乐呢！

而且，笔管中的油墨每天都会下降一截，每当看到这，心里都觉得很满足，很欣慰。最快乐的时候就是按计划写完一篇文章的时候，此时心里别提有多畅快了，看什么都觉得是美好的，看什么都能获得一份好心情，这时觉得能活着真好！

而任务完成后，接下来我可以以愉悦的心情去做我所喜欢的事情了！比如看看书，拿起剪刀剪下我觉得很好的文章，待到年底攒够了足够多的文章我再订一本精粹文章集锦。

生活是充实的，所以我是快乐的。

我觉得我是幸福的，而这一切的幸福感又都是理想带来的，因为谁都不会看得起遇到打击就精神委靡，甘愿沉沦，不思进取的人！

而我有理想，我不是那样的人，永远都不是那样的人！

停下匆忙的脚步回首我写书这两年半时间，心中真是别有一番滋味……

在这两年半时间里，我被无数次的感冒折磨，支持的人不多，还看不到未来，看不到希望，但最终我仍然重新振作起来，为自己、为家人、为也在苦难中挣扎的人们再度振作起来，去挑起那副我理应去挑的担子。

这两年半时间就像一首印在记忆里的歌，那样不同寻常，那样难以忘怀，有时边打吊瓶边躺着看大诺哥命题电报的情形还时常出现在脑海。

只有在真的告别以往日子时，人们才会去回首，去仔细体味过去的日子，体味在平平凡凡中的喜怒哀乐，每一个烈日下的专心用功，每一个深夜中的凝望沉思，都会清晰出现在脑海，让你有一些留恋，有一些感慨。

这两年半时间，是我为理想拼搏、为改变艰难命运争取生命自由的时间，我可以骄傲地对自己说：这两年半时间我没有白活！来，随我一起回顾一下，好吗？

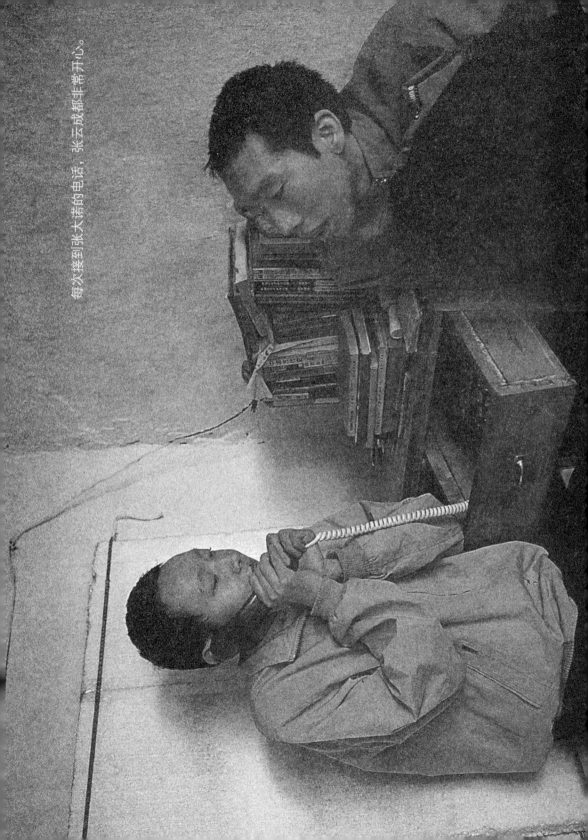

每次接到张大诺的电话，张云成都非常开心。

第五章　向写书的梦想前进！

当作家这个理想在我很小的时候就有了，我也说不好为什么会有这样的理想，不过要说我真正意识到该为理想拼搏是在1995年，二哥去广东的那一年。

二哥去广东了，我感到了从未有过的孤独，与此同时，我也想到了未来：一个残疾人，没有一技之长，没有骄人的成绩，谁会瞧得起我呢，眼望茫茫人海，我将惭愧一生。现实的困难给了我奋进的动力。而二哥远涉广东后我又真正感到了自己是一个生活不能自理、什么都得靠别人的人，生活中很多事情都可以伤我的心，我也变得敏感起来……

当屋子里一个人都没有时，我心里感到的是有如冰霜一样的冷落。我没有一个可以交心的朋友，身边的或千里之外的，一个也没有，于是我极力寻找，极力思索……后来我明白了：我为什么没有朋友，为什么没人与我接近，因为我什么用也没有！

来找帮干活的可以找爸爸或大哥，来借东西可以找妈妈，小孩子来找小伙伴玩可以找张海钰，而谁能找我呢？找我又能解决什么，找我又有什么用呢？我只能孤独地坐在那里……

如果我就这样沉沦下去，我的命运就是：在平庸寂寞中度过一生，悄无声息地离开人间。

人生，就这样度过吗?！

碌碌无为，活一回没有任何印迹？

不！人生一世应该有所作为！应该有远大的理想，应该最起码为理想拼搏一次！

人生的意义不在于是否取得了成功，而在于是否为理想勇敢拼搏过。不拼搏得来的成功无异于坐等衣食，拼搏了没有取得成功，失败也英雄！

我不甘心就这样沉沦下去，就这样不为人所知，就这样无所事事，我还有理想，我要写书，写一本诉说心声，激励他人的书，那我将从何做起呢，我真的感到很茫然，于是我将我的心声写在纸上，邮给了当时我知道的唯一一家报社——黑龙江广播电视报社。

以前的经历让我对这封信不抱什么希望，只能是对着洁白的信纸说心里话罢了。但绝对是一种缘分，过了一段时间，我收到了回信了！一封饱含真诚与鼓舞的信。给我写信的人便是编辑张大诺，我后来的张哥。张哥的信为我指明了前进的路，并鼓励我一定要实现理想。从那以后大诺哥一封封厚厚的信，就像是海上导航灯一闪一闪的灯光，为我照亮了前方，使我面对理想不再茫然。通往理想的路已经铺开，接下来做的就是全力拼搏了。

如果问我这些年为什么一直坚持学习、写作、拼搏，我想用一句话概括我的精神支柱：不能白活。

虽然我病得很重，不去学什么，不去追求什么，别人也不会责怪我，因为他们已经以为我是废人了，他们已经在意识当中形成了一个思维定式：残疾人就该平庸，就该无所成绩。但我会在心中问一句：残疾人为什么就该无所成绩呢？是什么在决定一个人的一生，不是身体是否健康，而是思想是否健康。用顽强的意志攀越横在成功与现实之间的天堑阻隔，用不屈的尊严去点亮生命的五彩斑斓。

我虽然走不了路，拿不了一斤重的东西，但我的手还可以握起一支笔！我的眼睛还很明亮，我的心还向往理想，这些已经成为我刻苦拼搏的足够理由。为了有所贡献，为了不被别人瞧不起，为了没有白来人世一回，我要去追求，去坚持。

面对未来我充满信心，因为我知道只要有永不向困难低头的勇气，就是再时空变幻，再坎坷重重，他也会走过去，最终如愿走进成功的殿堂。

是写作还是"遭罪"？

平时写东西，写了十分钟手就没劲了，就握不牢笔了，左边臀部也硌得很疼，必须把身子侧着，靠墙，右手放炕上——休息一下，写十分钟需要停下来休息一分钟……越往后写就越累，左腿开始发酸，后来是酸疼，好像不过血了，往左侧身时腰也疼起来……这时候仅休息两三分钟是休息不过来的，得休息十几分钟缓一缓，然后继续写作。即使这样我也不想休息，我不能停下来，因为我想出一些东西很容易就忘记，因此无论多难受我都坚持写下去……我要实现作家梦。

虽然很难受，但写的字越来越多我就高兴，就有快乐出现在心里了，就能"支撑"我继续写下去……

就这样，一边写一边克服着身体的痛苦，不过写作速度确实非常慢，每天只能写三四百字，一两小时写三四百字（加上思考的时间），每篇稿写完都得三四天，加上修改和重抄，就得十几天了。

写作时最让我头疼的有两点：冬天和发烧。

在冬天，屋子里会凉一些，这种凉是相对而言的，像健康人并不觉得凉，而我和三哥会觉得冷，脚如果不盖就会冻脚，更别提露在外面的手了。

写几分钟就得把笔放下，用什么东西焐一下手，暖一暖，而且天冷时手没劲的速度更快，很快就握不住笔了，那种感觉就是干使劲使不上，意识里在一次次使劲，手却没有感觉。

冬天往往拿笔时也不灵活，需要半分钟才能把它拿起来并放在舒服的姿势上，而且还不能立刻握紧它，需要一点点使劲……因此每次写作都是在吃完饭后立刻进行，这时候身体是热乎的……

虽然苦点，但不管怎样一旦坚持完成了今天的写作任务，我就高兴，而且整整一天都高兴……

发烧时全身发凉，跟泼了凉水似的，胸口疼，后背也疼，尤其是头疼，疼得连想东西都很难受，但我不能放下笔，因为我一发烧即使用药及时充分也得躺一周，一周之内什么也不写，不行！两个小时内身体如此难受，即使只能写两三百字，也要坚持写。

一写完就更难受更疲劳了，注意力全转到"不舒服"上了，就躺下睡觉，而睡觉前看着自己写的东西，觉得心里是那么踏实，放心了，没什么事了，可以好好睡一觉了……

张哥您好：

我从收到您第二封信起便开始写日记了，我从前也写过日记，有两三年呢。您说得对，记日记一来能练笔，二来可以作为我以后写书极其重要的素材。

张哥，我觉得您把我看得也太高了，我现在才学小学的课程，可您就要给我上大学的课，但以后我愿意学习！我很愿意当您的学生。老师，您能收下我这个学生吗？

张哥，我给您邮来了我的一篇日记，您看我哪写得不好，有不对的地方您可一定要指出来，这样也好以后注意。作文我没给您邮，是因为太急了，也不知道写什么好，下封信一定给您邮。

张哥我还要向您请教几个问题：就是一篇好作文的结尾应该是什么样的，是不是必须头尾呼应，散文的格式是什么样的？

中秋节快到了，在这里云成衷心祝您工作顺利，合家团圆，幸福愉快！

您的朋友：云成

1996.9.28

张哥你好：

来信收到了。

看了张哥为我定的学习计划，我觉得整体上挺好。

为了记录我的学习，也是督促和鼓舞我的学习速度，我决定记学习日记，把我每天所学到的知识及完成计划的情况都记录在上面。

你定的月计划和年计划我都非常满意，不过我要在月计划上加一笔，就是一个月必须至少完成两篇成形文章。以上计划自1997年11月1日早正式实施！

面对这辉煌的计划，我信心十足，只要条件具备，我是一定可以做到的。

另外，收到信后，打开一看，发现你们报纸上竟登了我的文章（注：云成那篇从地上努力上炕的文章在电视报上刊出），这让我惊喜万分！看着我名字那三个字，我想了好多好多……哎，张哥，我想问问我的这篇文章是怎么发表的，下次来信一定要把为什么要发表我这篇文章的想法告诉我，一定呀！

谢谢张哥对我的帮助！

在通向成功之路的旅途上，我已迈出了第一步，登上了第一级台阶，今后我还要更加不懈地发奋努力学习，傲然跑向成功的极顶，登上人生的巅峰！去实现我人生的价值！

下次我将寄上我的新作文。

云成于家中
1997. 10. 29

张哥你好：

我又把我发表的文章看了一遍，但当我读过后，却又没有那么兴奋与自豪了，因为我的文章与别人比起来在文笔上还很差，缺点还很多，再说这篇文章还不是我今年创作的（在年初我就给自己定下计划：今年一定要有一篇文章发表），今年只有一个多月的时间了，我要实现自己定下的计划，还要付出很多。

在这世上，还有二哥、三哥及张大哥理解我，看得起我，这使我更加坚强，更加自信，令我感到了人间的温暖。在此我要向所有理解我、支持我的朋友表示最衷心的感谢。谢谢你们！

随着社会经济的发展，农民只靠种地是远远不能达到小康生活水平的，所以要靠一些副业来补充这一不足。我们家面临的也是这种抉择，但又因找不到合适的途径而一筹莫展。在此我想请张哥帮我们找一个投资小、见效快、易经营的致富门路。

云成
1997.11.11

一个22年每天只能坐在炕上的人真的能当作家吗？最起码他如何观察生活呢？

不能出屋我也能练习观察！

我以前曾苦于不知写作从何学起，前段日子张哥给我邮来了5本书，其中有一本叫《中国中学生人物描写大全》，我非常喜欢这本书，见到它如获至宝！因为我正缺少人物描写这方面的知识。"外貌描写""语言描写""动作描写""心理描写"等等，哇，太丰富了，原来人物描写还有这么多说法呢，我如饥似渴地学习起来。翻开书，我寻找着知识的甘泉，在重要的地方，用笔在下面画上横杠……

在写作书上说学习描写应该多观察，以细致的观察，抓住某个事物的特点。对于我来说，练习人物描写我还能按要求做到，家里时常来几个人，可练习景物描写时就困难些了，因为我没法出去。

出不去，我就在屋里观察吧。放眼窗外，我看到最远的是一棵叶子茂密的杨树，但我只能看到它的上半部分，看不到它的主干，因为有房子挡着。杨树随风摇摆，发出似掌声一般的声响，这似掌声般的声响就像一首催眠曲，叫人在这炎热的夏季里睡意难耐。那棵杨树很高大，但在乌云满天时，它又显得那样渺小、脆弱、不堪一击。杨树在阳光的照射下，黑绿黑绿的，还有些黑森森的，风一吹左右晃动，有点像电视里妖怪的魔掌，使人不禁有些害怕。房子的这边是柴垛、园子、板杖子。我家园子里有一棵李子树，栽在园子的北边，是离我最近的一棵树，在作观察练习时，我常观察它。

我坐在炕上，身子前倾，胳膊支在炕上，头向前探，尽量离李子树近一点。这棵李子树虽说栽上有10多年了，但它长得却不高而且有许多不结果的枝杈，不知为什么，这棵李子树的好几个枝都干枯了。书上说，观察应细致认真，可我离李子树毕竟有10多米远，怎么能看得细致呢。这时，我想李子树在近看有特点，那么在远观也一定会有特点，它一半有叶，一半没叶，这正是它的特点，"有叶"与"没叶"并存，生存与死亡抗争。

虽说这棵李子树有许多干枝，但在有的枯枝上也长出了一撮撮嫩绿的叶子，那是生命的顽强，生命就是这样，有一线希望也要去奋力延伸！

李子树的叶子长得很密，几乎一个挨着一个，在叶子投下的一片小阴凉里，我会时常看见一个小绿李子，像黄豆粒似的。

房前除了这些，也就没什么可观察的了，于是为了观察到更多的景物，我推开了后窗户。抬头往上看，我拥有一片广阔的天空……小燕子在自由地飞来飞去，时而展翅滑翔，时而俯冲盘旋，嘴里还不停地叫着。往下看，一道房子隔断了我的视线，我看不到街道上的来往行人与轰鸣的车辆，而只能听到声音。我要是能看到街道就好了，那样一定对我学习描写有巨大帮助。

而人物描写重在传神，为使人物达到传神地步，就必须找到与其性格有关的外貌特征，于是我便有意识地观察人物外貌。家里来人时我就注意看他们的表情、衣着打扮及说话举止，观察他们内在性格在外貌上留下的印迹。有的人穿衣爱敞怀儿，有的人则不管多热都把衣服穿得整整齐齐。抓住这一外貌特征便可以写出两个人不同的性格了。

李叔是爸爸的好朋友，平时常来我家串门，每当他来时，我都会细致地观察他，练习人物描写。那天7点多，李叔来我家了，他坐在炕上，我开始观察他……

李叔的头发刚刚洗过，乌黑乌黑的，而且放着亮光。他的脸很干净，他讲着自己以前的故事，脸上不时露出自豪的笑容。他上身穿着一件淡绿色的秋衣，上面没有一点褶子，显得非常精神。脚穿一双鞋底略带些泥的农田鞋。如果我要写李叔这个人，那么我会写他的鞋，这可以表明他的身份。李叔看我老瞅他，不免有些不自在，时不时地也看我一眼，那眼神中的意思是说"你老瞅我干什么呀"。这时我对他笑了笑，意思是说：我终于被你注意了。

我把目光移开了，看李叔没注意，就又把目光投向了他，我还得观察他……

我在心里说：李叔，我只是在练习人物描写，没有别的意思，请您原谅了。于是我将身子向右边倾斜，观察他的侧面……

学习描写要多观察，多体会，只有眼勤、脑勤、手勤，才能写出一篇篇优秀的描写文章，虽然我的视野有限，什么也看不到，但把我能看到的东西都全力观察，我也一样会有收获的，我相信这一点……

写作的某一天

我从很小的时候体质就差，经常感冒发烧，记得小时候和三哥在院里玩，每当云霞满天的时候，小小凉风一吹，我就感冒了，开始发烧，这时总是觉得特别困，常常趴在椅子上迷迷糊糊就睡着了。醒来时，我已经被妈妈抱到炕上了，身上盖着棉被。

随着岁月的推移，我长大了，但我的体质更弱了。一发烧我就咳嗽，这已影响到了我的写作和日常生活。往往到晚10点才能睡觉，这一咳嗽，不但让全家人睡不好觉，而且还要让妈妈下地去拿塑料袋给我接上。等我咳嗽完了，也已快11点了，加上我入睡慢，所以第二天早晨起来就特别困，而且还是咳嗽个没完。

每到吃饭的时候，我都吃不下，因为我总是咳嗽，所以早饭我经常不吃或只吃一点。

到早上八九点钟了，我还在咳嗽，可这时已是该写作的时候了。我的咳嗽很奇怪，拧着身子就咳嗽得严重，好好坐着就会轻一些，于是我就坐好了，使劲咳嗽几下，见轻了一些就继续写作。写了一会儿，我觉得胸很闷，心跳很快，呼吸有些吃力，实在太难受了，我只好停止写作。看着那三篇还没有完成的作文任务，我的心里很着急，因为我真的已经耽误许多时间了，不能再耽误了，我要在自己短暂的生命里创造出成绩，就必须抓紧每时每刻，让生命充实，让生命绽放出芬芳。

不管什么时候，一旦感冒，连续好几天每天一到下午就开始发烧，一发烧脑袋就疼，还晕，而且浑身哪都不舒服。

头又疼又晕，拿着笔就是理不出个头绪来，半天也写不出一个字来，越写不出来就越着急，越着急就越心烦，越心烦就越没心思写了，于是盖上笔盖，把笔往本子上一扔，索性不写了。听着秒针"咔咔"地响着，我想起了一个人对我说的一句话："现在你有你父母照顾，要是你父母有个病或没了，你们咋整呀？"是呀，父母都已年过半百了，以后难免会得个病什么的，到那时面对现实我又该怎么办呢，父母不但不能照顾我们，而且还需要别人照顾，我不能看着这残酷的现实一步步上演，看着父母痛苦，任由困苦将这个家折磨，我要挣钱！我要挣钱，改变这一切。钱，不会从天上掉下来，要别人的钱那是一种无能，花起来就像吃要的饭一样心里不安，只有自己挣钱，花自己的钱，才算有志气，没白活。想挣钱改变家庭现状，就必须付出努力，付诸行动。虽然头疼、头晕哪都不舒服，但无论如何，写作没有耽误，脑袋疼就吃一片止疼片，浑身哪都不舒服就只能忍着了，拿起刚才扔在本子上的笔，我再次投入到写作中去……

经过几个小时的埋头"拼杀"，我终于完成了今天的任务，这时头也不疼了，全身各处也不难受了，看着那很满意的作文，我心里有一种如释重负的轻快感，我想：其实困难就是这样，当你在战胜它之前，它是那样地高大，不可战胜，这时困难的阴影就会高大得要将你踩瘪，一旦信心和勇气的明灯熄灭了，困难的阴影就会将你吞没了……而战胜困难是一种快乐，是一种真正的快乐。战胜了一个困难，你就不会像遇到第一个困难时那样软弱退缩了，会更从容，更信心十足。

回想写书的这两年多时间，我是在不断与感冒抗争中走过来的，我平均每个月都要感冒一次，而每个月我又都要写四篇稿，重感冒将我一次次地击倒，我又一次次地站起来，在苦难中一次次重建信心，我的支柱是：我不能辜负那么多理解我、支持我、关心我的朋友及亲人的一片热切希望，我要对得起他们！

张哥：

你好！

这次我寄去11篇稿子，本打算是14篇，但因为时间太紧，那三篇就没有写出来。

那些"云成生活感言"是我在三年内写的，它们是我的真实感受，绝非编的。我有这样一个设想，我想把这些"感言"在书里每一页放上一条，这样便加大了这本书的可读性，也使这本书更有分量，大诺哥你看怎么样？如果我的这个设想成立，那这些"感言"还不够。但没关系，出书不还得一段时间吗，在这一段时间里我还会再写。

因为失败太多，所以不敢去想美好未来，但我会努力……

祝大诺哥幸福！

云成

2001.9.10

张哥：

学习上的困难无论有多大我都能克服，但病情的逐步恶化实在令我有些茫然。也曾坚持过一段时间的锻炼，但未见一点好转——至少我也不该再恶化吧。现在我真想有人能教我一种锻炼方法，一种能使病情停止恶化的方法，我不想让自己的手连钢笔也握不住！因为我还要写书！现在我的右手大拇指也变得有些无力了，而在前一个月，情况还不是这样！

现在写字时，只能用食指和中指夹着钢笔写……

尽管事情发展到如此地步，我也不会绝望！

我还能用食指和中指夹住钢笔，我就要继续写下去！

咬定青山不放松，立根原在破岩中；

千磨万击还坚劲，任尔东西南北风。

云成

1998.7.19

（特约编辑注：这封信吓了许多人一跳！应要求云成又来了一封信，具体说了自己写作时用笔的情景。）

我那已经快握不住笔的手……

一般人拿笔都是大拇指尖、食指、中指三个指头固定住笔尖，将笔杆横于虎口，而我却是食指中指夹住笔尖……

由于大拇指上半节已经没劲了，不能弯曲，所以只能让还有一点点力量的大拇指下半节紧紧向食指中指靠拢，将笔杆挤住，这时虎口根本就不是一个圆，而是一条缝了，这样我算是固定住笔了……

每次拿起笔写上几个字，就要歇一下，因为这样握笔太累了。

前些日子，大夫来打吊瓶的时候，大夫让我攥住拳头，在我这样做时，大夫指着我的手对二哥说："看，他这块肌肉都萎缩了。"打完吊瓶坐起来的时候，我仔细端详了一下自己的手，我吃惊地发现：在我的大拇指根与手背之间有一条明显的塌陷沟，我想这就是肌肉萎缩后留下的痕迹吧。我想：如果那大夫不说，我还真没发现……

这只手这两年每多写一会字时就会觉得很累，总觉得要握不住笔了，这种感觉在感冒的时候尤为明显！而总是握不牢笔，写出的字也潦潦草草，收不住。

在我写东西的时候不光是这右手累，左手更累，因为它要支在那儿而且一支就支到发酸发麻发疼，每写十多分钟，我就要将身子向右倾斜一会，因为左胳膊支得实在受不了，这时手掌总是通红通红的。每当妈妈看到这时，她都会心疼地让我歇一会，或者找来一个厚厚的垫子让我垫在手下，每每此时，我都为妈妈的关心而感动，可我没有歇，因为这不算什么。

不过说实话我心里还是很害怕的，我真的怕有一天我会握不住抒发我心怀的笔了！不能再写书了！不能与朋友倾诉心中的话了！那种生活真是不可想象。

只要我的手一天还能握住笔，我就一天不会放笔，虽然写字费劲儿了些，但我一定会把我的书写出来！没有什么能阻止我实现我的梦想！

没有！

人生新挑战：攻下五笔字型

我虽然病得很重，但我从来没认为我可以放弃生活，放弃拼搏，放弃理想！

为了不至于被同龄人落得太远，我努力地学习，学习所有的知识。

两年前我有三个梦想，第一是安上电话，经过妈妈充满爱的支持以及省体委的大力帮助，电话终于安上了。第二个梦想是拥有一个电子辞典。前些年家里穷，没钱买，可二哥将这件事挂在心上，经过几年的闯荡，二哥终于挣钱了，他帮我实现了我的第二个梦！

我还记得那一天的情景。

2000年秋，二哥来电话说要从辽宁回家了。二哥要回来了！

一年的离别，二哥是什么样子了，回来时看到我们，二哥会说什么呢，我们应该做什么准备来迎接二哥呢？我心里想了那么多，激动地想了那么多，想到我又可以与知心的二哥坐在一起，畅谈心中的话，想到二哥回来后家里又将充满了欢乐气氛，心中真是美美的。

我们在家里看着钟计算着二哥坐火车的时间、到火车站的时间、坐客车的时间，我们盼着他早日到家呀。

可是就在晚上，二哥来电话了，说火车上的人太多没有座，于是要推迟几天才能回来。听到这个消息我心里一下就凉了，二哥还要等几天才能回来呀……

心里真是不舒服，就觉得很委屈，总想问问为什么就没座呢。

直到突然有一天下午，二哥和二嫂竟突然出现在我面前！

我的心又一次狂跳起来，我又看到了二哥那熟悉亲切的笑脸！二哥还是那样，爱笑，爱开玩笑，尽管口音中已有了辽宁口音。

他坐在炕沿上，看着三哥，看着我，没说什么只是脸上带着笑，那笑里分明在说着："这一年，你们过得还好吗?"这时我们也没说什么，也只是在笑着，这一笑也赛过我们心中千言万语呀。

二哥突然想起了什么，说："哎，我给你买那个什么辞典了。"二哥一下没有想起"电子辞典"这四个字。而我的心情激动极了，心中的血就像是在往外喷一样。这是我盼了几年的宝贝呀!

二哥从大黑兜子里拿出了一个像书那么大的盒子。

"我给你买的是'学生王子'。"二哥把右胳膊肘支在三哥坐的垫子上，尽量地靠近我们，让我们看得清楚一些。

"我给你们查一个成语。"二哥稍思索了一下，说，"就输入一个'五光十色'吧。"二哥稍显笨拙地按着按键，一按"输入"键，脸上一下露出得意的笑容，他把电子辞典举到我们眼前，笑着让我们看……

电子辞典是二哥花了398元买的，当初我只是跟二哥说说，但二哥却牢牢记在心里了，并在信中对我说"二哥一定帮你实现愿望"。有了二哥我便没什么实现不了的愿望，二哥的话让我感动万分。

二哥又问着他不在家时家里发生的事情，而吃饭的时候，我们和二哥一个桌，二哥给我和三哥倒上酒，二哥眼里含着泪举起酒杯说："来，咱仨喝一杯。"那天因为身体不舒服，我本不打算喝酒了，可听到这话，我毫不犹豫捧起了碗，与二哥的杯用力撞了一下，喝下了那大半碗酒……每年的过年或相聚的日子，我们兄弟三人都会单独碰一下杯，喝一杯酒，这已是我们三人在心中的约定了……那酒是我们三人心与心的共融，喝下那杯酒，便是在说兄弟情义无价。

噢，写下这些文字时我还能清晰想起1995年二哥临去广东前照的毕业相：头发被风吹得非常凌乱，脸色有些苍白且带着灰尘，嘴角稍微有些向右咧着，眼神里有让人可以看出的烦乱。他希望早日奔往广东，可父母又不同意。二哥对父母说："不去广东就又将失去一个挣钱的机会，挣不来钱就不能给两个病情日益恶化的弟弟治病。"

二哥，他原本可以在家里安心学习，圆他的大学梦，他没有必要牺牲这么多呀……

和二哥虽然离别一年，可我们对二哥没有一点点陌生感，二哥依然如过去那样每天早上给我们穿衣，洗脸，任由我们的性子干这干那，给我们寄信，买东西，跟我们聊天，开玩笑，让我们的生活过得充实快乐。

歌中唱道：兄弟亲那才叫亲，一奶同胞心连心。这歌声正是我们的心声，在心中我们都在唱着这首歌，唱给我们的二哥……

有了这现代化的电子辞典后，我爱不释手，我把我家电话本上的电话全输到里面，可当我输入姓吕的"吕"时，却怎么也输不进去，于是只好有名没姓了。那天表哥来，问我怎么没姓呢，我说：不知道"吕"怎么输。只见表哥摁了几个键盘，一个"吕"字就轻松输入了。

我问他是怎么输入的，他很不在意地回答：我用的是五笔。

为什么我不会用五笔呢！我与同龄人的差距太大了。从那天起我决定要学习五笔字型输入法，我从电子辞典上抄下了五笔字根键盘和五笔字型助记语，开始每天琢磨。

学习一种从来没听说过完全不懂的东西，就像黑夜里掉入陌生地方，一点方向也找不着。每天背五笔字根键盘是那样地枯燥，而且还记不住，这时我真产生了厌学情绪，可每当此时我又都会不自觉地想：学习一件新东西，要有一个适应、接受的过程，再难的东西只要时间一久都能学会。再说不学又怎么能行呢，同龄人会的东西你却不会，张云成你就不感到羞愧吗？

经过几天的琢磨，我发现学习五笔字型的关键在于五笔字型的助记语，于是我放下五笔字根键盘，一心学起了五笔字型助记语。没几天我背下了它，并在一瞬间领悟了五笔字型，稍有收获的欣喜让我不断地喊出声来，为自己叫好，使得屋子里的家人莫名其妙地看着我。

虽然已掌握了一些五笔字型输入知识，但有很多字我还不会输入，后来我发现，我是在拆分上和末笔识别上没有掌握要领，可电子辞典上这方面的知识又非常笼统，于是我又想到了书，二哥给我买来了《五笔字型快学通》，这本书对我帮助很大，一学才知道掌握五笔字型还有这么多的知识可以依靠，通过这本书我完全明白了五笔字型的拆分原则和末笔识别，我再输入就得心应手、左右逢源了！

而这其中的激动与欣喜就不用说了。

没多久我便通过了电子辞典上从一级简码到四码字到字库的所有测试！

我现在完全可以自豪地说：我已经完全学会五笔字型输入法了！

现在再看输入"吕"字是那么容易，如果用拼音，吕字用L字代替，摁完L再摁V摁三声就行了，如果用五笔字型就更简单了，摁两下K一个"吕"字就冒出来了。

我有三个梦想可我刚说了两个，那么我的第三个梦想是什么呢，我的第三个梦想是拥有一台电脑！我相信只要看准目标不放弃，在不久的明天，一台崭新的电脑必将呈现在我的面前，用我自己的力量，用我写书的稿费去买！

人生一世就该有这样的勇气，想要的就一定要得到，不能总活在幻想中，用百折不挠的坚韧和实际行动走向愿望和理想实现的那一天。

我用五笔字型打出的第一个字是"电"字。"电"的第一个字根是"日"字，于是我摁了"日早两竖与虫依"的J键，这时显示屏上出现了一个"是"字，我心里有些担心又有些胆怯，但更有一种预感：我还有机会能答对它。

因为"电"字有两个字根——"日"和"乙"，于是我又担心又渴望地按下了N键，随着一声清脆而又灵巧的键声，一个"电"字出现了！

"好!"

我激动地不自觉地喊出了声，我的喊声把"我"惊醒了，我意识到我的喊声会惊动三哥他们，我回头一看他们正在看我，一脸的问号，而我开心地笑了，很少那样开心地笑了！

在电子辞典随机测试中我一路过关斩将，最后冲到了三级简码1的顺序练习，一共有901字，当时我心想：这901个字可是不少啊，要完成它可是一个很长的过程，但如果完成了那我将有怎样的成就感啊！

我满怀激情地去按键盘做测试，经过足足三个多小时的努力，我全部完成了三级简码1的测试！在接受测试时，我总是很着急，总想快点把所有测试做完，这样也好在表哥来的时候对他说：我现在不比你差了，你会的我也会了！

在测试中我只有10个不会输入的字，901个字中10个不会，不算多！我为自己骄傲！

后来我突然想到：在测试中每一个字要按四下，九百个字就是三千六百下！天哪，我的手竟来回移动了三千六百下！我真为自己感到惊讶，我的手来回移动了近四千下竟没酸没累，我的手竟能移动近四千下！

我接着立刻开始下一个级别的测试，在一个月的时间里，我一有时间就练五笔测试，一分钟也不耽误，使得三哥一看我拿电子辞典就会有些烦地说"就会练五笔"，而我也不管胳膊发酸手都发红了……

一个月后，我终于通过了所有测试！

在七千字中我只抄下了40多个不会的字，我现在在继续练习这些字，我相信在不久以后我将实现我的一个梦想：面对电子辞典测试七千多个字，我全都会输入！

我努力的"反动力"……

时不我待啊！

又到秋天了，又该割豆了。下午，爸爸把家里所有的镰刀都拿出来磨。爸爸一边磨刀一边和妈妈商量今年割豆子谁去的事。

爸爸自言自语地说："我们先割，割到一车了，我和小二在车下挑铺子，小凯在车上摆，他大嫂在后边捡。"

"那谁开车呀？"妈妈在一旁问。

"让小二挑一会铺子，开一会车呗，不年年这样吗？"爸爸回答说。

听了爸爸的话我心里难受极了。我想：这样二哥又该腿疼了。我和三哥要是没病该多好，也能帮助家里割豆子了，多了我和三哥家里就能出六个人割豆子，这样割豆子就快多了，而且二哥也不会因为反复上下车而腿疼了。可我……唉！有时我真觉得这老天太不公了，为何别人都可以健健康康快快乐乐过一生，而我的一生要与病榻为伴。人们都说"人一生只有一次"，而只有一次，那为何让我如此痛苦度过呢。其实我也懂，世界上的人，不能都是健康的，有健康就会有残疾，如若这世界上有了我这个残疾人，也可以多一个健康人，是这样吗？真的是这样吗？如果真那样，那么也就值了。

而且，面对着这一切，我只能努力，只能忘我地拼搏！去实现理想，成为一位大作家，挣钱，撑起这个脆弱的家！

面对未来，虽荆棘载途，但这又如何能挡得住我呢，我有责任让父母安度晚年，我有责任让这个家生活得更好。生命虽是残缺的，但这丝毫不能削弱我拼搏的斗志，我虽失去了健康的身体，但我还有一颗健康的心灵，它仍然在每时每刻跳动着！

它每时每刻都在提醒我：生命短促，要实现理想就必须抓紧时间，付出比正常人多几倍的努力与汗水。虽然，在我前进的道路上，会有许多艰难困苦，但实现理想的初衷永远不改！

（特约编辑注：以下是云成在二哥走后写的日记，更能反映他的心情。）

张云成，行动起来！

行动起来！

张云成，行动起来！因为你的青春季节已快走完，人生只有一次，何不趁这阳光温暖、水分充足的春天多绽放几枝花朵，为这春天多增一份绚丽的色彩呢?!

你曾许多次向别人发誓要有所作为，可每次发过誓后，你却并没有付出真正的行动，只感路途遥远，目标渺茫……

（在广东的）二哥来信对你说："在这个世界上，人应有一技之长，不然他就无法生存，这是二哥亲身体会到的。希望小弟能珍惜时光，刻苦学习，胸怀大志，将来也好有所作为！"

当你看完这封信后，你激情万丈，心潮澎湃，在给二哥回信中你这样写道："二哥，我懂了，我一定珍惜时光，努力学习，将来当一名大作家。我向您发誓！"

信寄出后，你开始发奋学习，语文、数学、自然和作文都是你每日必学的课程。第一天你圆满完成了所有作业，此时你沾沾自喜，对未来充满信心。第二天你的冲动仍不减。第三天，你因看一部电视剧而耽误语文的作业，这时你想：今天做不完，就明天做吧，反正也不差这一天。

而时间在不断考验你本不坚定的毅力，你也深感自己已信心不足，能力有限，对于自己的理想，你开始觉得可望不可及。

就在你"发奋"学习的第7天，毅力的锁链终于断了。

你终究没有履行自己的誓言，终究没有像你所说的那样：珍惜时光，发奋学习。于是生活再一次恢复了空虚消极。整日不求上进，只爱好高骛远。时间在你空想时溜走，在你闲侃时溜走，在你看电视时溜走。

整整两年过去了，你却什么也没得到，你仍旧什么也不懂，什么也不认识。在那些有志者面前，你羞愧不已，无地自容。

18岁，有人已考上了大学，有人已经开始为社会作着贡献，可你却只有小学四年级的文化，还让父母养活着。

而终于有一天，你脑海里炸出了一句惊雷般的质问："别人能做到，为什么我就做不到？"

就在这时，你仿佛看见了时间老人，他穿着用坎坷织成的衣衫，拖着智慧的长须，拄着用坚强意志铸成的钢筋铁杖……他走近你身旁，眼睛里闪烁着希望的光芒，语重心长地对你说："行动起来吧！孩子，你现在只有18岁，现在开始努力还不算晚，莫让青春付水流！"

是啊！人生只有一次，过去了将不再回来，行动起来吧！不要再顾虑什么，不要再担心你的毅力能否经得住时间的考验。行动起来吧！你还很无知，父母还盼望你有出息，行动起来吧！

张云成，行动起来！

第六章　只有头能动，用嘴叼笔画画的三哥

我的三哥云鹏除了头之外几乎一动不能动，连吃饭都得靠别人喂！但就是这样，三哥居然在几年内坚持做这样一件事：用嘴叼着笔——画画！并且想开自己的画展！

只有头能动，用嘴叼笔画画的三哥！

迎面吹来的风啊，已是凉意袭人了，叫人寒噤不止，这风，到处吹，吹得园子里的庄稼都黄了，干枯的叶子，被风吹得无奈摇摆着，啊，又是秋天了。静下心来想想，三哥在这个世上已度过二十五个春秋了，而在这二十五个春秋里，三哥又承受了多少寂寞与痛苦啊。

25年前，三哥降生在一个偏僻穷困的小山沟里，按理说，三岁的孩子该稳当地满地跑了，可三哥三岁时却常摔跟头，走不多远就走不动了。在父母为此愁眉苦脸时，有个邻居对爸爸说："快带孩子到医院检查检查吧，别把孩子耽误了。"

收拾了行囊，爸爸背起三哥踏上了通往哈尔滨的列车。在哈一大医院检查，确诊为进行性肌营养不良，而且没有特效药！

这残酷的现实如同一个沉重铁锤重重砸在了爸爸头上，爸爸蒙了，不知所措。看着三哥那玩耍的身影、纯真的笑脸，爸爸毅然决定带三哥去北京治疗。（在去北京前爸爸已经带三哥去了沈阳、山东和天津治疗。）

希望，失望，绝望，几个轮回，最终，三哥的病无医可治，无药可治。家庭的穷苦、父母的痛苦，致使三哥的病就这么放下了，妈妈在忧愁的日子里常这样安慰自己：小鹏小时候摔折过腿，这病可能是因腿折引起的，长大了，一点一点就好了。

时光流逝，三哥已经长大了，但他的病却没好一点，反而一天比一天重了。十

来岁的时候，三哥完全不能走路了……

如今他已经在炕上坐着度过十几年了……

十几年间，病魔无时无刻不在折磨着他。

小的时候，三哥坐在地上玩，常有调皮的孩子往他衣领里扔土块。三哥坐在地上，他最矮，一圈孩子围着他，三哥仰着头看着他们，去挡前面孩子的土块，后面的孩子已经把土块扔进他的衣领，三哥用手拦着，头不停地左右看，防备着。此时的三哥呀，就像只弱小的羔羊……

现在，每当我想起那一幕，心头还会一阵阵酸楚。如果三哥是健康的，谁会欺负他？如果三哥是健康的，他一定会教训那些人。可他不拥有健康，他只能眼睁睁看着那些人扬长而去……

如今，三哥的病更重了：昔日能打弹弓的手已经伸不开了，举砖头的胳膊已经抬不起来了，他的腰伸不直了，双腿伸不直了，脚趾也伸不直了……

现在，三哥除了时常用嘴叼着毛笔学习、练字外，什么也干不了。一天从早到晚只能那么坐着……生活是那么美好，而三哥只能坐着，坐着看着。

每当外面晴空万里阳光灿烂时，三哥都会满怀渴望地说："外边的天儿真好，要是能到外边去走走该多好啊。"

是啊，他三岁患病，十岁就不能走了，到今天，他已有近5000天没有走出这个屋子了，没有离开这炕半步！外边的一草一木，一山一水，蓝天白云，他是多么想好好看看哪，三哥多想让太阳好好晒晒啊，三哥多想让风吹吹啊。

可他咋出去呀？坐在椅子上吧，他坐不住，那还往哪儿坐呢？坐在园子里，满地是青草，太潮湿了；坐在院子里，前面是杖子，后面是房子，或者前面是房子后面是杖子，就算坐下来了，也看不着什么呀。再说，如果来人了，看见我们坐在地上，那成啥事了。

就是妈妈背着三哥也不行，因为三哥的腰弯了，胳膊也没劲，所以妈妈一背他，他就往下"出溜"。背都背不住，你说还咋出去呀？于是，三哥便只好"沉寂"于空寂的屋子里了。而他是多么渴望出去看看哪。

现在，每当我给三哥喂饭时，我都会发现，三哥的嘴唇也没劲了。吃饭时，三哥是用牙把菜拦住，然后我再把筷子抽出来。记得在以前，三哥可以用嘴叼着气球，把它吹得大大的，而如今呢，他连吃饭都费劲了。通过这，我可以看出来，三哥的病正在向头部发展，今后的结果呢？虽然谁都没有明说，但三哥心中是明白的，他知道……

"年龄不超过28岁"、"最终因心力衰竭而死亡"，这些医生的判词使我不敢去想象三哥的未来，不敢去面对……三哥的内心是痛苦的，他从不曾踏入过校园，没有小学、中学、大学的学生历程，更没有同学和形影相随的伙伴，也没有令他难忘的美好人生经历。

我的能力很小，不能为三哥创造快乐的条件，于是我只能尽量去理解三哥，我想，三哥已经失去健康和自由了，如果我们再不给他一些亲情的温暖，那三哥就更不幸了。

其实，三哥的痛苦更多是来自内心的，因为周围有太多的蔑视与冷漠。

时常会有人指着三哥问妈妈："他会说话吗？"

唉，苦啊，我的三哥。除了没有健康的体魄，他什么没有？什么不懂？他有一颗健康的心灵。他懂得生命的价值在于创造，于是，虽然手写不了字，他就用嘴叼着笔写；他懂得做事应该认真，于是每当我写完一篇稿子，三哥都会提醒我好好检查一下有没有错字、落字；他懂得为别人着想，在别人落泪时，三哥总是让我给那人递一块手绢……

虽然身患重病，虽然没有优越的家庭条件，但三哥并没有悲观绝望，而是以平和的心态面对现实，他总这样对我说："咱们的命还算挺好，二哥对咱们那可以说是有恩，大哥有啥吃的都想着咱们，大嫂二嫂对咱们也都挺好，不因为咱们这样而另眼看待。咱们还有妈，咱们根本就受不着什么罪，有的像咱们这样的还不如咱们呢，咱们应该知足啦。"

生活中，我与三哥形影不离，因为三哥随时需要我照顾他，哪儿痒啦，手想往哪儿动啦，我都帮他。在妈妈背我到外边的时候，我的心里总是很不安，心里总担心着三哥别摔了，别有小虫落到三哥脸上，所以总是没心思看妈妈让我看的东西，只是着急快回屋看看。

家里没人的时候，我会放下手中的笔与三哥说说话，因为电视关了，家里又没人，我再将三哥置之一边埋头写作，那三哥会感到寂寞、烦闷的。我们最常聊的话题是我们最想要的，比如电动轮椅！

我们一聊这样的话题就会兴致勃勃！我们尽情设想着得到电动轮椅后的样子——

"我要是要电动轮椅的话，我要声控的，我先把我的声音按照他（电动轮椅厂设计员）设计的词录下来，像'前进'啦'后退'啦什么的，录完给厂家邮去，他们把我的声音输入到电脑识别系统里，等电动轮椅生产出来它就只认我的声，别人咋说也不好使。"三哥满脸得意地说。

我接过茬说："电动轮椅的速度要快，因为咱们出去要是碰着疯子追，咱们就跑。"

"那还非得跑？"三哥突然问。

"那不跑咋整？你打他？他是个傻子，他懂个啥呀，你打他太不人道吧？"

"那咱们这个电动轮椅还得有个防御系统，靠着它，咱们打尽天下的不平事。"三哥说。

"对，电动轮椅上有两把枪：一个是高压射水枪，一个是子弹枪。射水枪能射

100米远，要是有人在一边起哄，或骂咱，用石头打咱，就用水喷他们，这样还不伤他们；子弹枪呢，是用来打坏蛋的，当咱们看到坏人用刀捅人的时候，咱们就用这子弹枪，挂到最高挡瞄准他们，好好教训他们一顿……"

三哥二十几年与外界都没有任何接触，但他却懂得许多做人的道理，我从他身上学到了许多……

那是冬天的一个下午，张哥给我打来电话，告诉我几个报社的地址，在我记地址的时候，因为天特别冷，再加上没吃饭，所以手冻得通红，一点也不听使唤，地址记得乱七八糟，一点也不清楚，可这时我却没向张哥多问一句。

当时三哥就提醒我"你再问一遍"，可我却没理他。

放下电话三哥问我记下来了吗，我没有马上回答，看着那模糊的字迹摇摇头……三哥生气了："没记下来，你应该告诉人家一声，这样表示对人家的尊重，这样人家也会说得慢一点。要知道人家弄到这些地址费了多大劲啊，还满怀热情地告诉你……"

三哥平日里喜欢唱歌，平时屋里没人时，他都会尽情地唱上几句，他酷爱唱陈星的歌，《望故乡》是他常唱的歌。而寂寞无奈的时候，他会唱起那首充满哀伤的《铁窗泪》，从这歌声中我可以看到三哥内心深处的忍受与希望……

这就是我的三哥………

张哥：

您好！我是云鹏。

这六幅画中有两幅是我在几年前画的，这四幅我画了七天，我真是想多画几幅，因为每次画画又都要麻烦好几个人，所以才耽误了这么些天。

谢谢您没有认为我已是一个没有生存价值的人，而是对我充满希望，我会努力的，尽力把画画好，用一幅幅令人感动的画去回报您。一步步走向我的目标——开办画展。

我现在挺好的。

好了就写到这里。

祝您一生幸福！

云鹏（云成代笔）
2001年6月2日

（注：由于以前画的两幅画没找到，所以没邮。）

与我相比三哥更加不幸：不能下棋、打扑克、玩游戏机，不能看任何书，不能写任何东西，很少表达内心世界，以及不能自己吃饭。同时也活得特别小心翼翼，生怕自己得病为家人增添负担。

但三哥心态却非常乐观，他说：悲哀也是一天，快乐也是一天，为什么不快乐一点呢？而且我们有这样一个好家庭，而我还有当画家的梦想呢！

三哥爱画画，从小就爱画画。

1995年二哥去广东那年，应该算是三哥画画的高峰期了，那时他一天就可以画两三幅画，但随着岁月的流逝，三哥的双手越来越没劲了，终于有一天，三哥的双手握不住那竹竿做的画笔了⋯⋯

握不住了⋯⋯

双手没有劲儿了，不能再画出三哥心中美丽的风景了⋯⋯

可三哥却没有因此悲观，没有！

他没有放弃心中的理想！

他说："我的手没劲儿了，可我还有嘴！而且我的嘴非常有力，我可以用嘴叼着笔画出比用手更好的画儿！"

三哥决定用嘴叼笔作画了⋯⋯

这时对三哥最重要的就是能有一个画架子，来重圆他的追梦生活。后来直到二哥从辽宁回来过年，他的这个心愿才算实现。为了做画架子，三哥和二哥忙活了一天。

做好画架子后，三哥对画画的客观条件要求更高了，他让二哥找来一块更大更平的画板，还让二哥买来了毛边纸和绘画书籍，志高气昂地走向他的理想。

回想三哥最开始画画的样子，我还依稀记得。那时三哥的画板只是一个30多厘米见方的小胶合板，而且上面凹凸不平，纸铺在上面更是有高有低，而三哥叼笔还没有现在这么熟练，叼着笔总使不好劲儿，画笔总不听使唤，想画细线却总是笨笨拙拙画成了粗线，三哥也很烦恼，每当画坏一幅，他都非常生气，看着画坏的画使劲咬着笔杆，把笔咬得嘎嘎直响⋯⋯

为了克服这一困难，三哥就有意识地去训练叼笔，在不画画的时候他也叼着一支毛笔在空中画来画去⋯⋯

时间一长，他对毛笔的把握能力增强了，可以准确调整毛笔角度了。

他临摹的第一幅画叫《骆驼》，这幅画他用了两个多小时。我给他挤水彩，调匀，然后把笔递到三哥嘴里，他用右边的大牙叼着笔，专注地看着面前的画纸，眉头皱着，一会歪头看一下书上的画，一会又心领神会画起来⋯⋯

三哥的头前后左右移动着，笔尖在画纸上涂抹着、雕琢着，用心描绘着自己心中的图案。两小时过后，他终于完成了自己叼笔画成的第一幅画——《骆驼》。

三哥安静地看着这幅画儿，但从他的眼神和表情中，我完全可以看出三哥内心的激动与骄傲：虽然手不能握住画笔，可这并没有阻止三哥追求梦想的决心，困难没有把他吓倒，能够从痛苦中振作，从怅然中崛起，这怎么能不让今天已叼笔作画的三哥泪盈满眶⋯⋯

三哥的泪水终于流下来了……

从这天开始，三哥人生之路有了新起点！这个起点在某种意义上已经超越了他画画本身，这是他生命又一个转折，又一个闪光的转折！

我常问三哥："你画画有意思吗？"每当这时三哥都会笑着问我："咋没意思呀？"确实，在他临摹画画时我也能感受他那种不能用语言表达的快乐。一幅画在自己的观察、理解、描绘下，不一会便成了自己的东西，呈现在自己面前，这怎能不让三哥快乐。每画好一幅画，三哥的心情都会好上一天……

三哥在画画时你和他说话他是听不进去的，总是嗯嗯的。前些日子，他画画时我跟他说二三十年代人的收入问题，说了两三遍他也听不明白，到最后还问一句"你说什么"，让人生气也不是不生气也不是。不过看着他画画时专注认真的眼神，真的令我惭愧，我在写作时有时就不认真。三哥这种眼神也是对我的鞭策……

三哥画画的辛苦是一般人想象不到的。

比如画一幅画，当画到面前画板画纸的上方时，三哥需要使劲仰着头，而即使这样有时还够不着，他只能让妈妈把纸给他往下挪一下，有时画一幅画要挪十几次，对他来说画成一幅画比别人要慢几倍十几倍啊……

画画时身子难免前倾，但三哥没有平衡点，一前倾就倒下去了，因此他在画画时需要这样支撑身体：身子呈半蹲状，胳膊肘支在右侧的小箱子上，而手必须放在胸和膝盖之间，用来"顶"着身体不让自己倒下去，不过在夏天时画一会就得把手从胸和膝盖之间拿出来，否则太热了，而他自己又没有力气，拿不出来，需要我来揪。同样在夏天，另一个"支撑点"胳膊肘不停在箱子上磨着，经常磨出鲜血，但每次出血他都不管不顾，仍专心作画。妈妈心疼他，在箱子上放一个垫子，但垫子总往下掉，他就不用了。画完了，看着出血的地方，用棉花蘸一蘸擦一擦就不管了。

每完成一幅画最少要两个多小时，而画笔始终在他嘴里咬着，牙齿就非常累，试想：用两小时使劲叼着笔，这得多累多痛苦。因此三哥在休息时就是头靠在墙上，向上仰着头，笔尖朝上，权当放松了。另一种放松方式是换牙叼笔，一会用右边牙齿叼着，一会用左边牙齿叼着，一会用门牙咬住……

画画时三哥自己不能调颜料，由我在他身边调，他指导我调好后也不能低头去用毛笔蘸料，我替他蘸，再把笔送到他嘴里，画完几笔我接着替他蘸……

他画画就是以脑袋用力，带动嘴和牙齿画，因此远看他画画就是脑袋在上下左右动着。

一旦都画了两三个小时了，却出现了一个小的不可弥补的失误，他就会非常生气！非常非常生气！因为这幅画就报废了，生气的表现就是狠狠咬着毛笔杆，或者上下牙齿一错位，一使劲把毛笔"甩"到头上去。

有一次他一幅画画了整整三天！马上就好了，但一不小心，刚蘸的墨汁染到画上了……废了……那次他气得用嘴把毛笔杆都咬裂了……

至于画画时的感受，他曾这样告诉我。

他说：画画之前心中充满憧憬，心想，画完后将是什么样呢？还会有自豪感：又将有一幅画在我"嘴下"诞生了……

画到中间精彩处如果得心应手，或者有了得意之笔，那么接下去再画就会非常顺利，笔笔得心应手！

画完后心里当然是非常美了，非常有成就感。

他对我说：画了画，也就让别人承认自己还有活着的价值……同时通过自己的辛苦创造出了一点东西，并体会到了创造的乐趣，就觉得这一天没有白过！对了，别人看画时夸他他也很美！

在黑龙江民盟大学同学的鼓励和帮助下，三哥几十幅"用嘴"画出的画在该学校展出了。

而他也一直在家里等待着该展览的图片资料。

这天，他终于等到了！

这天上午，阳光很充足，天上少云。

有我家的一个特快专递，是张哥从哈尔滨发来的，二哥把它撕开，一看里面有照片……

三哥向我这样描述当时的情景：

二哥离我只一米远，他刚拿出照片，我一眼就看出来了，那是我的画！

照片上是我的画！

是我的画展上的画吗？我心跳加快，手好像都凉了，而二哥说着：是三儿画展的照片。

真的是我画展的照片，我的画展真的在哈市展出了，而且，像照片上展示的那样：有那么多人看……

二哥把照片放在桌子上，把桌子放在三哥面前……

我观察三哥，他的眼神我从来没见过：激动，惊奇，闪着光……他看了二十多分钟，几乎没说话……

他的激动我可想而知……

事后他告诉了我当时的感受：当然是高兴了，尤其是在听二哥念一些同学来信后觉得有点惊讶，在别人心中自己居然是一个了不起的人，是让人敬佩的，说实话心中还挺得意的……那二十多分钟虽然没说话，但心里想了许多许多，想得最多的还是，二十多年了，这么多辛苦这么多不容易，总算没白过，有回报了……

三哥说：说实话当天晚上失眠了，一两个小时都没睡着，看着外面天黑黑的，周围如此安静，就觉得自己——挺幸福的。

这些年没有白奋斗，而且也让家庭看到了希望，这一辈子，有这一天，值

了······

现在，当三哥画完一幅满意的画时，我在近距离总能看到他脸上与平时不同的表情：脸上是一种笑，眼中闪烁着几许光芒，那是超越自己后的喜悦，是没有被生活淘汰的激动，是可以再度追求理想的幸福······

今后的日子里，三哥将带着这种幸福继续编织自己的七彩梦：画得更好！开更大的画展！

用嘴叼笔作画的张云鹏和他的作品。

第七章　假如我能行走三天：献给妈妈

我那要强的妈妈

记得小时候，每当我坐着四轮车离开家，我都会看到妈妈在车后追我们，嘴里大声喊着嘱咐我们的话，这时当我看到妈妈脚上穿的那双破烂农鞋时，心里也不知是怎么的，总是想哭，我觉得妈妈太可怜了。别人的妈妈都拥有许多，而我的妈妈却吃没吃着好的，穿没穿着好的，每日忙忙碌碌非常劳累。而那时我还会在车上想象着妈妈没有我们在身边时的孤独情形，想象着妈妈一个人孤单地做饭、吃饭、捡碗的样子，想象着妈那孤独、盼望、说不清楚的眼神，那时我是那么渴望自己有一双健康的腿，马上跳下车，回到妈妈的身边。

妈妈的老家在山东，23岁时来到黑龙江，与爸爸结婚时没房子住，跟别人住南北炕。与别人相比，妈妈更多了一份辛苦与牵挂，因为她有两个从三岁就得了肌无力的孩子。

三哥三岁得病，从那时起妈妈便注定要为三哥操劳一生，二十几个春秋，妈妈承受了那么多。

记得好几年前的一个夏天，三哥感冒了，病得很重，妈妈很为三哥担心，每天给三哥做好吃的。那天傍晚，三哥困了，总是想闭眼睛睡觉，可三哥一闭眼睛妈妈就招呼醒他，总是不让他睡。"鹏子，你想吃点啥呀，妈给你做去"，"鹏子，咱家园子里的黄瓜开花了，妈背你去看看呀"，"鹏子，以后咱家买蹦蹦车了，让你大哥拉你俩出去好好溜达溜达"。妈妈总是跟三哥说话，怕三哥睡着。后来，我才知道，妈妈那是怕三哥睡着了，就再也醒不来了……

病了这么些年，每时每刻我都能感到妈妈给予的温暖。每到吃饭时，妈妈都会把桌子往我这边推一推。吃饭的时候，妈妈给我揪葱，夹菜，总是抢着替我喂三哥，让我能好好吃饭。当家里来人，当我们盼望那人早点走，我们能早点吃饭时，我看到的总是妈妈匆匆地从外屋走进来，用力把桌子往我这边推来，于是，香气四溢的饭菜就近在眼前了，而我的心中也充满了温暖……

每到星期五赶集的时候，妈妈总是要为我们买些好吃的，第一次如果忘了就宁肯再去一趟。妈妈把好吃的往我们嘴里送，我们让妈吃，妈妈却说什么也不吃，最后，妈妈眼中含着泪说："你们吃硬实了就比啥都强啊，妈吃不吃能咋的呀。"

在家里，除了二哥，妈妈就是最理解我们的人了。刚安电话不久的那几个月，每到交电话费的时候，爸爸都会觉得电话费太多："下个月赶紧把电话撤了，这么多的钱花得起吗?"

每当这时我和三哥都很担心，怕爸爸把电话撤了，怕二哥打不进来电话着急，怕与张哥联系不上，怕不能再向外面说出自己的心里话，怕听不到外面的声音。于是我对爸爸说："好不容易安上，撤了再安就不好安了，还得再花钱。"每到这时，我都会听到妈妈的安慰："你放心，再没钱妈也不能让你爸把电话撤了，你别听你爸爸瞎吵吵，他说不算，妈活着就让你们多享几天福。"

妈妈的话让我感动，妈妈的话让我心里觉得：有了妈妈，我便不会再有委屈。妈妈没什么文化，可妈妈却能理解我们的心情，情愿为我们付出一切。

看到我们很孤独，是妈妈执意雇来了老爷车，拉我们出去溜达；看我吃饭不香，是妈妈每天起早为我去买牛奶；夏天屋子里热的时候，也总是妈妈，要背我们出去凉快。在二哥远离我们的日子，我们的身边有妈妈理解我们，关心我们……

妈妈这一生受了一辈子罪而没享一天福。1982年我家从偏远穷困的朝阳搬到了五镇，刚来的那几年日子过得很苦，妈妈下地干活的时候，带的都是干馒头，而别人带的都是面包或油条，妈妈现在常对我说她当时真想也能买些面包或油条吃，可兜里的钱实在是太少了，而且还要供大哥二哥上学，给我和三哥买药吃。于是妈妈只能嚼着被风吹得又干又硬的馒头，喝着小溪里流淌的水……

我家刚搬来的那几年，有一次妈妈要去20多里外的地里干活，走在路上遇见了一个村子里很熟悉人家的马车，一问是去同一片地，于是妈妈想搭个便车，可那人竟说上坡多一个人马车拉不动，妈妈是个要强的人，马车不捎，妈妈就自己走，妈妈就走在了三辆马车的前面，这时那辆马车的主人觉得太过意不去了，于是招呼妈妈让妈妈坐上马车，妈妈不会让人可怜，她依然不上车，走自己的路！因为我们的病，妈妈在外面别人面前总觉得自己比别人矮三分，没什么话可说。听到人说他的哪个儿子在哪儿工作，一年挣多少钱，妈妈也总是羡慕人家，为自己的命运感到悲哀。其实，这是我最对不起妈妈的地方，我让她一生都不能像别的妈妈那样快乐地生活，一生都觉得自己这一生不够完满。因此，我要用我的努力，我的汗水去拼搏，去取得成绩，去补偿这些年她为了我所失去的一切。妈妈常这样说："你们都这样了，你们也不是愿意的，一辈子够苦恼的了，妈不能再让你们受屈儿。"吃西瓜的时候，妈妈给我们拿最甜最好咬的一块，在香瓜还没出园的时候，别人给妈妈一个小香瓜，妈妈舍不得吃，不管多远也要拿回来给我们吃。妈妈把我们照顾得很好，因此我们虽身患重病但也能感到生活的美好，看到理想的曙光。虽说妈妈已50多岁了，而且身材矮小，但妈妈用一颗诚挚的心温暖着两颗曾受伤的心，用自己的无怨无悔去圆满两个残缺生命的旅程。虽然，人生只有一次，而我这一次又如此地残缺，但我已经满足了，因为我毕竟还有一个——好妈妈。

假如能行走三天……

行走对于一个正常人来说是最为容易的事，而对于我来说比登天还难，所以，假如我能行走三天，我将万分珍惜三天中的每分每秒。

妈妈今年52岁了，个子很矮，但每天还要干许许多多的活，干她这个年纪所不该干的活。

每天早晨起来，妈妈先要抱柴做饭，一阵忙碌之后，她就要给我和三哥穿衣服。由于三哥已患病近20年了，所以全身肌肉及骨骼全部萎缩变形，这样妈妈给三哥穿衣便非常吃力。三哥不能坐着穿衣，所以在穿上衣时，妈妈只能先给三哥穿一只袖，把三哥上身抬起，把另一只袖从身底穿过，然后再穿另一只袖儿。

由于我自己穿衣穿得慢，所以妈妈给三哥穿完还要给我穿。穿完衣服后，妈妈还要给我们擦脸，洗手，吃饭。而在白天累了一天后到晚上妈妈也休息不好——晚上得给三哥和我翻十次身。有时她刚躺下三哥就招呼了，因为三哥身上的肉很少很少，所以躺不了多一会就得翻身，要不就硌得受不了。每当我听见三哥喊妈妈翻身时，总是不忍心叫醒刚刚睡着且非常不容易睡着的妈妈，可三哥那因硌疼而呼唤妈妈的声音又实在令人难以听下去，于是……唉！

假如我能行走三天，那我将自己穿衣、洗脸，并且即使晚上整夜不睡，也要替妈妈给三哥翻身，给妈妈减轻负担，让妈妈睡一个完整的觉……

假如我能行走三天，我将从妈妈那单薄的肩膀上接过沉重的一挑水，放在我肩膀上，让妈妈跟在我后面，让妈妈不再受累……

假如我能行走三天，我将替妈妈去给别人干活，不让妈妈去给别人换工，不让她矮小的身躯在一望无垠的田地里忙碌，我要接过妈妈手中的镰刀，让妈妈坐在树阴下乘凉……

假如我能行走三天，我将在妈妈受欺负时站出来，让妈妈站在我魁梧的身后，我跟那恶人去吼，如果那恶人蛮不讲理，总是辱骂我们，那我就重重地给他两拳，让他知道人格不容侵犯，让妈妈不再流泪……

假如我能行走三天，我会去拼命干活挣钱，给妈妈买她最爱吃但舍不得买的香蕉，让妈妈过上幸福的生活；假如我能行走三天，我将补上这些年来对父母家人所欠下的一切。

假如我能行走三天……

张云成的爸爸张学臣、妈妈李敬琴

第八章 尊严无价

张哥：

你好！

信和钱都收到了。这20块钱我收下了，不过我绝对不能每个月都收您20块钱买信封和稿纸。虽说我家不富裕，但父母还是愿意给我这个钱。如果我每个月都收您20块钱，那我的心会很不安的，这样我会有一种被施舍的感觉。我不想坐着等饭吃，我想自己去创造，使自己丰衣足食。是的，您给我钱，是在为我的成功创造有利条件，是在真心帮我，但我实在于心不忍，我家也确实不用为买信封等发愁……

这一个多月来，感冒缠身，天天针药相陪，不过请您放心，我现在已经好了。1999年的前一个月我写了4篇文章，两篇是书稿，一篇参加了有奖征文，我越来越感到，我应该自己养活自己，我不能总靠父母和社会的帮助，总有一天父母会离我而去，我也不想给哥哥增添负担。张哥，您给我寄钱不如给我找一些有征文的地方，我渴望用自己的能力挣钱，您这样的帮助我会很愿意接受的。

云成

1999.2.28

张哥：

你知道我内心的痛苦吗？有人说我和三哥就会吃。

难道，有病能怨我俩吗？病到这种程度，难道是我们愿意的吗？我与三哥何尝不想健康呢？我们是有自尊心的，我们渴望别人的尊重。

说什么也没有用，只有挣钱，只有能挣钱才能被人重视！

请张哥为我找一些省级或地级报纸的地址好吗？说实话，国家级报纸我现在是上不了的，我的水平是达不到那么高的，我理解张哥的良苦用心，想让我一下就做出成绩。说实话，我这么想向报社投稿，只想挣钱！哪怕是一块钱呢，我只想让别人知道，我能挣钱！我活着是有价值的！我不是废物！我不想让别人说我一天只会吃饭！张哥，你能理解我的心情吗？请张哥给我找一些省级报纸的地址。我，也是个人哪……

我想挣钱呀！！

渴望被别人重视的云成

1998.11.12

我不能走，但也想——工作。

每当我往饭桌前挪动的时候，心里总会有一股强烈的惭愧感：我非但不能为这个家这个社会作出一点贡献，反而吃饭一顿不落，还吃得这样及时，我不想吃闲饭呀！我渴望为家庭为社会作出一点点贡献，让别人的生活因为我而变得有光彩。

我曾经给一个部门去过一封信，诉说我渴望实现自身价值，为他人做点什么的心声，其实在我写信前就想过，如今社会上下岗的人很多，有哪个单位缺人哪，即使缺，有那么多有健康体魄有能力的人，谁会不用他们，而用我这个残疾人呢。但我渴望能有人理解我不想吃闲饭、不想被说成是"废人"的心情，还是以急迫心情写了……写了一封一个残疾人不愿沉迷，不愿平庸一生，渴望有所作为的信。

世界上也许再没有比不被相信，不能为他人做一点点事情，不被别人认可更为痛苦的事了。我虽然病得很重，我虽然只有小学的文化程度，但我一切都可以学呀，我虽然没有过人的才华，但我却有一颗永不停息的心，不会我可以学。我在给这个部门的长信中就这样说："也许，现在市场经济的现代化写作我根本就不会，但是，我有一颗积极向上的心！不会我可以学！如果您所要给我介绍的这份工作我不能胜任，那么我可以先学习，等到游刃有余之时，您再用我！"

每当我听说同龄人或已有工作或已考上了大学，我总有一种无地自容的感觉，同龄人都已挣钱了，吃自己的饭了，而我却一分钱也挣不来，让父母为我负担许多，我不甘心哪。

如果，我写一个月的文字仅仅能挣到10块钱的话，我也会乐此不疲的！因为这样，我既可以为社会带来益处，而且更可以为父母减轻负担，我的心也会欣慰一些，我不会再让别人瞧不起，自己在众人面前也会有信心说一句话。其实，最重要的还是一种被别人承认了的感觉，以及知道这个世界还需要我，我活着还有价值！

爸爸为这个家庭种地、挣钱，一家人的吃饭问题全靠他一个人。妈妈为这个家庭喂猪、操持家务，为我们料理生活，可以说一家人的幸福与否全取决于她了。而我呢，这个家这个社会有没有我都一样，也许没我他们会过得更好。我不想就这么下去，我渴望为家庭担起一份责任，一份为父母减轻负担，为兄长打消顾虑的责任，一份为家庭创造幸福的责任。

虽然，我已病了17年，虽然我现在拿一杯水都费劲，虽然我的能力很小，但我依然渴望为祖国为社会为家庭作出我的贡献，我依然不想吃闲饭。

理想给了我尊严

书上说："理想是人心上的太阳，它能照亮生活中的每一步路。"对这句话我最有体会！

我从三岁患病，这些年病情不断恶化，以至于我衣不能穿，脸不能洗。我虽然病得很重，而且经济条件不优越，可我不抱怨命运，每个人的命运都是公平的，就看你如何把握，命运已经让我不拥有健康，那我只能面对现实，坐以待毙不如去积极争取……于是我向理想迈开脚步。我有一个美好的愿望：写一本书，当一个作家！

我有理想，是理想填补了我失去健康的痛苦，我在追求理想刻苦拼搏时才忘记了一生将与病榻为伴、永远失去行动自由的悲痛……

没有理想的时候，每当家里来人的时候我都会感到很自卑，没有自信心，说话都是胆怯的。那是因为别人都在进步，都有目标，都在创造价值；而我却停步不前，没有目标和理想，每天只是混着过，没计划没打算，日子过得也很枯燥，我感到羞愧。

而有了理想，生活中就多了一道阳光，处处使我充满信心，也让我快乐起来。家里再来人的时候，我不像以前那样觉得惭愧，而是自信、坦然，因为，我理想远大！甚至于我的理想是我眼前这些人谁也不能相比的，虽然他们身强体壮，可以挣钱创造价值，但我也正在为理想拼搏，我照样也没有虚度光阴，我与他们是平等的，我为什么要自卑呢。

理想给我带来了自信，也让我勇于表现自己。

今年二月份二哥结婚的时候，人们都忙着明天招待客人吃饭的事，都没想到写喜联的事。到了晚上妈妈想起要剪喜字才想起来，可已经晚了。妈妈让来给写喜联的大表哥编编词，而大表哥有些不好意思地说："我就描描还行，编词可编不了。"正当妈妈着急的时候，我拿出已经写好的喜联词稿说："我写好了。"

这时，在场的人都惊呆了，他们无法相信一个坐在炕上近20年的残疾人，一个一天学也没上过的人竟能写红火喜事时用的对联！

他们用惊异的目光看着我，我的心怦怦直跳，我感到了那种被别人关注的感觉。大表哥接过我写的喜联词稿子仔细看了两遍，赞赏地说："四儿，行啊，我都写不出来。"听见大表哥的夸奖，我的一个表姐夫也过来饶有兴致地看起来，他的夸奖更令我没想到，他说："我一看就不是一般人写的嘛。"

是理想使我有勇气去写，是理想使我有勇气将自己写的东西给别人看，更是理想使我得到别人的夸奖，使我拥有自信和快乐！我为自己有远大的理想并为它拼搏而感到自豪。

2000年我做阑尾手术的时候，认识了马绍华叔叔，他是医院的外科主任。听说了我不甘命运安排追求理想的故事后，他眼神中不是有些人的猜疑和轻视，而是一种惊讶，一种称赞，看我们家不富裕，马叔叔在给爸爸做手术时减免了三百元，而给我做手术时更是减免了手术费七百多元！给我们家减轻了很大负担，为我们家解决了燃眉之急。因为给爸爸和我做了手术，于是我们家与马叔叔成了朋友（听了哈尔滨电台播我文章的磁带后，马叔叔对我有了更深的了解）。

在我们家杀猪时，我们请马叔叔来家吃饭，马叔叔很痛快就答应了，这使我们感到有些意外，我们以为马叔叔不会来，毕竟他是医院的主任，而我们是那么普通的农民啊！当给马叔叔打电话时，我们感受到了马叔叔的真诚：我去，我一定去。

马叔叔来到后，在席间，他谈论着听过磁带后的感受，他总是提到我的名字，而他竟这样称呼我的爸爸："这是云成的父亲。"我的心里美滋滋的：为什么马叔叔不称爸爸是云鹏、云才的父亲，而只说是"云成的父亲"呢。

仿佛我此时已成为了有卓越贡献的人似的，我觉得很幸福。

这之后当我给马叔叔打电话时，他一下就听出是我了，很亲切地对我说："啊，是云成呀。"这使我非常意外，他竟能听出我的声音，我从未给他打过电话呀。

我对他说的话也是很少的，这说明马叔叔对我是关心的，而他又为什么关注我呢？我们能与马叔叔成为朋友并且这样来往，也许就是因为我们不甘命运努力奋争！正像婶子说的："马主任接触的病人那么多，为什么就和你们有这样的来往呢，是因为你们的精神感动了他，使你们今天在一个桌子上吃饭。"

如果没有我向命运挑战、追求理想的决心，我肯定不会有现在拥有的一切。理想让我有了尊严！

张云成近影。

第九章　和那一夜的绝望感觉斗争

随着年龄的增长，我的咳嗽也在不断加重，直到有一天我咳嗽得太严重了，大哥看不下去了，他带我到医院做了检查，一检查竟是慢性气管炎！大夫问我咳嗽多久了，我说七八年了，大夫惊讶地说："你才多大呀，就咳嗽七八年了。"

是啊，连我自己也不相信有那么长时间了。

我看书上说呼吸道不好的人免疫力就差，容易感冒发烧。确实，这一点我深有体会呀。

2001年12月的一天，只因晚上睡觉时脚没有盖严，就感冒了。嗓子十分不舒服，我意识到事不好，让爸爸买了些药，想赶紧把病控制住。但还是没好利索，于是就这样没滋没味过了年。没想到过完年，感冒竟然加重了，整夜咳嗽和发烧。

一夜咳嗽发烧，早上醒来（其实也不算醒来，因为我差不多一夜没睡，这黎明的到来，是我用眼睛盼来的），眼前的一切没有一点生机。白色的天棚像一个屏障——阻隔心灵的屏障，这时心里真觉得很憋屈，想大声喊，想大声哭。那白棚是一个逃脱不掉的网，把我紧紧罩住。

我刚要起来的时候，偏偏来了个人，往那儿一坐就没有走的意思。来人了，爸爸得去陪他呀。屋子里冷冷清清的，耳朵里只有那人无聊的话语，想不听，可那话却往耳朵里钻，我又不能不让人家说。

都已经9点多了，那人还没有走。我往炕上一躺，一动也不动，硌得痛也不能招呼爸爸，因为我要给爸爸留面子，不能让他在别人面前抬不起头，我只能再坚持一会儿。那人也真是的，就是不能理解我的感受，你快点走了得了，我也好快点起来，不在那儿硌着了……

头疼得厉害，心里也是热的，心情烦躁极了。

谢天谢地，那人呆了一小时后终于走了。爸爸把我扶起来，穿上衣服，抱到垫子上……坐在垫子上，全身冰凉的，手都没地方搁，因为哪儿都是凉的。外边的天也是昏昏暗暗的，因为昨夜下了一夜雪，哎，这老天也有意让我心情不好。

屋子里苍白苍白的，毫无生气。

爸爸满脸愁容地给三哥穿衣服，穿上衣的时候，因为三哥的胳膊伸不直，再加上爸爸没给三哥穿过衣服，所以不一会爸爸就气喘吁吁了。

当爸爸从棉袄袖里往外使劲拽三哥的手时，我看到了三哥痛苦的表情，我的心里啊……这个家呀！父母一天比一天老，妈妈又得了腰椎骨质增生这种怕吃重的病。现在腰都弯不下来，怎么为我们料理起居？二哥是有耐心有体力，可二哥不要家吗，不挣钱了，能总在我们身边吗？大哥也同样有家呀。

此时此刻，我的心情极度沉重，也是第一次觉得未来的日子让我如此痛心疾首。我感受到了什么叫痛苦，什么叫心事重重……

我双眉紧锁，满脑子想着未来的日子，愁着这艰难的现状。妈妈让爸爸去大队找大夫给我打吊瓶。"买几个呀，买三个买四个？买三个吧。"爸爸带着一脸的愁苦走了，我能理解爸爸的心情，我深深地叹了一口气，此时头疼极了，就像有人在用大锤砸。过了半天爸爸回来了，抱回了四支吊瓶和无数的青霉素、病毒灵。其实，每当我看到这些我最痛心。爸爸满脸愁容地说："又花了七十多。"

啊，我啥时才挣钱呢?!

不多挣，哪怕只挣出我每年打针吃药的钱也行啊！

大夫来了，一试体温，40度！这时不知为什么大夫突然对爸爸说："你家这孩子挺坚强呀。"听到这话，不知是什么原因，我差点没哭出来，也许是终于有人知道我虽高烧但一声不吭地忍着，也许是我太需要安慰了……

打上吊瓶后，我迷迷糊糊睡着了，我做了一个梦，梦见天津有一家医院可以治我们的病，于是二哥背我去了天津，到了天津的医院，那个大夫说我的病能治！我听到后，高兴得像个小孩子似的，双手使劲地拍着，但正在我激动的时候，眼前的一切又都变了，变得漆黑一片，耳边也只有一句一句令人绝望的话："你的病咋治呀，骨头都变形了，谁能给你治直呀。"

睁开眼睛，我的眼前一切如故，全身仍然哪都没劲，手仍拿不起一件很轻的衣服，这时我想大哭，但却没有泪。

到了晚上了……

我最不愿面对的是夜晚，因为二哥这几天不在家，为了给爸爸减轻负担，所以我们晚上都是穿棉袄睡。晚上咳嗽还头痛，这样就睡不着觉，一睡不着就哪儿都硌着痛，我还不能总招呼爸爸。夜里两点我还没睡着，三哥听见我的叹息声，劝我说：

"快睡吧，别寻思了。"

我怎么能睡得着呢？我为这生活发愁，为未来担忧，父母都快60了，他们渐渐抱不动我们了，这样的生活怎能让我睡得着？

这愁苦伴我在这个夜里度过每分每秒。我就想：天亮就好了，天亮了二哥就回来了，二哥回来了，他就会用耐心、善心、细心化解我一片片愁云，会让我重新树立对生活的信心，会给我的生活带来新意，打破这可怕的沉闷……

我频频抬头，抬头看看窗户，看看窗户是否发白，看看天是否已经亮了。我心中交织着许许多多愁绪，我的眼神中是忧虑，是期盼……

那是我生命中最灰色的一夜，面对理想我只觉得它太遥远，成功已不能再激起我奋进的勇气，我真的已经快崩溃了。

虽然我的内心非常痛苦，但我从没想要真的去死，因为我可以想象我死后二哥、三哥、妈妈那种泪流满面的样子，再说我死了又有什么用呢，留下三哥一个人，成天一个人坐在炕上，他会更苦的。我的死只能是一种逃脱，还能是什么呢。我还肩负着写书的重任呀！我还肩负着用写书改变家境的重任，我不能辜负二哥、大诺哥及一切理解我的朋友的期望，我不能让他们失望，我要让他们感到欣慰，因为他们已经为我付出了那么多！

在这最痛苦的时候，我的精神支柱就是这样一句话：坚持下去就一定会好的，一切痛苦都会过去的，坚持下去……

而且大诺哥留给我的任务还没完成，在新的一年里我要开个好头啊……

黎明到了，天亮了，我在那儿反复想着，最后我对自己说：不行，我得起来，我得赶紧写呀！

于是我招呼爸爸把我弄起来。头还是那样疼那样晕，于是我就靠在小箱子上，手还是那样怕凉，但我必须坚持。

写了一会儿手就冻得不好使了，手不能握着笔写字了，我就让笔夹在手指中间，然后用胳膊去动、去推拽……

这样"一笔一画"地去写虽然慢了些，但总比不去行动强啊。我没有理由不努力！

第十章　2002年7月，距离死神只有一步

2002年我明显感到体质不如以前了，从初春到盛夏，感冒三天两头光顾我。于是吊瓶便成了最使我无奈的东西。每日成斤成斤的药水被注入我的血管，这药水与病菌展开生与死的较量。然而，病菌每天都变换着面目，让医生一筹莫展，使我看不到希望，终于，我看到了——死神……

7月3日我病倒了。这天，我躺在一条厚厚的褥子上。咳嗽得非常厉害但又不敢使劲咳嗽，因为前胸及后背都疼得受不了，心脏也在超速跳动。

妈妈和三哥在一边焦急、痛苦地看着我，但他们也没有好的办法，只能不断问我怎样才能好受些。前胸后背的剧痛让我不敢正常呼吸，我只能吸入平时空气的三分之一，肺部及大脑的缺氧让我心跳已近衰竭。我用左手快速拍着前胸，头左右摇晃着，双眼紧闭，嘴里发出一声声呻吟。

我让妈妈把我扶起来，想像平时一样咳嗽一下，把堵在胸口的痰吐出来。可当我一起来，我更受不了了——心脏本来超速跳动，这样起来，将上身的重量都压在前胸上，我一口气都喘不上来了……

我赶紧让妈妈把我放平躺着，因为，那样就算呼吸困难，但毕竟还能吸入三分之一的氧气呀。妈妈看我如此受罪，再也看不下去了，她给每天为我打针的大夫打电话。大夫让妈妈赶紧送医院。

送医院，谈何容易，妈妈有严重的腰病，爸爸又下地干活了；给大哥打传呼大哥又不在本地，去外地上货了。家里没有一个能把我送到医院的人！

怎么办哪？也不能这么难受下去啊！就在这危险的时刻，三哥果断决定：给马

叔——马大夫打电话！马叔这两年来对我家很好，每每有事找他，他都会尽量帮我们。电话放下还没有10分钟，就听见大门外有摩托车声。抬头一看只见两个穿白大褂的人匆匆走来！

是马叔！真的是马叔！他来救我了！

马叔给我摸脉、测体温，一测结果：高烧！心跳每分钟140下！随着马叔一句"赶紧住院吧"，他把我抱了起来，直奔等在大门外的摩托车！

到了工会医院，马叔直接把我送到了急救室……

经过打针的疼痛、铁夹的冰冷，我的呼吸终于有了一点点缓解，胸痛、背痛也有了一点减轻，头也清醒了一些。我迷迷糊糊睡着了。

临近傍晚的时候，因急救室里只有一张床，于是我被挪到了4号病房。实在是身心疲惫的我睡过去了，一觉醒来，看到大哥来了。

在接下来的日子里，每到傍晚，大哥都会来医院陪我。而我都会让大哥扶我起来坐一会儿。我的面前是宽敞的窗户，窗外是一条不算很宽的水泥路，车辆和行人来往不断，我每天都要看一个多钟头……

当我用心去看外边景色时，大哥问我："你看啥呢？"一听这话，我心一紧，我知道大哥是什么心情：有些怕，更没底。怕我已是病危，此时出现不正常的现象。

我怕大哥担心，就尽量掩饰自己，说自己没事。其实我也不很清楚为什么看外面要看那么长时间，好像只是想看，看那或匆忙或悠闲的行人，看那高大、崭新、坐的都是有钱人的高级旅游车，以及小甲虫一样的小轿车，看一个中年男人专注耐心地擦着自己的爱车……

我就这样看着，一直看到天暗灯明……

我有些累了，我让大哥把我放躺下。当后背接触床面时前胸就像在承受一种压力，有股劲直冲嗓子，想不咳嗽也不行，于是，我又一次开始趴着、咳嗽着……

在工会医院治了三天，几乎不见好转，消息传到家里，三哥听了很着急，催促爸爸带我去北安好好查一下。爸爸也怀疑我不是肺炎和感冒，于是7月6号，爸爸、大哥带我去北安做了CT透视。

CT检查的结果很快出来了。现在想来，我记忆里只有一张白白的纸，上面写着很多字，但我只记住三个字"肺结核"。

也许是去北安时路途颠簸，也许是我的心事太重了，尽管当时爸爸、大哥并没看出我怎么着了，但一回到工会医院，我竟昏迷过去了！

这一昏迷竟是五天五夜！险些丧命！

据爸爸、妈妈、三哥说，回到工会医院后，我吃了一个桃子，然后就一口气接不上，呼吸十分困难，爸爸去找大夫，大哥不停叫着我的小名。不知怎么那么巧，当时医院的主治大夫竟全在手术台上！这也许是命运对我的考验吧。于是我就只能艰难地扛着……

过了大约一个小时，马大夫来了。他马上对我进行紧急抢救。听爸爸说，那针是一针接着一针，一会儿工夫就花了四百多块。抢救我的时候，屋里有很多人，妈妈坐在我身边，用手不停扑打我胸脯，嘴里不停喊着："老儿子，老儿子。"

而这一切我却一点也不知道，（后来听家人说）我只是张着大嘴不停地喘着，有时还喊着"我不想走"。听妈妈说，我不时地都交代遗言了。"妈，我不行了。妈呀，你好好治治腰。照顾好我三哥。大哥、大嫂、海钰、二哥、二嫂、海宁再见了，爸爸、妈妈再见了。"

"老儿子呀，你别吓唬我，你咋不行呢，老儿子，你别吓唬妈。"

我想当时我幸亏没说"永别"，要是说"永别"那我就完了。人有与生俱来的求生欲。别看人在没生命危险时能对死亡凛然置之，但真到有生命危险时，求生欲将达到极致，往日的大无畏将一扫而光。听妈妈说，在我要不行的时候，我喊了好几次"我不能死啊，我不能死，我的书还没写完呢"。

我真的被自己打动了，我竟能在生命悬于一线的时候，想到了书还没写完！我当时真的一点意识也没有，所有的话都是出于本能。

而这时的大哥已在医院走廊里哭得不成样子。妈妈怎么喊我我也不醒，只是在那儿喘着气儿，对外界毫无反应，一直到晚上还没有醒来。不管是家人还是亲戚都对我失去了信心，就连大夫也觉得不行了，对我爸说：为孩子准备后事吧！

7月6日晚上，医院里挤满了要为我送行的亲戚，他们有的开来了四轮车，有的带来了铁锹，老姑父还为我买来了一身新衣服，这也是我在世间穿的最后一件衣服了……而爸爸也找好了存放我（死后的我）的地方。

我的情况一阵儿不如一阵儿，亲戚们不得不考虑为我穿上最后一身衣服，那么谁来给我穿衣服呢？此时有一个人走到了我的身旁，为我仔细穿起衣服——他就是我的四表哥……

至今提起他，我依然为他不嫌弃我而感动！

我一个人在床上艰难喘息着，所有的一切都离我很远，屋子里充满了一种生命之灯即将熄灭的死寂。

……

我还记得，在我没去北安之前，也就是在我还清醒的时候，妈妈就曾跟我商量，要把二哥叫回来，我当时很坚决拒绝了这个提议。虽然妈妈没说什么，但我心里明白妈妈是什么意思。但我觉得我不会有大事的。哪曾想，我竟如此地不能把握生命！现在想想，如果我当时死了，我连二哥都不能看上最后一眼了，那可是我的二哥呀！

我的书还没有写完！我还没有亲眼看到它的问世出版。我还没有实现我的梦想——拥有电动轮椅！为妈妈治好腰病！为二哥大哥买手机！为二哥争光，让二哥为我而感到骄傲！独立生活！

这一切我都没有做到！

我还很年轻，我不想死。

而奇迹就这样发生了，我竟真的没有死！

我竟熬过了一夜，呼吸也平稳了一些。就这样又过了两天，马大夫说我已过了危险期，没事了，让爸爸把我接回家里养吧，爸爸找来车，把我接回了家。到家以后，我被放在西屋的小炕上。

我一进屋看见了三哥还叫了一声"三哥"，这对我又是一个奇迹，因为我当时谁也不认识，更是说不出一句话，而只是"吭吭"的。在回家后好长一段时间内我都是这样的。

就在我到家的下午，我竟出现了咬牙的吓人症状，牙咬得咔咔直响，妈妈在一旁痛苦地说："他的牙咋咬得这么响呀，能不能把牙咬坏了呀。"爸爸也一会儿一趟地去西屋看我。就这样，我居然咬了一夜的牙。

到了第二天，我总算不咬牙了，可却开始一声接一声喊起来，我想是因为我憋得太难受了，而又说不出话来。我就这样一声不断地喊了近一上午，家人的心再一次凉了，就连三哥也对我再次醒来信心不大了。

我又要走了。

我这一生最舍不得的人是二哥，所以在这即将离去的时刻，家人当然要把二哥叫回来——尽管二哥远在辽宁。家人要让二哥看我最后一眼，妈妈说："小四儿常说'最好的二哥，最好的二哥'，咱们怎么能不叫他看二哥最后一眼呢？"

电话终于打到辽宁，与二哥通上了话。当二哥听说我病重了，竟一时没说出话来，只是无法相信地"啊"了一声。

"啥病呀？"

"……你回来一趟吧。"

"行，我回去。"

第二天上午10点多，二哥和二嫂回来了，他们直奔我呆的西屋，爸爸在后边喊着："哎呀，传染哪，你戴上口罩。"而二哥只是说着"没事呀……"然后大步往西屋走。二哥看到我这样，他流着泪大喊着："老弟，我是你二哥，老弟，我是你二哥……二哥对不起你呀！……"二哥一边哭喊着一边竟跪在我的面前，（当我病好后，三哥向我讲起这些时，我竟没抑制住眼泪，"哇"的一下哭了。我是无论如何也不能抑制住眼泪的。）可我依然像死尸一样毫无反应。

有的事，人是无法解释清楚的。自从二哥回来后，我竟然不喊了，一下安静了许多。也许，这就是兄弟情的伟大，心与心相通的神奇！

如果说，我的命是妈妈用一声声呼喊从死神手里夺回来的，那么我的新生便是二哥给的！——是二哥用一声声带泪的呼唤将我带出黑暗世界，重归这人间！

我还清晰记得，在我朦朦胧胧、昏昏沉沉的状态下，不知从哪儿传来一个声音——一个熟悉的仿佛进入我每个细胞的声音：

"来，翻翻身，翻翻身。"

这是二哥的声音。这句话是我昏迷后唯一让我有反应的话，是唯一一句我听见的话。二哥的话像一阵春风，吹暖了我早已冷却的心，让我的生命再次苏醒！

当二哥把我面对墙的身子翻过来时，我睁开了双眼（其实这之前我也睁着眼睛，但对眼前的一切没有反应）。而我看到了，看到了二哥慈祥、善良的笑脸。这时的我竟不由自主喊了一句："二哥。"……这对我来说又是一个奇迹！要知道，我已昏迷五天五夜了呀！

听见我的声音，二哥激动地说："老弟，你醒了！"此时，我分明看见二哥的双眼是红红的。我想这里不但有他痛哭的悲伤，也有无法入眠的忧虑，更有看到我没有死去的激动与感动……

再次拥有这个世界，我深深叹了口气，心里觉得那么踏实，我说："这回我真的醒了。"

这之后，我又变得十分烦躁，脾气非常大。可尽管如此，二哥也没让我生一点气，二哥忍着困意在晚上一次次给我翻身，要知道他是在有可能被传染的情况下这么做的。他独自一个人陪着我——一个不省人事的我。给我剪指甲，擦洗身体。我可是刚刚查出肺结核啊，别人连我呆的屋都不敢进，可二哥却那样认真地给我挪动着胳膊和腿。这怎么能不让我感动呢，怎么能不让我感激二哥一生呢。

如果没有二哥在身边，我敢毫不犹豫地说，我绝不会醒来，是二哥用一颗可以装下整个世界的心唤醒了我！唤醒了一个极其脆弱的生命！

二哥细心照顾了我二十多天，每天是二哥给我做饭，每天是二哥给我翻身，尽管爸妈都在家，尽管二嫂、小侄女也需要二哥回到她们身边……

只要我想吃什么，二哥就去给我买什么。还记得，当时我非常想吃黄瓜和梨，而这两个东西卖得很少，二哥跑了许多地方为我买来顶花的黄瓜、刚摘下的鲜梨，他又细心地为我削黄瓜皮儿，然后一口一口往我嘴里送……而我刚吃几口就不想吃了，二哥一点也不烦，耐心地说："不吃就先留着，一会吃。"

我的睡眠很不好，晚上睡觉时心总是"怦、怦"直跳。在听我说这一苦恼时，二哥没说什么，我一说完，二哥就匆匆出去了，去给我买治失眠的药。我睡醒了，是二哥问我想吃什么；二哥他们刚吃完饭，而我又要吃饭，是二哥说："老弟饿了，那咱们再做饭。"看我躺下要睡了，又是二哥把门悄悄关上……

经过二哥二十几天的精心照料，我终于脱离了危险，看我彻底没什么事了，二哥才回到了辽宁。

二哥回辽宁后我也从破烂、闷热的小屋搬回了原来的东屋，回到三哥身边，再一次回到了生活中，并且，再一次握住笔……

我的手有些肿，还不能立刻写字，但我知道我又有资格握笔了。

也许，我的生命就是为了这本书存在的，这生命的历程就是追梦的历程，我要用热情去再次拥抱生活。当我再一次坐起来，再次面对往日学过的课本时，我感到的是一种前所未有的紧迫感。生命有限，而该做的事又太多太多。生命给了我第二次机会，我不能辜负所有人的期望，我必须做出一番无愧生命的大事！

感谢马叔叔及时把我送到医院；感谢爸爸，在我出现生命危险时，为我着急，并且疯一样为我找大夫；感谢妈妈，是妈妈用一声声呼唤将我从死神手里抢回来；感谢大哥为我买所有我喜欢吃的东西，让我得以有体力维系生命；感谢二哥，感谢二哥用似海深的兄弟情为我抚平创伤，再次唤醒我的生命；感谢三哥，是三哥在我病危的时候为我祈祷……

感谢生命，感激亲情……

第十一章　世上最好的二哥

张哥：

　　你好！

　　又等着急了吧，真对不起。我现在已将《我和二哥的情义》这篇文章写完了，现在正是修改阶段。我今生最幸福的一件事，就是有一个好二哥！

　　我要将《我和二哥的情义》这篇文章用心写好，因为它不仅仅是一篇简单的文章。

　　前些日子，我又感冒了，打了三个吊瓶，吃了好几天的药，一耽误就是十几天，感冒真是太难受了！我真怕它会让我耽误了大事。

　　我从来也没为自己的一点点小"成绩"而骄傲过，因为我还很无知。电视里还有很多字不认识；同龄人都上大学，而我才小学五年级；作文知识还非常贫乏，没有多少理论知识；英语我还只认识26个字母；西汉东汉，我竟不知道哪个在先，哪个在后！我仍要不回头地往前跋涉！我一定要无愧于这样一点：我是一个年轻人！

　　只要您对我能写成书有信心，那我还有什么理由没有信心呢？

　　祝张哥全家新年快乐，万事如意！

云成

1999.1.6

我和二哥的情义

　　我有三个哥哥，对我最好的，就属我二哥了。

今生，虽得了不治之症，但我仍是幸福的，因为我有一个理解我的二哥！

从我记事起，二哥就对我特别好，总是让我快乐。二哥上小学时，每天中午放学回来，他都用这短暂宝贵的时间，用小推车推我和三哥出去玩，每次都推得满头大汗，可他从不在乎，总是一笑了之。

几年前，我家的收音机坏了，不能听了。已经形成收听广播习惯的我们很不适应，我们的苦恼二哥看在眼里放在心上。但当时家里很穷，没有钱再买一个收音机。没有钱，也无法动摇二哥为我们买收音机的决心。每天放学以后，二哥就在家附近各个旮旯胡同里找废铁，攒在一起。其中一根20多斤的钢丝绳，二哥拽到了一里远的废品收购站，但人家不收，于是二哥又拽了回来。回来时，二哥满头都是汗珠，可二哥仍然是不在乎地一笑……

攒了近一个月的钱，终于攒够了买一个小收音机的钱！

而为了给我们买一个称心的小收音机，二哥每天趁中午放学时，到各个有卖小收音机的商店里去看，把各种各样的小收音机都看一遍，然后回来跟我们说这些收音机的样式、价格，让我们自己选择。经过几天的挑选，小收音机终于买回来了！

当我看到崭新的小收音机时，心里真是高兴极了，几十天的梦终于成为现实。当时我没有对二哥表示出任何的感激，只是对小收音机爱不释手，现在想想，那时我也真够没良心的了，二哥为了给我买小收音机，付出了那么多，而我却……

小时候，二哥常在同学那里给我们借好玩的东西消除我们的寂寞，小照相机、小望远镜、跳棋，总让我们每天都过得快乐。

那年，二哥在同学那儿借了一个手持式电子游戏机。非常好玩的新鲜东西，我们有很大的兴趣，饭也不吃地玩个没够（当时手还很有劲），但同学只借二哥一天，明天就要还，二哥也想多让我们玩一会儿，可对同学也不能言而无信呀，于是他安慰我们说："明天我再跟别的同学借。"

二哥说话从来没有失信过。第二天，他就去另一个同学家借了，不巧的是，游戏机被借出去了，但二哥从不以此为理由推辞我们，仍然把这件事放在心上，一听谁家有，马上去借。你别看二哥借得这么心切，但他却是最不爱玩这东西的。

好心人能感动上天。一个春天的下午，二哥又去借，也许是二哥的好心肠感动了同学，那位同学竟把电子游戏机送给我们了！

人生只有一次，而我又患上了进行性肌营养不良症，但我还是幸福的，因为我有一个知己——二哥！

这个世界上也只有二哥理解我。二哥给我订报纸，在辽宁给我们邮录音机，还给我买书。

给我们买录音机是二哥几年的心愿，可在学校里他没有经济来源，家里又不富裕，但他始终没忘记这个心愿。到广东学习电器维修时，他花30块钱买了零部件，自己亲手装了一台小录音机邮了回来！而且还随包裹邮来了10盒磁带。这又有谁能想到呢，唯有二哥！

而今年的夏天，二哥终于实现了他的心愿——为我们花一百多块买了一个崭新的录音机，并且又买了五盒我们最爱听的磁带。

二哥常给我们买东西，那么钱是从哪儿来的呢？

学生时代，二哥的钱是跟妈妈要的；如今，二哥是用自己并不丰厚的工资。二哥为我们花钱从不吝啬，买磁带每次都花三四十元，而为自己花钱多花一分也不舍得。记得那年二哥的班主任让每个同学订阅一份半年订价仅3块5毛钱的学习刊物，可二哥没有订，他说家里没钱，不能再为父母加重负担了（这是我在二哥的日记本上看到的）。

二哥为我们失去了很多很多。高中时，二哥为我们寻医问药，一心想为我们治好病。上学时，只要听到有能治我们病的信息，就马上不顾一切地去刨根问底。那天二哥听人说有一个地方能用气功治我们的病，他趁中午及下午放学时去那个气功处联系，讲好各种事宜后，二哥用自行车驮我去了。

从那以后，无论是刮风下雨，二哥每天下午都趁体育课时用自行车驮我去气功师那儿。经过20多分钟气功治疗后，他再把我送回家，然后匆匆忙忙赶回学校上课。高中二年级，二哥每天抽出近两个小时送我去治病，回来后还用自己学的气功疗法为我治病，要知道他这样做多耽误学习呀，高考时就很有可能落榜呀。

而临近高考时，二哥又做出了一个令人怎么也想不到的决定：放弃高考，去广东挣钱，为家里分担困难，为我治病。

二哥去广东后，天，已不再是那个天，阳光也不再是那缕阳光，家已不再是那个家了，我无法面对二哥去广东这个现实。这是我有生以来第一次离开二哥这么久。二哥走后，我一下子病倒了，日夜思念着二哥。

爸爸和大哥都下地干活了，妈妈在园子里寂寞地收拾着冰雪融化后的一片狼藉，而三哥也病倒了，躺在一边酣睡。屋子里静静的，没有一点声音，寂静极了……

我把我与二哥离开后的感受写成了这篇作文。

往常我写完作文后都要给二哥看一遍，让二哥提出修改意见，这次我刚无意识地想把这篇作文递给二哥看时，脑子里一下子反应过来了：二哥不在啊！此时我的眼泪一下就出来了，我哭了，哭得伤心极了。我多么希望二哥能一下子出现在我面前，对我说："别哭了，我不是回来了吗。"

可二哥又在哪里呢，屋子里仍然是空空的……

亲爱的二哥，你现在好吗？

二哥走后我的空虚

二哥1995年去广东后，在接下来的日子里那满浸在孤独、伤感中的傍晚阳光，是我一生永远挥之不去的记忆。

　　二哥走后我觉得好像一根柱子搬走了，顿时没了依靠，对二哥的思念包围着我，令我感到生活毫无乐趣。此时我就像一个在大海中航行的小舟，不知该怎样航行，不知该去向何方。生活平淡无奇，一天一天木然过着，仿佛再也没有可以让我开心的事了……而面对未来，我也感到非常茫然，不知道该从何做起，我不知道自己是否可以继续朝着理想勇往直前，自己能不能行。这个时候，是我一生中最失落、最孤独、最茫然、最伤心的时候，这时我太需要安慰！太需要激励！

　　可二哥远在广东，虽然可以书信沟通，但他不可能从广东回来。我从未像如今这样觉得通向理想的路如此难走。每天我只是学几个生字，手边也没有学习的课本，也没有任何人指导我，每天过得像没头苍蝇一样，漫无目的。

　　就在我如此艰难前行的时候，我又想到了二哥去广东的前一天对我和三哥说的话："你们好好学习，要买什么给我写信。"我清楚地记得，当时，二哥站在地上，我低着头，当二哥说这些话时，我的眼泪无法抑制，尽管我抬起头不让它流出来，可它还是流出来了……

　　我不知道自己为什么要哭，只是我不敢再看二哥那也发红的眼睛。二哥是为了我们才去广东的，在遥远的异地他乡，二哥盼望着我们坚持学习知识，盼望我们能有好成绩……那我应该继续努力呀，二哥在期盼着呢。我也知道，我只有努力学习，努力拼搏才能最终走出孤独，以崭新的面貌迎接二哥凯旋。

　　后来我收到了二哥从广东来的信，当时听妈妈说信来了，我一滚便起来了，坐起来后竟忘记了自己是怎么起来的！

　　二哥在信中说他过得很好，同寝室的同学互相照顾，像兄弟一般，每日学习紧张而充实，当信里说"每天到吃饭时，我手里都拿着小饭盒和饭票排队打饭"时，我眼前一下出现了这个情景，我看到二哥凌乱的头发和被风吹得满是灰尘的脸，还有那一双道不明心中滋味的大眼睛。我哭了，我觉得二哥是在为我们受罪，为我们远离故乡，而对比自己的现在，我觉得太对不起二哥了……

　　拿着二哥的信，我对二哥发誓说："二哥，你放心学习吧，从今天起我将发奋努力，刻苦学习，学好写作，实现理想，一定不辜负二哥对我的殷切期望。"

　　从那天起，我再也不无心地混日子了，我极力走出那孤独、伤感的圈子，重新制订学习安排表，每日增加了写作、学词、读书、背诵等课程，给自己加大压力，催促自己朝着理想一步步坚定地走下去。打开书，我感到自己不再是茫然，而是一种责任，一种不可推托的责任，我必须走下去！因为我的身后有二哥期待的眼睛在看着我，尽管前路迷茫，满是崎岖，太阳却已经又重新升起……

　　那天我在学习中朗读了一首毛主席的诗词：多少事，从来急；天地转，光阴迫。一万年太久，只争朝夕……

写给远行的二哥

春光明媚，百花争艳，在这美好而又充满希望的春天里，二哥又要踏上通往理想的旅途了。二哥这次出门已是第三次了。前两次出去闯事业，都因种种原因未能成功。第一次去广东，人生地不熟，又离家那么远，找不到好工作在所难免，情有可原；第二次去辽宁那是去学技术，为工作打基础。这次再去辽宁肯定能成功！

二哥你到辽宁后，家里的事就什么也不要想了，只管把活干好，保重身体就行了，这也是给家人最大的安慰了。而我和三哥你更不用牵挂了，平时生活中有爸妈，买个东西、邮信什么的有大哥、大嫂。我们还有书有报纸、有电视、有各自的笔友，我们不会孤单寂寞，再说我们还有二哥您呢。

二哥去辽宁后我们会好好学习的，三哥打算在今年自学升入小学二年级，我也打算在今年升入五年级。除此之外，我还将结合张哥给我邮来的书，使我的作文水平有一个巨大的飞跃！

扫除一切顾虑，轻装上阵，二哥，你要走的路将是多么平坦、宽敞啊。二哥，你到辽宁后，首先看看那儿汽车装潢这一行业的形势，然后决定是合资干还是自己干。

今日的离别是为了明日我们更好地相聚，既然如此，那我们就高高兴兴分手吧，只盼日月星辰加快它们前进的步伐，让我们相聚的那一天早日到来！

二哥去辽宁后，再过几天便可知分地的事，如果咱们分到地了，那么家里就把地包出去，把房子卖了，然后把家搬往辽宁，与二哥团聚。如果事背人愿——没分着地房子卖不出去，那么一切还要另做安排。

1997年里我留下了一个遗憾——没能在1997年发表一篇文章，所以在1998年里，我要更加努力学习，一定在今年里发表一篇文章，补上这份遗憾。学习用书的事，我想我还得想办法求人弄，我现在有一百块钱，再加上我渴望学习的心声，一定会找到人给我买的。学海无涯苦作舟。学海虽无涯，但我已有了过海之舟，只要有了船，无论是巨风呼啸，还是海浪千尺，我也不会怕的，因为命运让我渴望自由，我要乘风破浪，披荆斩棘，奋勇驶向成功彼岸。在我驶向成功彼岸的同时，我也会带上三哥这个"小舟"的。

今年我在学习计划中，给自己定下一个任务：每月必须有三篇成形文章。文章是对客观事物的主观反映，所以我要多读书，多思考，多练笔。除我的那些学习内容外，我还要读一小时的课外书，以此拓宽我的知识面，提高作文水平。

1998年里，我仍然要积极参加各种有奖收听活动，旨在捞回我以前为参加有奖收听而花的邮票、信封钱，一旦中了奖（无论多少钱，只要够以前的信封、邮票钱就行），我就再也不参加有奖收听了，因为这太难了，也许一万个人里才有一个中的，而在这一万封信中，我的信还不知在谁下边压着呢。

二哥在家这十几天里没有看到我在学习，原因有两个：一、这个时期是我的寒假期间（我的寒假就是愿意学就学，不愿意学就不学）；二、也是最重要的，那就是我想把这十几天的每一分钟都用在与二哥一起度过的时间里，即使是干坐着。

二哥去辽宁后，我的寒假也该结束了，到那时我自己会去学习了。我不会让二哥失望的。

这个桃核小筐是1996年夏我们让大哥给刻的，还特意让大哥给买了一个牌，取下上面的红绳儿，拴在这桃核小筐上。二哥你戴上它吧，它饱含着我和三哥对二哥的一片情义。戴上它，二哥一定会事事如意，大展宏图的。

以后我会坚持每天在字模上练字的，可能我练字的收效不会太大，因为我的手常常哆嗦，但我要坚持下去，至少它可以修心养性，二哥你看我现在是不是写得不错。

就让我代表全家人乃至全世界的善良人祝福二哥吧！让快乐永远在二哥身旁，好人一生平安！祝二哥一帆风顺！

二哥：

端午节过了吗？过得好吗？我们过得还和去年一样，晚上没看"花"，白天也没出去溜达。爸妈年纪大了，活动也不方便了。

外边是阳光灿烂，屋里是寂静烦闷，我和三哥从内心深处说着一句话：二哥，我们想你啊……

记得那年春节，二哥要抱我们出去放鞭炮，妈妈怕我们感冒，但我们真的想出去！这时候是二哥乐着对妈妈说："没事，感冒了我给他们治，我会治。"二哥最了解我们，感冒算什么，这整整一年我们不就盼着这一天吗？虽然此生得此不治之症，但有二哥在，我们就是幸福的。我们将永远为二哥祝福！祝好人一生平安！

为了不总让人帮助，为了没有帮助就没有自由，我正在努力。我坚信成功的一天一定会到来。不为别的，就是为了二哥您我也一定要发奋学习，做出许多大事，以此不辜负二哥的一片期望。我现在每天都在复习知识和读些什么，一旦有了书，我将有备而上、披荆斩棘，杀出一条血路来！

好了，就写到这吧。最后我代表全家人衷心地祝二哥生日快乐，永远永远幸福！

弟：云成

1998.6.3

第十二章　我终于知道友情的滋味了！

我曾苦于没有一个朋友，面对孤独、苦恼不知去向谁诉说。那时我的生活非常单调，除了学习、写作，就没什么可干的了，遇到了烦恼，也只能是沉默不语一声叹息。而后来，我竟然也有了朋友，很多的朋友！

记得小时候，每天都会有好几个小伙伴来跟我们玩，但随着时光的推移，我们很少来往了，所以孤独、寂寞就时常光顾我们。

夏天，由于大哥跟着大队去上电表了，所以爸爸一个人便侍候不过来地，农忙季节，田间管理不容耽误，于是妈妈也跟着爸爸下地干活了。为了赶时间，四点多他们就下地去了。

天刚亮，时间还早着呢，坐在这儿干点什么呢，由于妈妈去地里很急，所以也没来得及收拾屋子，屋子里非常乱，地也没扫，桌子也没擦，妈妈走时扔在炕上的黄瓜把在炕的边沿上静静地躺着……

跟三哥聊了大半天，一看钟才6点多，看着那时针那么那么慢地转着，真愁这一天可怎么过呀……

在我看书的时候，我听见三哥无聊的叹息声；我看书也看不进去了，我不能只顾自己，把三哥晾在一边，于是我合上书，陪三哥干坐着。屋子里静静的，一切都仿佛静止不动……

我默默看着这个屋子，心想：这要是来个傻子可怎么办哪，跟他说话他也听不懂，你让他走吧他又不明白，他再犯劲来打我们，他有胳膊有腿的，我们上哪儿躲啊？想到这，我有意把妈妈事先准备好的棍子往自己这边拽了拽，但同时担心自己没有力量。行啊，反正有棍子怎么也比赤手空拳强啊。

6点半时，三哥让我去开电视，于是我拿着棍儿慢慢往炕边挪，我把小棍放在手边，边用手往前扒拉棍，边往前面挪。一不小心，我摁在棍子上，棍子一轱辘我差一点没摔了，吓了我一身冷汗。慢慢腾腾地我算是挪到炕边了，右手支在炕上，左手拿着棍儿去按电视开关，按下开关后，我们没有听到电视惯有的嗡嗡声，这时我和三哥一下意识到：没电了。

三哥叹了一口气。这一没电视不就更没意思了吗？爸爸妈妈在家的时候，那群小伙伴们总来，惹得妈妈一个劲说闹腾，妈妈下地干活不在家了，他们也都上学了。哎，要是他们能来该多好啊，没有妈妈的约束，我们会开开心心地玩……

大门"咣"的一声，我以为是来人了，急忙去看后窗上的镜子（这个镜子放在后窗台上，正好反射到大门口，每来一个人都逃不过我们的眼睛），可我盯了半天，连个人影都没看着，只有一阵风儿吹过。看着外边阳光充足，蓝蓝的天，绿绿的庄稼，平坦的地面，我感觉我和三哥就像是被关在笼子里的两只小麻雀，望着天空却不能飞翔，望着自由却被铁窗禁锢。春天，我们通过窗户看外边树枝发芽；夏天，我们听淅淅沥沥的下雨声；秋天，我们看落叶飘摇；冬天，我们看白雪纷飞。一年四季，我们都是孤独的，我们真的渴望在孤独寂寞之时，能有一个小伙伴跟我们说说外边的车水马龙，跟我们下下棋，做做游戏呀。

从我们家搬到青泉村到现在，我们就几乎没有走出这个屋子，坐在那儿一坐就是几年，看着同龄人自由自在地游戏、打闹、开心，有时会有想哭的感觉。我是一只小纸船，在时间的波浪里漂荡，波浪可以随意把我推向任何地方，而我对一切却无可奈何，不管旁边怎么动，我都是静止的，我想去游去改变，可我却没有力气……

如果说今年夏天妈妈跟爸爸下地干活那几天是寂寞的，那么今年秋天家里割豆子那几天，就让我和三哥更寂寞难耐了，因为在夏天毕竟大哥还在中午时回来一趟，而秋天割豆子时，家里却是一整天一整天没人，那偌大的院子房子只有我和三哥……

为了在割豆子时不让豆子炸，爸爸他们早晨3点多就起车走了。深秋的早晨3点多，天还是黑黑的。还没有完全从睡意中走出来的我坐在那儿只感浑身发抖，脚冻得冰凉冰凉的，虽然椅子上有一件衣服，但我怎么能够得着呢。

中午，到该吃饭的时候了，我拿起放在身边的馒头和榨菜，对三哥说"吃饭吧"，就在此时此刻，心中有一种那么强烈的凄凉感，仿佛这屋子再也不会有人来了，我与三哥将孤独地度过千百年。时间仿佛凝固了，就停留在了这里，世间万物停止了发展和变化。

这时我就幻想着自己能够飘在空中，虽不太稳，却还可以控制方向，那样我就可以飘着去外边了，飘过栅子，到园子里看看。当我飘到街上时，那一定会有许多人围着看，他们会以为是外星人来了，那样我就不再寂寞了……

我坐在炕上，不知坐了多久，直到看到外边的炊烟缭绕上升，杨树静静站立，拉黄豆的车一辆挨着一辆。

一直到中午，我依旧坐在那里……

就这样，我和三哥在无声无息中度过了一天。下午5点多，发红的夕阳通过反射镜子照在炕上，照在那个已经干瘪了的黄瓜把上。天快黑的时候，大门声终于响了，我急忙去看镜子，原来是爸爸回来了。

回想这如此孤寂的一天，心中，不禁有些感伤……

友情和幸福是一个滋味！

2000年，哈尔滨人民广播电台《今晚有约》主持人安然在知道我的事情后，她特意在6月8日晚上为我做了两个小时的专题节目！在节目里她也读了我写的许多稿子……

9号一大早便有听众给我打来电话了！

第一个给我打来电话的是黑龙江商学院的刘娟。在电话中刘娟问了我的地址，她说要给我写信！

这是有生以来第一个女孩打给我本人的电话，所以当时我很紧张，说话也费劲了，但我还是向刘娟表达了感谢，谢谢她能给我来电话。

14号这天我收到了四封听众来信。

用小剪子细心地剪开第一封信——一封装饰很漂亮的信。打开信，抽出信纸，一阵清香扑面而来，信纸也非常好看，有鲜花，有清竹，有弯弯的月亮。读着信，我心潮随之起伏，我真的非常感动，她们是那样地关心我、惦记我、理解我，我由衷地感谢她们，感谢她们善良真诚的心……

尤其是黑龙江商学院的刘娟，她的细心令我感动。她用了三种信纸给我写信。她说：“第一张信纸代表生命之树长青，让我们用真情和不屈去丰富它、完善它。”“第二张信纸有点灰色调，代表生活中总有许多磨难，但是只要我们选择了不放弃，我们就会赢得第三张信纸上描绘的鲜花。”

而且刘娟还在信中给我邮来了一个信封，两张好看的邮票整整齐齐地粘在右上角……

“在精神上与正常人平等地交流交往”是我的渴望，我渴望有人能理解我的这份心情，可这些年来很少有人理解我，而刘娟能理解！她在信中说要与我成为平等的朋友，彼此交流人生经验。这不正是我十几年来所渴望的吗？！不正是我走过春夏秋冬、穿过漫漫长路所等待的吗？我为能有这样的朋友而感到欣慰、快乐！

四个写信的人都是女同学，她们一封封发自肺腑的信让我感动，让我觉得未来并不遥远，觉得生活绚丽多彩。将四封信拿在手里，顿时有这样一种感觉：这是一笔财富，是一笔无价的财富！

当我看到信中说，听了关于我的节目后，有的学生都感到很惭愧，以后将以我的故事为动力，在艰难面前不再退缩时，我心里是那么高兴！因为我终于为社会作出一点点贡献，我的存在终于有了价值！我终于没有白活！让别人的生活因我而有所改变了！哪怕只是一点点！

那天，给我来过信的陈佰英来电话了，说她收到我的回信了，她还说我的信写得很好，这时我不好意思地说"不好不好"，听了我连连说不好，电话那头的佰英开玩笑地说"过分谦虚等于虚伪"。我笑了，笑得很开心。人生一世，最宝贵的不就是这纯真的友谊吗？人生的快乐不就是朋友会心的理解吗？我一下觉得自己是那么幸福，因为我有这么多关心我的朋友。当我一口气读完四封信后，再看看我的周围，一切都好像与往日不同了，一切都是那样地美好，那风里、那阳光里都充满了一种柔和而美丽的东西。对未来我更充满了无比的信心，哪怕在通往成功的道路上有更多的艰难险阻，我也会迈着轻松的步履去走近它！迎接它！战胜它！一个脚印就是一个海，伸手便可摘星揽月！

看完信，我的写作热情也更高了，为了她们，为了所有关心我鼓励我支持我的人，我也要把这本书写完、写好！

（我把这些信都装好，放在我的小箱子里，然后用书盖上。我会一生珍惜、珍藏这些信——这些使我如此强烈地感到人间真情、使我对理想充满信心、对生活充满热爱的信……在此我要感谢所有给我来信的朋友们，因为你们能给我这个农村青年来信是对我最大的安慰，你们让我感到这个世界上还有知音，我衷心地谢谢你们，你们的名字将终身铭记在我心中……）

与朋友的交流帮我扫除了寂寞，别人给予的夸奖让我不再去想生活的压力，让我觉得活着是有意义的，而且我对自己说：每天都要尽最大程度地努力，努力写好每一篇文章，努力学习知识，因为在千里之外和身边还有很多人对我寄予希望！

从那以后我的生活里就多了一个内容：想。

想着从此远方就有了朋友在惦记自己，他们的脑海里会时常出现"云成"两个字，这么想时我心里真是有一种说不出的幸福感！而我也因此在别人面前都多了一份自信。我会想：在远方有好几个朋友在关心着我，你们有吗？

写好散文是我的心愿，于是我向刘娟请教散文知识，没想到我这一问，刘娟就给我邮来了两本书和学习散文写作的资料。我知道这些书是很难弄的，一定耽误了刘娟许多时间。其实，在收到这些礼物时，我心里是复杂的：我只希望自己给别人带来什么，在信中与朋友共诉衷肠，不想让她们因为我而有所破费、耽误宝贵时间。不想让她们因为有了我这个朋友而多了一些麻烦。但我把书收下了，因为人家是真心真意帮我的。

前两个月的一个早晨，刘娟给我来了一个电话，在说了一会话后刘娟竟然要在电话里为我放歌听，她为我放的歌有《蝴蝶飞》《我的未来不是梦》等等，听着这一首首歌，我真的不知该说什么是好……

这绝非是一个谢字所能包含得了的。听到"我知道我的未来不是梦"这激荡人心的歌声，我的眼睛湿润了……我为能有人这样关心我而感动不已，为能有这样的朋友而心满意足……

刘娟是个非常善良的人，在信中她给我抄笑话，跟我开玩笑，总是让我快乐开心。

每次收到刘娟的信的时候，我的心情都非常快乐，看着各种花样的邮票和熟悉的字体，我心里都会想：这信里又会写些什么呢，又会有多少令我快乐的话语呢，刘娟的近况又是如何呢？心中充满了对看信的企盼。

而刘娟每次来信都会在信封上我名字后画上一个笑着的小人儿。在一个个的细微处，我都能感受到刘娟那善良的心。

刘娟曾在一封信中对我说："我不是因为同情而给你写信、寄书的，我知道你需要的不是'同情'而是'理解、平等、尊重'。"看了刘娟这句话，我深受感动，这不就是我的心声吗？不就是我希望别人能给予我的吗？这些年来，没有一个人（二哥除外）对我说过这样的话，在外人眼里我如同一个什么都不懂的傻子。而刘娟，却从没因为我身患重病就认为我什么也不懂，什么希望也没有。这怎么能不让我深深感谢她呢！

前一个来月，在大哥送来的报纸里夹着一张包裹单，拿起一看是刘娟邮的，邮单上写的是——幸运星。

"幸运星"三个字对我是非常陌生的，我没见过"幸运星"。我让妈妈拿着包裹单去邮局取包裹，然后心怀激动和期盼等待着，等待着妈妈早点回来，看看"幸运星"到底是什么……

等了一个来小时，妈妈终于回来了。

那是一个用白布包着的包裹，白布白得没有一点点污垢。白布里是一个盒子，打开盒子，里边是一个个纸叠的可以折射太阳光的小星星，红的绿的银白的，非常好看！在这些小星星上面有一张纸条，拿起一看，上面写着"三百六十五颗幸运星，三百六十五个祝福"。一句话语令我感动非常……

我让妈妈把这三百六十五颗幸运星装在玻璃瓶里，放在电视上，我每天都能看到它，每当看到它，我都会想到刘娟的祝福。同时就像刘娟在幸运星里放的九只纸鹤所象征的那样：愿我们的友谊地久天长。

除了刘娟，我还有三个朋友，她们是周丽影、吕忻、陈欣。她们同刘娟一样理解我关心我支持我。

6月21日我收到了陈欣姐邮来的东西：两本书、一个日记本、两个中性笔和10个笔管。两本书是《真正的人》和《名言隽语5000条》。拿着这我从未用过的中性笔，我的耳边回响起陈欣姐曾在电话中对我说的话："我看了，哪个钢笔都挺沉的，就这个笔还挺轻，写字还挺清楚，我就给你买了这个笔。"

听着这番话，我的眼睛湿润了……

过了一段时间，陈欣姐又给我寄来了两本书——《老舍小说经典》和《全国名校中学生作文大全·高中精选》。在打开包裹的时候，我发现里面还有一支装在盒子里面的钢笔和一盒中性笔笔芯。上次陈欣姐给我邮中性笔是在6月份，那次是邮了10个笔芯，这次邮是10月份，她一定是算到了我的笔芯已经用完了，所以现在又给我邮来了。就在陈欣姐给我邮笔芯的前一天，我还打电话问了笔芯的价钱，因为我的笔芯真的用完了！

而就在我正要买笔芯的时候，我收到了陈欣姐的一盒24个笔芯！

这种细心，怎能不让我感动?!

在我翻看《老舍小说经典》的时候，里面竟有一张板板正正的100元钱！

在陈欣姐的电话中，陈欣姐对我说："我给你去信了，上面写着治咳嗽的中药，你用那100元钱买了吃吃试试。"光笔芯就是48元，还有两本书，再加上100，就是200多了。听着陈欣姐关心的话语，看着这些我非常喜欢的书，心中只想说："陈欣姐你真是太好了。"

有一天，正在写稿的时候，电话铃响了，按下免提键，里面传来熟悉的声音："云成。"

"是陈欣姐啊!"我叫着。

"现在好吗?"陈欣姐每次打电话都是这样问我。

"还咳嗽吗?"这是一句多么让人温暖的话啊，我只跟她说过一次我常咳嗽，陈欣姐就记在心上了，还为我找人开药方，买了药给我邮来，我吃了不太好使，陈欣姐就再给我买别的药……

无亲无故，陈欣姐为什么为我付出这么多，那是陈欣姐善良的心在闪光。

去年冬天，陈欣姐在邮药时还给我邮来了一个玉坠，那是一个绿色的六菱形前端是尖的玉坠，它似一把利剑。虽然陈欣姐没有多解释什么，但我明白这玉坠饱含着陈欣姐对我的祝愿——祝我健康、快乐，别总是得病，快乐地度过每一天。

"你现在除了写书还干什么呢?"陈欣姐问我。

"我还学五笔字型啊。"

"你在哪儿学呀?"陈欣姐吃惊地问我。

"在我的电子辞典上啊。"

"你有微机吗?"

"没有，现在没钱买。"我笑着说。

"等陈欣姐有钱陈欣姐给你买。"

陈欣姐这句话让我怎么也没想到！而就这一句话，让我心潮澎湃，久久不能平静；这多么像一个亲姐姐说的话呀，多么像一个只愿付出不求索取的亲姐姐说的话呀，听着这话，我心中有着莫大的幸福感……

真的，我一直渴望能有一个姐姐，我想我现在已经有姐姐了——她就是我的陈欣姐！

有一次陈欣姐给我打电话："你这么咳嗽咋不早说呢，我都把你当成我弟弟了，你怎么还这么外道，这么咳嗽多难受啊。"

噢，陈欣姐真的把我当弟弟看了，陈欣姐，我的好姐姐……

在信中，周丽影让我给她讲讲我的人生观、价值观，吕忻让我把在报纸上看到的好诗抄给她。这些是我从前所没有的经历，从前我没有一个同龄的朋友，没有一个人（二哥除外）以朋友的心情对我说些什么，让我做些什么。我的这些朋友让我的生活变得丰富，让我的经历变得多彩，让我的心情快乐起来。

在我给我的朋友们回信时，我的心情是快乐的，因为我在与朋友诉说！诉说我的理想，我对命运的不甘，在行笔中我感悟生命，感悟生活。

也许在刘娟给我放歌，陈欣姐给我邮笔，吕忻、周丽影对我说一些话时，她们不会想到：你们的一句话，一个行动，竟会令一个人那么地感动，给他以无比奋进的力量。而我真的是被你们的善良、热心所深深感动了，我要发自内心地谢谢你们！

我现在除了在远方有几个好朋友外，我身边也有朋友！他叫吴占强，我叫他吴叔。

吴叔是我1995年认识的，他待人非常热心。记得我刚认识他的时候，他听说我爱读书，于是就专门在家里找了一堆文学和科普方面的书给我读，还给我拿来了很多报纸，让我了解外面的世界，开阔眼界。

吴叔他懂得很多，每当有问题，我都会打电话问他，而他也总是给我以细致、耐心的回答。前年夏天，三哥画画缺毛笔和墨汁，而爸爸、大哥又都下地干活了，妈妈又不会骑车子，于是我想到了吴叔，我把电话打到他家，想让他帮买笔和墨汁，在送来时我把钱给他。我本想他会过两天才能送来，而他第二天一大早就把东西送来了！而妈妈给他钱时他说什么也不要，妈妈把钱给他扔到了车上，他又把钱给妈扔了回来。

吴叔家是开复印打字社的，我的文章去他那儿复印，他一般都是不要钱的或只要一点。每次我给他打电话说要拿文章复印，他都爽快地说："就让你爸拿来吧。"当我说要给他钱时，吴叔都会说："要什么钱啊钱的。"

在这里我要感谢我的吴叔，感谢他这些年来对我的帮助和支持。

我还要感谢所有给我来过信或帮助过我的亲人和朋友，是你们用一颗善良的心给了我无穷力量，谢谢你们。

如果人生是过河，那么友情便是桥梁。

有时我常兴奋地想：现在的生活比前几年有了太多的变化！

前些年，我的生活十分单调，默默的春天，默默的夏天，无意中就过去一年。生活没有什么变化。而现在不是这样了！我现在有了理想，每天我都有要完成的任务：看书，以及学习很多东西。用心写作，每天都有变化发展，而且我还时常会收到朋友来信或者收到精美的礼物，我的心情总有变化……

每四天我就会写出一篇文章，而我还要为理想去想去做许多事情。我现在的日子过得十分充实，这一切的变化、一切的快乐都是因为我心中有了——理想。有了理想我不再孤独，我迎来了崭新的生活。

我还有那么多朋友！伏案写信，倾诉内心的话语，笔墨便是心中的话，通过笔尖，化作一个个符号，飞进朋友的心田。用自己的手叠好信纸，将它装入信封，再去想：朋友打开它时是怎样的情形呢？是用剪子剪开还是用手撕开，是步履匆匆边走边看还是坐在椅子上看，看的时候又是怎样一种心情？

粘上封舌，贴上邮票，让二哥把它邮走，于是心中就像盛开了许多鲜花，尽情吸吮着快乐的空气，感觉畅快极了。而几天后某个早晨醒来，会想：信可能已经到了朋友手里了，或者她正在去取信？心中就多了一份寄托，便也就多了一道阳光……

静下心来的时候，我常想，我现在已经不像前几年那样孤独了，我现在已拥有好几个朋友了，他们都在关心着我，都对我寄予希望，我的成功与失败都是他们所关注的，在我向成功迈进的道路上，我都会想起他们对我的鼓舞，想起他们那令我心暖的话，再遇到困难的时候，我不会独自艰难地跋涉，而是身后有他们的支持与鼓励，他们的目光让我更坚强、永远坚强！

我居然收到了生日礼物

二十几年过去了，在我记忆里，每逢我过生日，妈妈都会煮上几个鸡蛋，而除了家人外谁也不知道我的生日，也从没有像电视里的同龄人那样会收到生日礼物。

而今年我过生日却发生了彻底改变——我居然收到了生日礼物！

通过去年的《今晚有约》节目，我认识了沃瑷琰这个朋友，她时常给我打电话，跟我聊天，问我的身体怎么样，还问了我的生日，她说："在你过生日那天我会给你一个惊喜。"

听到她说这话，我真的很激动，可我这不善言辞的嘴却什么也没说出来，只是我头一次期待我生日的到来。但我过生日这天偏偏电话出现了故障，电话打不出去也打不进来，与外界一下失去了联系！

整个世界顿时变得只有屋子这么大了，我心里别提多堵得慌了，我叹了一口气：

怎么就这么巧呢，有生以来第一次在过生日时可能接到朋友电话祝福，可电话却坏了，怎么就这么巧呢，你哪天坏不行啊，偏偏今天，人家那边打不过来电话该多着急啊?!

再痛恨再惋惜，这生冷的电话也不会为之动容……

而几天后，我意外收到了一个包裹单，一看寄件人是沃瑗琰！我立刻知道这一定是她寄给我的生日礼物，我急于想知道里面是什么，可单子上只写着"礼品"两个字，这更让我对它充满好奇和期待。

二哥为我去取这个神秘礼物了，我开始在家里焦急等待……噢，等待的时间过得如此之慢。我过一会就看看钟，可时针却好像不走似的……

经过好一阵子焦急等待，二哥终于回来了！

我看到了我的礼物！

那是一个用白布包着的方形盒子，边角用白线密密地缝着。二哥用壁纸刀一下一下拆着，我心里那么着急，而越着急就越感觉二哥拆得越慢。拆开白布，里边是一个用蓝色礼品包装纸包着的盒子，在这包装纸上面有一颗颗画着的心……

撕下包装纸，里边是一个赭色的木盒子。因为即将看到最后结果了，我就把身子好好坐直了，眼睛盯着那个盒子……

木盒子上有一个摁扣，二哥打开摁扣后，我看见里边是一个毛茸茸的东西，我以为是一个小娃娃，可当二哥拽它时，它却一下弹了出来！

噢，这是一只小玩具狗，黄色的脑袋，圆圆的眼睛，一张红红的小嘴儿。在小盒子里还有一只电池，二哥找到了安电池的地方，原来在小狗的后脑勺上。二哥把电池安上后，屋子里立刻响起了一支曲子，虽然是外语我听不懂，但却是那么那么好听……

当我听着这曲子时，我仿佛觉得沃瑗琰就在我的身边，感到了她对我真挚的祝福。看着这份从远方邮来的生日礼物，心里有那么多感触：在这个世界上有一个朋友记得你的生日，到街上给你精心挑选礼物，并且还是给你惊喜的礼物……我觉得自己如此快乐和幸福……

我让妈妈把这个生日礼物放在电视上，以后我一看电视就能看见它，心中永远珍藏这份朋友的祝福……

今年的生日让我终身难忘，因为我收到了有生以来第一个生日礼物……

张云成和张云鹏中间是首位采访张云成的女记者开昕。开昕是《妇女之友》的记者，也是哈尔滨人民广播电台的主持人。几年来，她一直关注着这家人的境况。

第十三章　我也能帮助别人了！

　　能够帮助别人，是我的一个心愿，可因为我的病，我时常是想帮助却无能为力。

　　每当我看见因没钱上学而流泪的孩子时，心里就会受到强烈的震撼，面对这情景，面对这渴望的眼神，我们有什么理由不倾囊相助呢？那获得教育的年龄，不该是每日操持繁重的劳动，而应该是畅游知识的海洋、接受教育，立志长大后成为祖国的栋梁呀！我听电视上说，400元钱便可使一个孩子读到小学毕业。我真渴望能有400元钱，把它马上邮给一个失学的孩子，然后在汇款单留言处对他说："快去上学吧。"可我一分钱也没有，于是，我想把我以前学过的书邮给他们，让他们虽不能去学校读书，却可以先在家自学，就像我这样。可我邮局也去不了，让别人去邮，他们也许会说："你有啥能力管别人呀。"

　　我和三哥时常聊这样的话题：给你一千万你都干什么？我曾经这样计划过：一百万给二哥，在辽宁买个最好的地方，然后开一个档次最高的汽车美容店；再拿出一百万给大哥，作为他想干点什么的运转资金；还剩八百万，我再拿出七百万捐给希望工程，在贫困地区建小学、中学、大学，给贫困教师提高待遇，让更多的孩子能圆上学梦，让贫困地区的孩子也能过上城市孩子的生活。

　　1998年夏秋发洪水时，我也想帮助受灾的人，我想把兜里所有钱都捐出来，虽然只几毛钱，但如果我能去邮局、能去邮钱，我会毫不犹豫地邮出去。他们至少可以用这几毛钱买几片止痛片，买几片消炎片，少一些痛苦。

　　在灾区受灾严重的那些天，我听说我们这儿也组织了捐款捐物活动，于是我跟妈妈要了几块钱，把它放在衣兜里，随时等待捧着募捐箱的人到来，将钱亲手放进募捐箱里。有一阵，一有开门声，我就想是不是募捐的人来了。我等了好长时间，并没有人来，难道是他们把我忘了吗？

虽然我的病很重，但我和大家一样，也想帮助别人，给别人送去欢乐，希望我的书出了以后就能有这样的机会……

1998年的一天，家里来了两个人，一男一女，一进屋，那个男的就比画着，嗓子里发出沙哑不清的声音，他用手指指着喉部，我看到上面贴了什么。同来的女人告诉我们他是一个喉癌患者，因为要去别的地方看病需要钱，但家庭又无法承受，只好挨家走，以寻求帮助。

妈妈听完女人的述说，眉头有些皱起，眼神之中有着同情与对人生莫测的无奈，妈妈对我说："四儿，你有钱吗？"

"有！"我脱口而出，我知道小箱里还有三块钱，那是爸爸铲地挣的，他给我做零花用。我打开小箱子拿出钱，把这三块钱递给了那个喉癌患者，接过钱，这个中年男人看着钱又看着我，此时我竟然从他那不清的嗓音里模糊听出"谢谢"两个字，而且还双手合十，向我点着头。看得出他很激动。

而此时的我，也很激动！只是为了这句"谢谢"！因为这些年来还从没有一个人对我说一句"谢谢"！

我拿出的钱是那么少，但我只是想拿出全部，让他去快点看病，快点治好嗓子，快点用洪亮的嗓音说出自己心里最想说的话。

女人感激地说："走了这些家，你们给的最多，谢谢你们。"

他们走了，临出门前还不停地向我说着"谢谢"。我目送他们走出屋子，心中对他们祝福着——祝他早日恢复健康，祝他们好好活着。

他们走后我心里的感受也有很多……

我渴望去帮助别人，尽我的所能去改变正在承受苦难的人们。而要帮助别人就必须有能力，我现在却还要靠父母，所以为了这一点我要去努力追求。

不知现在那个喉癌病人怎么样了，是否已康复，是否已经回到正常生活中了？

我可以帮助别人了

小欣：

你好！

我是张云成，今天听省广播电视报记者张大诺讲了你的一些情况（因为学习上的不如意，有了轻生的念头），心中真的有一些感触。我今年22岁，可我得肌无力已经19年了，我3岁得的病，我的病被称为"不是癌症的癌症"，被联合国确定为世界五大疑难病之一，我的未来必将是残酷的，也许，你无法想象我的生活。穿衣、洗脸，我要别人帮忙。吃饭、喝水，我不能像正常人那样轻而易举，就连翻身我也不能，可以说，每天我都要面对许多困难与痛苦。也许，是因为病魔从童年就陪伴我，所以我从不觉得自己的病是一件非常大的事，我也从来不觉得自己该沉沦。人活着，就该追求理想，就该有所作为！

我的书已经写了两年多了，再过一段时间就将全部完稿了！你也遇到了一些困难是吗——面对分快慢班的忐忑，家人期望的压力，如果被分到慢班的担心。人生，总有许多的烦恼，其实烦恼都是一个人跟自己过不去，做事要尽力，但尽力了而又不成的事，那原因就不在我们自己了，因为我们所能做到的就是——尽力，还能是什么呢？

尽力努力就行了，不用想结果怎么样，每个爱自己孩子的父母都不会怪罪一个虽没考好但却尽力了的孩子，你的父母会通情达理的。当我听说你说如果考不好就会去死的话后，我真的不敢相信。难道生命就这样"轻"吗？难道快班就这样重要吗？你只有16岁呀！人生的价值难道是一个快班所能平衡得了的吗？真正的成功者，从不在乎暂时的成败，是无水荒漠还是崎岖山路，他们不在乎脚下的路，因为他们始终心怀远大理想！理想使人在遇到困难时不想困难的滋味而只是想怎样克服。有决心有毅力有志气的人从不怕遇到困难，因为他们的坚韧足以让天地动容，让顽石落泪！

你不想成为强者吗？你甘于被命运踩在脚下吗？你难道不想为了家人为了理想披荆斩棘，于困苦中开创出一条崭新的路吗？

16岁，健健康康，蹦蹦跳跳，多好啊，竟为了一个什么快班而想到死，实在不应该啊！人生一回不容易，而且只此一回，永无轮回！咱们每一个人是不是都应倍加珍惜呀！

小欣，你现在遇到的困难只是一个小困难！

你可否知道我曾遇到什么艰难？

从懂事那天起，我就面临着只能活到28岁的无情命运。

10岁，我只能举起一个枕头；12岁，我只能挂着棍儿走路。

14岁，我走不出院子；16岁，完全不能走了，只能直直地站着。

18岁，不能下地；20岁，胳膊举不过头顶。

如今，我拿不动一杯水……

生活完全不能自理！

我所承受的，是不是比你的要沉重，要令人痛心呢？但虽然现实如此残酷，我却从没想过要去死，要去退缩，我只是想人生无论怎样都不该白活！不能白活！绝对不能白活！

尽管病情如此严重，尽管未来之路还有那么多坎坷，我会一直勇往直前，像雄鹰一样，翱翔苍穹，胸怀千里！

家人对你期望很高，而你也曾给家人留下一个有把握的印象，这都是因为你太爱家人了，既然那么爱他们，为了他们你更不该做那个给他们以巨大打击的傻事。你可曾想过你离开他们的后果？

泪流满面，痛不欲生，乃至人亡家破！

考好了，与家人同乐；考不好，就从头再来，就是这样简单。

考试是这样，人生也是这样。

我的病每过一年就会有一个明显的恶化，今年，我竟发现腿也伸不直了！可以说，我眼睁睁地看着自己的病向最可怕的方向发展，眼睁睁地看着自己走向死亡！

我今年22岁，到28岁还有6年，你今年16岁，到22岁还有6年，而你到22岁时，我可能已经……

好好活着，好吗？

你未来的路还长着呢，这次考试只是对你的一次考验，对于整个壮丽的人生之旅，对于不仅仅是为了活着而活着的人生来说，考试的成败是不是太微不足道了？只要有志气在什么情况下都是强者！

你要珍惜健康，珍惜你所拥有的学习条件，珍惜你可以拿起一本书，可以想什么时候学习就什么时候学习的自由幸福！你所拥有的健康，学习条件，家庭条件，我都没有，可我依然不放弃，依然去奋争，我还想去挣钱，我还要去买电脑，我还要去买智能轮椅，我还要重获自由！

我尚且如此，作为健康活泼的你是不是应该做得更好！

真心希望你珍惜所拥有的一切，坚强起来！人生是多么美好啊，而你才刚刚开始。记住：你是自己命运的主人！

你可知道为了安慰你，这封信是连夜写出的，现在已是深夜了，我的手都冻得不好使了。好了就写到这里……

快乐起来！坚强起来！

张云成

2001年3月7日夜

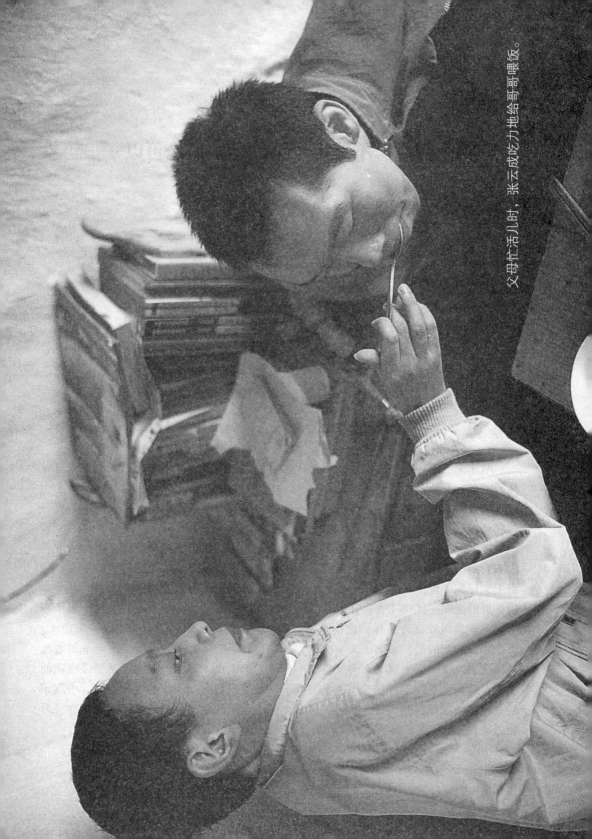

父母忙活儿时，张云成吃力地给哥哥喂饭。

第十四章 不能走，不能动，但是可以——想象

云成整天只能坐在炕上，他无法走出家门，无法过正常人的生活，但他可以——想象。

想象中的场景之一：风雨中的燕子

刚才天气还好好的，也不知道是什么时候突然变了脸。抬头向西天望去，只见乌云密布，不见天日。

乌云像草原上的马群，飞速地向我这边奔来。我看着黑压压的乌云，不禁有一种发自内心的害怕，于是我便鼠窜般地跑进了屋里。

进了屋，我刚坐在窗前的椅子上，雨便下起来了。出于好奇我就坐在窗前观看起下雨的情景来。正当我凝视天空看雨的时候，忽然一个小东西掠过我的眼帘。我跟上去仔细一看原来是一只小燕子。在风雨中只见它用力扇着翅膀，左右动着小脑袋，勇敢地向逆风中飞去。狂风一次又一次地向小燕子凶猛地吹去，吹到小燕子身上时，就像风吹纸片一样，把小燕子吹得老远。这时我想小燕子一定顺风飞走了，可令我没想到的是，小燕子又一次侧起身子，转了个弯如离弦之箭，风驰电掣般地逆风飞去。这时因为风又大雨又急，小燕子它怎么也飞不动，但它还是顽强地往前飞着，看到这里我不再是看小燕子飞行了，而是观看一部悲壮的电影似的，小燕子的这种做法深深震撼了我，我想：这么小的小燕子都敢与大自然抗衡，而自称"万物之灵长"的我连云都怕，这可真是天大的羞愧啊！

虽然风和雨都这么大这么猛，但这只小燕子毫不畏惧，总是毅然地迎着风雨往前飞。但它毕竟是小燕子，毕竟是那么弱小。可能是因为它的羽毛太湿了也太累了，它犹如一架坠落的飞机，滑翔着就掉在我家园子前的道上。这时我把刮风下雨都抛在脑后，只是全然不顾地往外跑，只想快点跑到小燕子那看看，看看它还活着吗？它还能飞吗？跑到小燕子身边一看，它正在淤泥中挣扎，它渴望得到帮助的眼神让我心领神会，我一把把它从淤泥中抓在手里。正下着的雨将它身上的泥浆冲掉了。黑黑的羽毛紧贴在它身上，而我觉得它的眼神里仍有一种不服气的神情。稍微过了一会，它突然打开翅膀吃力地飞走了。它虽然在雨中飞得不停摆动，但它还是不停地飞，也不落下来休息一小会。我用眼睛紧紧地盯着它，一直到看不着了，我还在雨中站着，想了好长时间。

经过了好一阵子的急风骤雨，天渐渐晴了，一切又恢复了正常。我推开窗子，看有没有刚才的那只小燕子。忽然我在电线杆子上发现了它。它全身湿漉漉的，用嘴梳理着羽毛。此时我立刻对它肃然起敬，虽说燕子没表情，但我能从它的各种动作中看出，它心中充满了胜利后的喜悦感！

小小的燕子能用弱小的身躯搏击在暴风雨中，用奋飞斗倒风暴，那么我们又有什么资格不去战胜困难，奋力拼搏，去创造人生的辉煌呢？

想象中的场景之二：我的书出版了

理想，需要天长地久的信念坚定，再通过一步步的努力，才能走过风雨，走过不为人知的苦涩，然后成为现实，在一个蓝天白云、鸟语花香的早晨，你便可以迎接一个激动的心情——那理想实现的时刻！

我虽然身患痼疾，而且家庭条件不好，但我坚信自己必将实现理想，在一个晴朗的天气里迎接成功的到来。

我的理想是当作家，用手中的笔去写生活百态，并且有益于别人。现在，就让我设想一下未来吧，设想一个我的理想实现后，我将迎来什么样的情景，因为法朗士说："幻想比现实更有力，它是现实的灵魂。"

那一天我的书终于出版发行了！

消息传来的那一天是这样的：妈妈和爸爸都去赶集了，家里只有我和三哥。二哥还没从辽宁回来。上午10点多，我正在写作，电话铃响了，按下免提，是一个青年人的声音，他说："你好，请问是张云成吗？"听了几句话，我听出他是谁了，他是出版社的社长。聊了几句，社长告诉我说："你的书已于今天正式出版了，恭喜你。我们马上就将样书给你邮去，稿费问题咱们马上就谈。"这是个喜讯呀，为了这一天，我无数次奋笔写作，面对困苦，我向着这一天苦苦张望，为了这一天，我忍受了那么多困苦，而今天，终于成功了！

我终于用努力证明了自己不是个废人！我同样可以创造价值！

通过电话，三哥面带激动以及抑制不住的高兴对我说："终于出书了，你终于能挣钱了，嗯，行。"面对成功，我的心中有许许多多的话，我的心中，有多少的感慨呀！往事，如何回首？一时间，屋中沉默无语，一会儿，我与三哥又忆起了多年前的事情。阳光照在冬天的窗户上，将玻璃上的冰霜都融化了，阳光向东移，冰霜也随之向东化，西边露出了一大片清晰透亮的玻璃，透过玻璃，我看到了外面银装素裹的雪景，真是美极了。阳光透过玻璃照在炕上，照在我的脚上，暖乎乎的，这时脚上不用盖垫子了，因为阳光这个最好的"垫子"就已经非常暖和了。

中午，爸妈回来了。爸妈还是平静地唠着赶集时的见闻，而我的心中却热血沸腾，无法抑制激动的心情，我将怎样把这个激动人心的消息告诉父母呢？告诉父母后，他们将会有怎样的反应呢？

中午吃饭的时候，我将这个消息告诉了爸妈！

"我的书出版了。"

爸爸没听清地问了一句："什么？"

"我的书出版了，刚才出版社社长给我来电话了，说过两天他们就把书给我邮过来。"

"出版了！"爸爸终于听清了，充满皱纹的脸上露出了惊喜的笑容。"那怎么卖呀，啥时候给你钱呀？"爸爸抑制不住内心的喜悦说。这时妈妈在一边不明白地看着我，意思是说："咋回事呀？"

"哎呀，小四儿写的书出版了，就是成书了。"三哥在一边着急地说。

"啊，写成了，小四儿可真能耐，那么多的字是咋写出来的呢！"妈妈的目光中饱含着一种极为复杂的神情。吃饭的时候，我们边吃边畅想着美好的未来。那天的中午饭我吃得特别香！

吃过饭，张哥来电话了，张哥在电话里对我说："这本书每本定价16元，第一次印刷出了10000册。云成，你终于成功了，祝贺你，云成！继续努力，再写一本书！"

张哥的话让我心情难以平静，我对张哥说："张哥，这本书之所以能出版，主要是靠您了，如果没有张哥当初给我的鼓励和以后每星期一个电话的命题，为我指导；如果没有张哥为我整理书稿，复印书稿，多方寻找出版社，我的书也不会出版，我也不会取得成功，向理想迈出一大步，从此改变了命运。张哥，你是我的恩人，我将一生一世报答您。"

如果说我的二哥是我今生最亲的人，让我感到了生命的美好，人间亲情的温暖，那么张哥便是我人生中的指路明灯，为我登高望远，看清前方的路，然后为我指出一条通往成功的路，在这条路上有许多障碍，而张哥就是始终在前方为我引路、清路、修路，使我顺畅通过的人，不用我操心许多事。在这里我要发自内心地对张哥说一句"谢谢你!"

　　当天下午,我便给在辽宁的二哥打电话了,二哥在电话那一端大喊了一声"太好了!"我能听出来他高兴得不得了,我从没见二哥这么高兴过!这之后我们又说了许多,我深深地被二哥那替我高兴的心情感动着……

　　这些年来,二哥为我们付出的太多了,放弃高考,离开亲人,离开故乡,远涉广东辽宁,多少年来,二哥所盼望的不就是这一天吗!如今,我终于有所成就了,我没有像别人说的那样,终日只是吃喝,一生在无所事事中度过,我虽然身患重病,但我绝不向命运低头!向困难低头!向别人的世俗观念低头!不拥有自由,我还拥有自由的思想,有一张广阔无边的白纸和一支表述心声的笔和追求理想的坚定信念,正常人能做到的事我同样可以做到!

　　过了些天,我收到了出版社给我邮来的一纸箱书,而且还有一张汇款单,上面用黑色墨水工整地写着"伍仟元整"。

　　伍仟元……

　　看着这几个字,我真的差点没哭出来:我终于挣钱了!我终于挣钱了!从此,我将不再被人瞧不起,家里来人时我将不再只是在他们身后沉默不语,别人也将不再把我不放在眼里了,对我说的话也不会像从前那样当成耳旁风,而是认真聆听。到那时我将拥有一切做人的权利和快乐。

　　有了钱以后,我会实现我的愿望——给妈妈买她最爱吃的东西,让妈妈吃个够。我还会给妈妈买一件她早就想买却总不舍得买的羊毛衫,让妈妈穿上,在别人面前说这是她儿子给她买的,让妈妈也可以脸上有光,让妈妈不再只是羡慕别人,让妈妈过得幸福一些。

　　自己能挣钱了,到那时我就买一台电脑,买一个笔记本式的,因为台式的没地方放,用着不方便。买了电脑我就上网,在网上查找资料信息,与网友聊天,也用电脑写作,感受一下那是什么滋味。到那时我再与张哥联系就不是只用电话和信了,我可以给张哥发电子邮件,在电脑上与张哥交流,有了电脑,我足不出户便可以知天下事,查天下事。电脑将使我的生活更丰富多彩,使我的文章更精彩!

　　当然,写成一本书,不可能就可以说已实现理想了,我会继续努力,当有人称呼我为作家,并且因为我的存在而使许多人觉得生活更有冲劲时,我才会感到欣慰,感到满足。当实现理想的那一天,我会随时去帮助每一个需要帮助的人,帮一个个失学儿童重返校园,供他们读完小学、中学、大学!

　　我的理想就这样实现了,这种感觉是那样地美好,而使它真正成为现实的方式是现在我必须刻苦努力、不懈追求!而面对这样美好的未来,我怎能不勤奋拼搏呢,为了实现理想,吃多少苦受多少累算得了什么呢。

想象中的场景之三：我拥有健康的人生

从出生开始我就是健康的，于是从上学第一天起，我就告诉自己要好好学习，认真聆听老师的讲授，珍惜每一堂课的学习机会。因为我知道，每天都能上学、见到老师、见到同学是多么来之不易啊！而且还能面对那崭新的飘着墨香的课本，把上面所有的知识学下来，变成自己的一部分，这是世上多么幸福的事啊！

上完小学上中学，上完中学考大学。这其中遇到困难是难免的，我如果遇到，绝不会怨天尤人，更不会气馁放弃，如果我高考落榜，我肯定会非常伤心，也觉得很对不起家人，但遇到不顺，人唯一可以做的就是面对现实，去做你"现在"所该做的事……

不是有句名言吗？"当你叹息错过星辰的时候，你也将失去朝阳。"即使失败，我也会不断努力争取，寻求另一种生存的价值，不让自己虚度光阴，尽量去做点什么，最重要的是不能让自己的一生平淡平庸。

于是，我在努力、收获以及快乐中度过我20岁之前的时光。

20岁到30岁正是创业的年龄。刚刚步入社会，要在茫茫人海中找到一个属于自己的位置，确实是很难的事。但心中只要有梦，只要有渴求的目标，我就不会被命运推来推去。

我可能会遇到什么困难呢？假如我是一个工人下岗了，那我会积极地再找工作，也许我文化不高，没有什么专长技术，看到好工作都不能胜任。如果那工作是梦寐以求的，那我肯定会从零做起，即使彻夜不眠、四处奔波也无所谓的，因为机会难得。为机会难得的东西多付出一些、多承受一些又有什么呢？

我将在跌倒的地方再次站起，站起来后我要走得更快！

我最想做的职业是：邮递员

用我翻山越岭的奔波换来那一张张欣慰的笑脸。真的，我很崇敬邮递员这份职业，每日忙忙碌碌地给别人送信送报，送到人手中后扭头就走，奔向另一个等待他的人家。

不分冬夏、不分坦途和崎岖、不分烈日炎炎还是风雨飘摇，我不敢有半点停息，永远加快脚步，因为我知道，前方有人在等你，我总能看到一双期盼、焦急的眼神。我送的这封信对我可能不重要，而它对收信人来说可能就是生命的动力，是友情的关爱，是重新振作的希望……

甚至于，收信人会视这封信比生命还重要，如果我不及时把它送过去他肯定会失望伤心，望着通向天际的路，他会想：信是没来还是丢了，如果丢了，丢在哪儿了？被谁看了？是否扔在无人的角落？

我能感受到他的心情，我太能感受他的心情了……

所以我不会在乎脚下的路，不会在乎打在脸上的风雪。我相信，当我看到收信人面带笑容时，我全身的疲劳、一路的艰辛都会烟消云散，有的只是充满心灵洋溢全身的欣慰。他快乐我快乐！

信是传递信息和感情的载体，而这神圣之物的传递使者便是邮递员。便是我！

人活一生不容易，也是短暂的，不可重来，所以一定要在有限的生命里多做一些有意义的事情，用不屈和凌云壮志使生命像太阳一样热烈辉煌，光芒万丈！

张云成说，如果自己的腿能走路的话，很想出去看看并写写五大连池的景色。

第十五章　2001年有了新目标：自学大学课程

今天，我收到了大诺哥给我邮来的大学中文系教科书，面对这一本本厚厚的板板正正的《古代汉语》《中国文学史》，心中既有迫不及待想学它们的激动，更有一种压力，怕学不好，辜负了张哥的期望。

我把这批大学教材拿在手里翻看着，我看到了一个个熟悉的词汇："语法"、"修辞"、"格律"。这些字眼我是那样熟悉，但又不是很懂，我是多么想学懂它们呀，运用这些知识写出心中如彩虹般难以形容但又无比美丽的文字！

坐在同龄人面前我曾经是那么地羞愧、自卑，也曾发誓一定要有所成绩，超过他们，让自己坦然与他们谈论各种感兴趣的话题。曾经为了不知该如何努力，以及怎样超越平凡生活而茫然，如今面对这丰富的知识，这走向成功自信的桥梁，我怎么能胆怯、退却呢！再想想那心中已久有的作家梦，我怎么会放弃呢！

虽然，系统地学习知识我只学到小学五年级；虽然，我的身边没有老师，但我坚信"付出总有回报"、"功夫不负有心人"！这书中的知识，一旦掌握了它们，我将不再空虚，不再胆怯，不再把已到嘴边的话咽下，敢与任何人交流！张哥曾对我说："等你把这些书学完后，你就可以同每一个大学中文系的学生对话了。"这对我是多么大的激励呀，我是多么渴望那一天早日到来呀！

再看看这些书，我不再不自信，我的心中充满了一种坚定，一种不学得比同龄人强誓不罢休的激情！

曾经，我是那样不能自主生活，我多么渴望能成为自己的主人！而这梦想的实现又靠什么呢？只能靠自己的努力！靠努力地学习！而今天，这学习的条件已经具备，通向自信的路已经铺开，我怎么能不勇敢走向前呢。

我现在正等着张哥给我制定的学习计划，等收到计划，我将正式开始学习大学中文系的课程，走向我心中的梦……

对未来的十三个愿望

写书是我人生第一步发展计划，现在书已基本写完，我将开始第二步发展计划！

我将在10年内实现以下目标：

第一，买电脑。

这是我的一个梦，买了电脑后，我会在网络世界里遨游，搜寻一切美好的东西，让电脑帮助我的学习，开阔我的视野，装扮我的生活。

第二，拥有电动轮椅。

这是我多年的梦，自从无法站立那一天就有了这一梦想。对屋外那个世界我是多么向往啊，我多想看一看美丽的校园、这可爱的城市呀，我是多么渴望能走出这屋子啊。

有了电动轮椅，我肯定会经常出去，去认识更多的人，让我的身边有许多伙伴。找老师教我系统学习各种知识，毕竟自学知识有那么多误区啊……

第三，文学水平达到大学以上。

眼看着同龄人都已经快大学毕业了，而我却还只有初中语文水平。我要加倍学习文学知识，让丰富的知识鼓起我的勇气和信心，用无可挑剔的才华去征服同龄人和所有人。

第四，学习英语，达到可以阅读英文书籍的水平。

在电视里以及朋友的信中，我时常看到英文，而我却一点也不懂。随着中国加入WTO，加大与国际间的往来，英语就成了年轻人必须学的科目，而我不想总走在同龄人的后面！

第五，掌握大量的心理学知识，为他人做一些事。

虽然病得很重，但我从没放弃去帮助别人的愿望。我虽然不能为别人做体力方面的事，但我可以通过精神方面实现我帮助别人的愿望。

第六，为穷人和有困难的人说话。

曾经在电视里看到穷人受恶人的欺辱，当时我只能有痛恨的目光，却不能帮助他们做些什么。我不会一辈子平庸的，到我有能力的时候，我会为穷人申冤，惩治恶人。

第七，有一份工作，能挣钱。

时间会改变一切，几年后的我将不再是现在的样子，到那时我已大学"毕业"，完全可以胜任一项工作，我一定会找到一项与我所学有关的工作，虽挣钱不多，但足以糊口。

第八，给二哥买手机。

二哥是我今生最应该感谢的人，他让我感觉不到痛苦，只感受温暖，用自己挣的钱买一件东西送给二哥是我久有的夙愿，等我挣钱了，我会为二哥买一部手机，并且把一切手续都办好，让他一拿到手就可以用。虽然二哥的情义不是用钱物回报得了的，但也可以表达我回报之情于万一呀。

第九，彻底改变家庭状况。

父母自幼受苦，年轻时又务农受累，这个家庭始终处在困苦的环境中，我的能力虽然有限，但彻底改变这个家将是我一生不变的信念，我要把妈妈的病治好，让全家人过上快乐的生活。

第十，治病，让三哥和自己的病得到控制。

虽然我们的病已经很重，但随着医疗科学的不断发展，我相信几年后，我们的病是可以得到控制的。我没有奢望，只想将病情控制住。

第十一，努力成为省作协会员。

我的理想是当作家，而作家不是写一本书就可以成为的，作家要有自己独特的见解和贡献，我的这一计划会让有些人看来觉得我不自量力，但我将不懈追求。

第十二，为希望工程捐款。

每当听到或者唱起《让世界充满爱》时，我总能想起那些因没钱而失学的孩子，也总会下决心挣钱帮助他们。虽然我不能挣太多的钱，但我会为资助一个学生上学而努力。

第十三，2008年去北京看奥运会和登长城。

2008年离现在还有6年，6年后我已经大学"毕业"，有了一份工作，有了经济自主能力。到2008年时我会带着家人，偕三五好友，去北京现场看奥运会。在看比赛之余，我会去登长城。登上长城的最顶点，放眼连绵起伏的万里长城，尽收眼下无限风光，那时我将尽情地高声诵读毛主席的《清平乐·六盘山》："天高云淡，望断南飞雁。不到长城非好汉……"

对了，我还要写出第二、三本书。这两本书中有一本可能是我的生活感受集，第三本嘛还没想好。

以上就是我的第二步发展计划，面对这一个个还没有实现的梦想，我的心中充满了向往。我知道今后的路不会一马平川，但我永远不会放弃，纵然迎接我的是失败！

第十六章　对人生与苦难的思考

　　谈到人生应怎样度过，我们自然会想起保尔·柯察金那段名言，他说得很棒。我自己觉得：人活一辈子应该留下痕迹，这个"痕迹"就是做出一点事情，为他人为社会做出一些事情，让别人因为你的努力而有所改变，让穷人丰衣足食，让弱者屹立于风雨之中。

　　人活一辈子，内心的快乐是最宝贵的，也是人一生最应该追求的。而博大的心、善良的心就是快乐的，它每日关注的不是自己的一点私利，而是别人的疾苦，怎么让穷苦人走出低谷是他殚精竭虑思考的，别人富起来了，不再痛苦了，是他们内心最快乐的。

　　人生的价值不在于赢得多少，而在于你是否追求。总之人活着应该有志气，纵然你不拥有自由、不拥有健康体魄，你还拥有自己！蹉跎岁月，人生一回，就像雪花落入大海，不会留下任何痕迹，唯有你的拼搏，你的奋争，你的不屈可以永留人世，给后人留下一个身影，一股面对艰难绝不后退的勇气，这样的人生是有价值的，是没有白活的！

　　人生的境遇不同，所以有了价值观的不同，不能说坐车的人是幸福的而走路的人就是不幸的。坐车人虽不受疲惫之苦，但却看不到徒步行走的人看到的所有风景，体会不到用自己的力量达到某个目标的幸福感。

　　虽然我得了这个病，有这么多的痛苦，但我不认为这一生是不幸的。我觉得这是命运为我提供的与众不同的人生路线——一条与笔直路线不同的崎岖路线。

我不会因此悲哀，因为我得到许多笔直路线上没有的东西！

挫折让我严肃思索人生应该怎样度过，因此更能看清人生目标；痛苦磨砺出我不屈的品格，让我懂得人生中有些东西必须承受，更让我懂得人活一世必须去追求、去超越。

人生的苦难让我更深刻体会什么是真正的人间真情！！如果没有这个病我将不会结识张哥，不会认识那么多理解我、支持我的朋友。

我不是说得病是我的幸运。我是说与健康人不同的路让我获得了健康人所得不到的东西。我想说：不要因为道路坎坷就抱怨，坎坷不平的路必将有另一番景致！是的，坎坷不平的路必将有另一番景致！

如果你已经走出这一坎坷，回头想，是不是如此？

如果你还在这一坎坷中，细细想，你仍然会有这种感觉！

从这个意义上讲你并不比别人少什么。

坎坷让我能从多个角度看待人生、理解人生。我不再认为人生只有身体健康、拥有金钱百万才是幸福的，我觉得这样也是幸福的：自己虽不算强大但有足够的执着，征服艰难，向理想高峰攀登，一生都问心无愧，想起生命可以十分坦然……这样的人生不但幸福，而且更经得起反复品味！

人生是一张白纸，各种境遇便是各种色彩！执着的追求是如椽如梭的飞笔，挫折艰难是几许重墨，唯有两者都有才能涂抹出绚丽多彩的人生。

如果说人生是一条路，那么苦难便是没有被压平的尖石，人生路上尖石不可避免。苦难是什么？苦难是失去自由时的迷茫，是刚要起步就摔倒的艰难，是走在风雨中没有同伴的哭泣，是失去亲人的泪水，是胸怀一腔抱负却不能施展的忍耐，是虽然充满苦涩但又不能不走的路。

怎么办？接受它吧。

虽然笼中的小鸟过着不愁吃喝、不担心风雨的生活，但它却不拥有广阔的天空，不拥有自由；虽然大棚里的树苗养分充足，没病没灾，但它的根是虚弱的，它只有到大自然中接受风雨洗礼才能抓牢大地，长成高过千尺，染绿一方的大树。

人生匆匆几十年，都知道要珍惜生命，我想"珍惜"二字不仅包括珍惜美好的时光，更包括在苦难时保持冷静心态，用心体味痛苦留给我们的酸甜苦辣。

苦难还是什么？是催人奋进的动力，是造就英雄的先决条件，是苍鹰得以飞翔的翅膀，是助苗成长的春雨，是一扇龙门，貌似高不可攀，但只要跳过去，你就是一条龙！一条穿梭云间、弄雨兴风的龙！

说到底苦难是一杯浓浓的茶，苦得让我们难以下咽，但只要咽下第一口，就会发现更多的味道在等待着你……

第十七章　感动生活的每一刻

因为病情所限，所以我早晨起来的时间由妈妈来定，也就是说妈妈什么时候喂完了猪、做完了饭，我就什么时候起来。

妈妈把我"弄"起来，然后站在我身后，我靠在妈妈腿上，妈妈弯下腰给我穿衣服。穿上衣的时候，我只能自己把手伸进左袖，右胳膊需要妈妈把手伸进我衣袖里，把我右胳膊拽进去。

穿完衣服，妈妈把我从被上抱到垫子上——这是一个三四厘米厚的海绵垫，外面包着粉红色的面儿。坐上去后，我先看看几点了，妈妈有时活儿多，有时活儿少，所以我起来的时间有时是7点多，有时是6点多，也有时都8点多了……看钟的时候我常想：这一天又重新开始了，我又拥有了几十个小时，我将怎样度过这些时光才对得起妈妈为我穿衣，从垫子上抱到被上，从被上抱到垫子上的劳累……

妈妈去给三哥穿衣服，我就看看报纸。我订了全年的《中国剪报》，它平常有8版，月末增刊8版，我最爱看的是《新书博览》。我无法去书店，《新书博览》弥补了这一遗憾，有了它我便等于把书店搬回家。

胳膊支在小桌上，十几分钟我就受不了了，于是靠在墙上，把身子坐正，弯一弯发直、发酸的胳膊，把目光移到面向南方的窗户，一来休息一下，二来回味刚刚读过的东西。

妈妈给三哥穿完衣服了，抱起他，把他抱到用褥子叠成的垫子上。三哥往垫子上坐并不是件简单事，这需要妈妈反复给他挪来动去，直到他坐得舒服为止。三哥坐好后，像往常一样，让我把他的手抬到他膝盖上——我用左手中指牵住三哥的右手食指，往上一悠，便把三哥的手抬到他膝盖上了。

三哥坐在垫子上，有时会向我讲他昨夜的梦，有时是昨天看的电视节目，有时也会沉默不语。我平时话很少，早晨起来话就更少了。

"倒水，我给他俩洗脸。"妈妈高嗓门对爸爸喊。妈妈反反复复给我和三哥擦脸来回走了七八趟，仅就这一件事，就让妈妈走了这么多路，这一天下来，妈妈真的是很累的。

这边妈妈给我们擦脸，那边爸爸已把饭菜捡上桌了。为了我们吃饭方便，桌子都放在我和三哥眼前，我喂三哥饭时正好用右手。因为我的手也没劲（手感到没劲儿是在最近两三年），所以吃饭时我都是用勺子。

吃完饭再看会报纸，我就该干正中之正的事了——写作。

写累了，我就用右胳膊支着炕，往后靠着墙看会儿电视。在电视节目里，我最爱看新闻、文艺、记录片、文献片，而三哥则最不爱这些。我们常因此发生争执，别的事我可以让着三哥，可在看新闻节目上我是毫不相让的。这时三哥就会说："啥意思，跟你也没关系。"对三哥这些话我就当没听见，还是不错眼珠地看我的新闻。

平时没事的时候，我会和三哥一起拿出我们积攒和收集的硬币。我们只收集1元和5毛的硬币，硬币的来源是大哥那儿，大哥家开小卖店，一有硬币大哥就给我们送来。将多个1元的硬币放在手上，利用手指的伸屈让硬币之间发生碰撞，发出清脆的声音，听着有一种满足和惬意的感觉……

我和三哥有一个同样的爱好——爱听歌。我们特别爱在下午听歌，尤其是日头偏西、阳光温暖而朦胧的时候。对陈星的歌我们最情有独钟，我们更容易感受到他歌中那独自一人飘泊在外的无奈与伤怀。也许这是因为二哥在外飘泊而我们与二哥心灵相通的缘故吧。

我们正听着陈星的歌，爸爸把桌子搬过来了，一看钟已快晚5点了，每天吃饭的时间都不一样，有时早有时晚。左手拽住录音机拎手，右手支住炕，我用力将身向后墙一靠，吃力地把录音机拽过来，要不放桌子碍事。录音机可真沉，我拽了好几下才拽过来。

吃完饭我拿来一本书看，而三哥爱看电视，吃完饭他就让妈妈打开电视机，我把遥控器放在小箱子上，对准电视右下角，然后三哥让我换台我就换台，看什么都是三哥说了算。

想想这个彩色电视来得是多么不容易啊！它是二哥用在辽宁拼搏一年所挣来的钱买的。买电视的时候，爸爸是反对的，因为家里钱紧，又是二哥，又是善良的二哥看到我们在家寂寞，于是毫不犹豫地拿出自己一年收入的积蓄给我们买电视（那时正是二哥艰难拼搏的时候）。

是二哥使我有了今天的方便，如果还是那个老黑白电视，换台只能走过去换，而摆电视的缝纫机又离炕那么远，我还够不着，现在多好，有遥控，想换台一按按钮，电视就变了，真是方便、快捷极了……谢谢你，二哥！

到快睡觉时，妈妈把我和三哥抱到被上，然后给我们脱衣服，每到此时，我都会想，我这一天有什么收获呢，这一天又做完了多少事？如果是按计划完成了任务，我会觉得心满意足，心里非常踏实；如果是计划没完成，心里就总觉得像有块石头没放下来，不踏实，但无论是成绩斐然，还是计划失败，现在都已是该睡觉的时候，吸取教训吧！闭上眼睛，我进入梦乡……

我们在后视镜中看世界

在我家的小后窗户台上有一个后视镜，它的角度正好对准我家的大门口，利用它我随时可以看到有谁来了，及一些后院的动静。

提起这个后视镜，还有一段小故事。那是在将近10年前，二哥去德都给我们买小望远镜，从早上二哥骑自行车走后，我们就盼着二哥早点回来，为了能第一个看到二哥回来，我挪到了小后窗台，盯着大门口……我是能来到小窗台边，可三哥由于病情所限却不能过去。但三哥很善于想办法，他让妈妈找来了一片小破镜片儿，让我放在小窗台上，把角度对准大门口，这样他也能随时知道二哥是否回来了。下午，三哥终于在小镜片儿中，在二哥进屋前看到了二哥。

后来，这个小镜片儿的用途就更大了。从只想看到二哥回来扩展到——看所有来的人及后院的动静。每当大门一响（我家是铁皮大门，每次有人进出，总会发出咣咣声音），我和三哥就会不约而同回头注视着后视镜，这已成了一种条件反射。

从那里，我们看到了二哥从辽宁回家过年的幸福场面；从那里，我们送走太多太多的客人，迎来了太多太多的朋友。没有了它，我和三哥就像少了一只眼睛、一只耳朵，生活的空间一下就小了许多倍。夏天的时候，那里是绿树，是蓝天，是一片向日葵；秋天，那里是秋的飘香，是喜悦，是一缕淡淡的思念。

我和三哥在后视镜中看世界，它已成了我与三哥在生活中不可缺少的东西。每年，一到冬天的时候，因为怕冷，要在小后窗户外边钉上一层塑料布，就算是再透明的塑料布也有碍视觉，所以以前每年冬天一钉上塑料布，我们这个后视镜就该"休息"了；可这两年却不同了，因为三哥突发奇想：冬天不用塑料布了，在外玻璃上再弄一块玻璃"贴上"，这样我的后视镜就再也不会"下岗"了！而且，在2002年，我还破天荒头一次在后视镜中看到贴对联和放鞭炮的喜庆场面。

当然，说得这么热闹，毕竟它只是一个后视镜，它的照射范围其实是很小的，大约也就一米左右，视野范围很小，只是一个门洞的范围。虽然范围很小，但它毕竟是我们了解外面的一个通道，通过它也确实让我们拥有许多激动时刻。

平时，我对后视镜的关注程度没有三哥高，但每当有重要时刻，我就会尽量将身子向右拧，将头尽量向右回，注视起这后视镜。那什么时候是我的"激动时刻"呢？可能令我激动的时刻相对外边的人来说，总有点"小儿科"，但那又有什么了不起的呢？妈妈去邮局取包裹就是一个激动时刻。每次估计妈妈差不多该回来的时候，我就时刻注视后视镜了。大门一声响，妈妈回来了，我的心跳开始加快。那次妈妈是去邮局取二哥邮来的磁带。妈妈开始走过我的视野——后视镜了。她身穿一身平时不常穿的灰色衣服，脚穿一双极为干净的白鞋。妈妈知道我会在后视镜中看着她，于是当妈妈走过我的视野——后视镜时，她笑了，举起右手，用食指当枪，左眼闭右眼睁，"瞄准"后向我打了过来，我笑了，真的很开心地笑了。

令我激动的时刻还有妈妈取信回来、伙伴来玩的时候，这个后视镜就是我生活中"激动时刻"的见证啊！

一块小小的后视镜，一方小小的天地，一种生命的无奈，一条长长的通道……我将唱着铿锵的青春旋律从这里"走"出——走向那片心灵的圣地——走向一片广阔的天地！

那么难忘，在瓜地的一天

云成对每次能出院子的经历都有"过节"的欣喜……

1992年夏天（云成13岁），在我家瓜地和二哥三哥看瓜的那天让我终身难忘。

那年爸爸看邻居们都种西瓜和香瓜，而且很挣钱，就到外地买来西瓜和香瓜子，在一块小地里种上了。过了几个月，西瓜和香瓜长势都特别好，但欣喜之余爸爸也为丢瓜发愁，于是他就也在瓜地里搭了一个窝棚，让正放暑假的二哥去看瓜。

二哥一去看瓜，我和三哥在家都觉着没意思。因此我们就有了一个念头——跟二哥一起去瓜地。

第二天我们让大哥开小四轮车把我们送到了瓜地。

一走进瓜地，先看到有些发黄的叶子下面一个个圆圆带蒂的香瓜，静静躺在地上等人摘。同时有一种瓜香、草香混合的味道扑鼻而来，沁人心脾。

耳边是悦耳的鸟鸣，眼前是旖旎的风光，和空气中如溪流一样的和风，这一切让我如此舒服和兴奋！

在庄稼地中我一眼就看到窝棚了，从远处看它就像是一个小草垛。在窝棚旁二哥正在用镰刀割着什么，我和三哥立刻激动地喊："二哥！"

二哥一看我们来了，立刻放下镰刀，笑着往这边跑来。而我们也别提多高兴了。我们会合后大哥先把我抱进了窝棚。

一进窝棚一股香瓜味扑鼻而来，我坐在了用木板和砖搭的板床上，床上有几件衣服和几本书，瓜窝棚的四周全是蒿子，上面还有不少小花。

在窝棚墙上，我看见有一双筷子，就拿过来看了看。只见在筷子头上插着一段蒿子秆，我想：二哥可真有招，怕筷子脏了，插蒿子秆就没事了。正看着窝棚里的一切，二哥背着三哥进来了，我笑着问二哥："刚才你割什么呢？"二哥说："蒿子，瓜窝棚有露的地方，我割点再盖盖。"

二哥出去把香瓜摘回来，我们吃着瓜，欣赏美丽的景色，开始聊天。

坐在瓜窝棚里，仰望天空，我不禁吃了一惊，这云怎么这么低啊！低得仿佛伸手可摘下一朵拿在手里玩，而且看起来它们是那么轻柔，仿佛一阵轻风就把它们吹得老远。再看那一朵似棉花团的云，它自由自在飘在空中，它是那样地悠闲自得，毫无烦恼。让人看了，心里舒服极了。通过太阳的照射，它显得是那样白那样亮，真像一块大奶油雪糕，让人想扯下一块尝尝味道。

夏天的云，真是变化无常，千姿百态。眼前的这朵云现在又仿佛变成一个天空派来的使者，向所有见到的人问一声"您好"，为在烈日下劳动的人们遮去太阳的炽热。这朵云在我面前停留了一会儿，向我问了个好，便又往南边飘去了，不一会儿，我再看那朵云已飘到麦地了，麦田里有几个农民正在挥汗割麦呢，这下他们可以清凉一会了。

放眼天际，我仿佛看到了天的尽头。天好像一个巨大的圆罩子，罩在大地上。在远处一排排的小砖房清晰可见，那闪闪发光的不正是它那崭新的铁皮盖吗。

天空瓦蓝瓦蓝的，绿油油的庄稼散发着清香的空气，这一切构成了瓜地里一种迷人、沁人心脾的诗意。

这一切，对于常年在屋里坐着的我来说，是那么吸引人！

到中午时大哥给我们送来午饭，并说晚上开车来接我们，大哥走后，我们觉得有点没意思，二哥就对我们说："烧苞米啊。"

看着二哥的笑脸，我和三哥立刻说："行！行！"

不一会儿二哥抱着一包苞米和一捆葱回来了，他把苞米皮扒完，从板床底下抽出三块砖，把砖立起来，把苞米往上一搭，把干蒿子往苞米底下一塞，开始点火，用火柴点也没点着，得使劲吹，三哥灵机一动，从旁边随手拿来一片葱叶对准柴底使劲一吹，嘿！风真大，又不呛，这个办法真好！

经过一阵烟熏火燎，我们把六穗苞米烧好了，我们往木板床上一躺，打开了收音机，吃着香甜的苞米，听着收音机里像诗一样的散文《雪浪花》……

我们把一切好像都忘记了……

噢，那种感觉……

听收音机一直听到天黑，瓜地里蚊子也多起来了，二哥又抱来干蒿子拢火赶蚊子。这时，地边盖房的工人收工的吵嚷声把我吸引过去，只见在还没盖好的砖房上有一个穿牛仔服，衣下两个角系在一起的叔叔，他胸前露出一件退了色的白衬衫，上面布满了泥点。这位叔叔从旁边拎起一只泥桶扔给了下边的一个人。

夕阳西下，火红的太阳把半边天都染成一片通红。晚霞像一只巨大孔雀开出的彩屏，五彩缤纷，铺在西天。过了一会，我们听到了嘣嘣声，是大哥来接我们了……我们该回家了。

大哥抱起三哥，二哥拿着垫子跟出去了，这时瓜窝棚子只剩下我一个人，我望着远处那万家灯火，深深叹了一口气，顿然有一种伤感涌上心头，我又想了想今天发生的事，心想：我一定还会再来的。

二哥进来把火踩灭，抱起我，回家了。

转眼四年多过去了，我再也没有去过瓜地，因为这块地已卖给别人家了，每次想起在瓜地的那一天，我都想：时间要是能倒转该多好啊！

我真的很想再去一次瓜地……

我的好朋友：电视

从小我是个典型的电视迷，什么节目都爱看，但当时我家是没有电视的，全村也仅有几台12寸的小黑白电视。

我们最常去一个姓孟的人家看电视，他家距离我家不远，只隔两个人家。

每当去看电视的时候，都是大哥背三哥，二哥背着我。一到孟大爷家，他家总是有很多人，地上炕上，我们一到都给我们让地方。1988年播《西游记》的时候，在我们全村真可谓掀起了一个不小的收视热潮，但凡有电视的人家都在看这部片子，我们更是集集不落。每天到了该看《西游记》的时候，我们总是连饭也不想吃，心急火燎地想去看电视。

有一次，我们得知孟大爷家正在播《西游记》，二哥背起三哥便跑了，我看二哥背三哥跑步了，急得在炕上直喊。妈妈看见我急的样子，抱起我就去撵二哥他们了，妈妈为了安慰我，故意边跑边大声说："撵哪！撵哪！"天上下着雪，刮着小风，雪花打在妈妈的脸上，化了，化成了一片片的雪水，我替妈妈擦拭着（十几年来，这一幕深深地印在了我的记忆里）。一阵紧赶慢赶，终于赶上了电视剧的开头，迈过了横倒竖歪的腿和脚，找个栖身之处，就开始津津有味看起来了。

看电视时谁也不吱声，孙悟空那乐观善战、神通广大的本领，真是让我们难以舍得放弃每一眼。

由于那时电视机少，看电视的人又多，所以总去一家看电视人家是不愿意的，于是我们就要经常换换看电视的人家，为了这我们几乎跑遍了全村所有有电视的人家。

有一次，我们去一户人家看电视，当时我们本是去看动画片的，但一到人家里，电视里播的却是广告，我们问："婶子，今天有动画片吗？"可这婶子却直愣愣地说："我们家最不爱看动画片。"我们一听这话，就觉得还坐个什么劲儿呀，带着不尽的委屈与扫兴我们走了，到了另一家，仍旧遭到人家的冷脸。在人家的白眼下呆着，是件难以忍受的事，作为一个男子汉，难道我们连这点志气都没有了吗，不看了！

在回家的路上，因为要过石头墙，再加上大哥、二哥背我们过，所以我们要千万小心，慢慢地过，即使这样，松动的石头还是砸下来了，幸亏没有砸到我们，但还是把我们吓得够呛。回到家中，妈妈听了我们的委屈，立即决定要豆腐账买电视。妈妈的这一决定让我们兴奋得不得了，我们不安分地想着买了电视后的情景。

凑够了钱，爸爸找了一个明白的人，在一个春天里，爸爸买回了一台当时不算很小的14英寸昆仑牌黑白电视机。有了自己家的电视，我们再也不用去别人家看电视了。我们在家想看什么就看什么！当时我们也不分什么节目内容，只要有节目就看，哪怕是我们怎么也看不懂的高等数学。

通过看电视，我们懂得了许许多多，它就像是我们的一双耳朵，尽知天下大大小小的事，它使我们卧病在床的生活变得五颜六色。

如今，我们家已拥有了21英寸的彩色电视机，并安上了有线电视，可以收到20个频道。电视，不仅使我们的生活变得丰富多彩，更使我们家不断走向幸福。努力拼搏，将来买一套家庭影院！

<h2 style="text-align:center">那只小猫，你还好吗？</h2>

小的时候，我和三哥都非常怕猫，总是怕猫趁我们不注意就来挠我们的脸，可大哥他们却喜欢小猫，常把同学的小猫抱到家里玩。跟小猫接触长了，我们也喜欢上了这种小动物。

记得我们养过一只黄黑道的小猫，它机灵好动，非常讨人喜欢，圆圆的大眼睛常爱紧紧盯住一个东西，然后趴在那儿做着准备跳跃的姿势。而如果你扔给它一个玻璃球，它的眼珠就会随着玻璃球转来转去，小胡子翘起来，耳朵竖起来，像是看见了小老鼠，两只后腿还交替蹬着，可爱极了！

我们喜欢这只小猫可它却不爱在我家呆着，总是找机会逃跑，我们就将门窗都关得紧紧的，而妈妈一开门我们就喊："妈，快关门！"不给小猫留一点逃跑的机会。就这样我们强留这只小猫呆了十几天，可它心不在这儿，我们终究还是留不住它，一次门没有及时关上，小猫终于跑了……

我们已对小猫产生了感情，它走了后，我们就让妈妈又要了一只小猫。

这只小猫是灰色的，一开始我们不喜欢它，因为它毛色灰暗而且还蔫里巴唧的，但它确实是我们养得时间最长的小猫。

每天都是我来喂它，我每天喂它馒头，而它爱吃新馒头不爱吃陈馒头，一到吃陈馒头时，为了让它爱吃我就把馒头嚼嚼再喂它，我不知道别人是怎么喂猫的，总之我是给它嚼嚼的。

以后每当小猫饿的时候，它就会"喵喵"地来找我，尾巴翘起来，用嘴使劲蹭我的腿，这时我也能体会它的那种着急劲儿，于是我就会快点到碗架子那里给它拿馒头吃（那时我还能走）。开碗架子时会发出很大的声音，时间一长，小猫就形成了条件反射，一听到这声音它不管在多远都会跑回来，等着我喂它好吃的……

最高兴的时候是妈妈买来小鱼，这时我总爱拿一条来逗它，在它睡觉的时候，我拿一条小鱼从它鼻子尖下一下掠过，而它并不能立刻反应过来，两三秒后它有反应了，就像饿了10天一样，动作比平时迅速两三倍，鼻子开始四下搜寻。我把小鱼拎得高高的，这时它就会扶着我把两个后腿立起来，如果我再不给它，它就会瞪大圆圆的眼睛"喵喵"乱叫，看它够不着时馋得那个样，我不再逗它了，手一放，小鱼直接掉到了小猫嘴里。

吃了一条没够，它还找，可小鱼有限，我得给它留点。我把小鱼装在盒子里面，放在碗架子高处，可仍挡不住它，小猫跳到碗架子上用小爪子去扒拉，看到它为了吃小鱼而想尽办法的样子，我真有些不忍心，虽然小鱼很少，但我还是给它拿了一条。

每天晚上我都是搂着小猫睡，我非常喜欢它，尽管它长得并不好看。

小猫贪玩，晚上不爱回家，记得有一次都晚上10点多了我的小猫还没回来，于是我就不睡等着它，妈妈说："你等着它，它该不回来还是不回来，快睡觉吧。"可我怎么也睡不着，在地上来回地走，只想看到小猫平安归来。只有看到小猫回来了，我的心才能踏实下来，每当这时，小猫总是跑着向我扑来，我能体会到，它知道我在等它。

小猫本来是吃肉的，可农村家庭哪能天天喂它肉啊，只能让它吃些"粗茶淡饭"，于是它难免会犯馋……终于有一天，我突然看见小猫从外边回来了，但它嘴里却叼着什么，我仔细一看是叼了一只小鸡崽，我心里一惊——这肯定是邻居家的。

抓了别人家的鸡崽，我心里很害怕，特别担心人家来找，可鸡崽已经被小猫咬死了，我只能随它了。其实我当时就该意识到小猫吃了第一个鸡崽后就会上瘾，不可能吃一个就算了。果然它抓鸡的频率越来越高，一开始一天抓一只，除此之外还能吃点馒头，到后来就是一天抓两只到三只了，使得邻居总来找，让我们管管猫，我也很发愁，小猫不是小孩，做错了事教训他两句也就行了，小猫怎么管哪？

没有办法，只能决定——把它送走。

但我真的舍不得呀，都养好几年了呀，我们每天朝夕相处，多难吃的馒头只要是它一饿我都替它嚼，吃不饱我就给它打苍蝇吃，看着小猫那瘦弱的样子，心里真的不是滋味：你可怎么办呀，把你送走吧，你可怎么活呀，晚上你到哪去睡呀，山林里那么多野猫你打得过它们吗？不把你送走吧，你也真不像样子，一天抓人家两只小鸡崽，人家养一窝小鸡崽容易吗？

我们最终也没阻止小猫继续抓小鸡崽，惹得人家发狠地说："你们要是再不管，我就拿砖头砸了。"我们只好下决心——把它送走！

由谁去送呢，谁都不愿去送，最终只能由二哥去了。二哥在丝袋子里放一块板子，然后把小猫放到里面，把它送到了离家有三四里地的地方，可是过了几天小猫竟不知怎么找回来了，几天没看到它，我心里酸溜溜的。如果它不再抓小鸡崽，我一定会原谅它的，可过了几天，它仍旧恶习不改，将人家快长大的鸡一天就抓俩，于是，我决定再次把它送走。

这次二哥把它送到了离家10里外的地方。二哥回来后，我伤心地问二哥："你把它（从袋子里）放出来后它去哪儿了？"

"它哪儿也没去，就呆在那儿了。"

于是，我想象着小猫在野外孤苦伶仃的样子。几年的情就这样割舍，心中真不是滋味。这次小猫再也没有回来，冷冷黑夜，小猫，你可好吗？

我家来了工程兵

两年前家里来了几个工程兵，这件事，我至今记忆犹新。

那是一个下午，村长领着几个人进屋了，他对妈妈说："这是外地派来的工程兵，来完成挖电缆坑任务，今晚想在你们家借宿一宿。"

我看着那几个工程兵，不知为何一种亲切感油然而生，他们个个穿着迷彩服，都是那么高的个头，目光之中透着和蔼。这是我有生以来第一次看到现实中的兵，我特意看了看他们的肩章，他们有的是一道杠，也有两道杠的，还有一个是四道杠，我想那一定是班长。

班长把他们领到这后就走了，他们去取行李，过一会儿他们回来了。我从镜子里看见他们朝我这屋走来了，可他们已经到外屋了，我却听不到急促有力的脚步声了，取而代之的是轻轻的敲门声，这让我没想到，他们是如此有礼貌！

我也很自然地说："请进。"

"你好，请问……"进屋这个兵非常有礼貌，我从没遇到对我这么有礼貌的人，所以我很激动，回报给人家的当然是热情了！

听妈妈说工程兵们不仅我家有而且邻居家也有，到晚上工程兵们没去邻居家住，邻居还特意来找了呢。

这些工程兵的到来让我很有感触，在他们身上我真的看到了老一辈红军的优良传统——不拿群众一针一线，尊重老百姓，视百姓为父母，我更体会到了"军民鱼水情"的含意。老百姓对当兵的非亲非故却亲似一家，这其中有一种真挚的情义，它不是刻意的，不是虚假的，而是发自内心的，是真实的。

赶鸡趣事

小时候，经常是只有我和三哥在家（父母下地干活，大哥二哥上学）。我们在家看家，就要对家负责。

盛夏六月，园子里自然是绿油油的，这使墙外的鸡垂涎三尺，时不时地放开胆子进入过把瘾。鸡过瘾了，我可不答应，妈妈辛辛苦苦种的菜可不能让鸡不劳而获，再说了，它也不是我家的鸡。

我首先大喊着，用声音驱逐它，鸡听到如此尖锐刺耳的声音，不免要好奇地瞅上两眼，但它就是不害怕，继续有恃无恐地大口大口吃菜。我这个心疼啊！

喊不行，就冲上去，我拄着我的小伙伴"小棍儿"嗖嗖走到园子里，在园子门旁挥舞棍子连喊带敲一阵威吓，一开始鸡还真害怕了，但它却不往墙外去。后来它还跟我捉迷藏，往豆角架里钻，我是喊也不行，用棍子使劲敲杖子也不行，用石子打吧，园子又有20多米，我也掷不了那么远呀。怎么办？

如果不把这鸡轰出去，它将把园子糟蹋得不成样子，妈妈回来我怎么交代呀，我别无选择，只有走过去把鸡轰出去。

在我轰鸡的同时，三哥不断在屋子里透过窗户向我发出指令，听说我要进园子，三哥提醒我："千万别摔了。"

我慢慢地、一步一小心地迈过窝瓜秧，向鸡那边走去……

在垄沟里走很难走直线，加之我不能像正常孩子走得那样稳当，一个趔趄，我摔倒了，摔进高大的茄子秧里，压倒了四五棵茄子秧，嘴上沾了一些黑土，手也被茄子秧扎了好几个刺儿。

把这么多茄子秧压倒了，我很是恨自己，而这更加深了赶走小鸡的决心，但我已经站不起来了……

虽然当时我的病情没有现在这么重，但不扶椅子、凳子却也是站不起来的。站不起来我就一点一点往前爬着挪……

虽然垄沟里很湿，但为了快一点把鸡轰出去，我也顾不上那么多了。我在都比我高的茄子秧里穿行，夕阳透过茄子秧时隐时现，我周围的一切都是静的，只有我在动，它们好像都在看着我，看着我怎样克服困难！

看着那猖狂的鸡，不觉中我加快了速度。在距离鸡有三四米时，它还不把我放在眼里，我放慢了速度，轻轻向前挪，但就在离它一米多时，它一拍翅膀跑了，留下了一片狼藉。

不管怎样鸡是轰出去了，那就回去吧，一回头，哇，我猛然发现，房子已离我那么远，有生以来第一次这么远看自家房子，感到一种前所未有的新鲜感，它是那样地好看，红砖白墙，以前我从未发现。虽然鸡没打着，但我心里仍然很高兴，一种成就感油然而生——我竟走出了那么远。

沿着来时的路我挪到了园子门，裤子上沾满了土，湿乎乎的真不舒服。等我挪到了屋里，这才扶着东西站起来。

妈妈不在家，我要把这个家管好呀。

一盘难忘的棋局

我非常爱下象棋，可却常苦于没有对手，这么说不是炫耀棋艺有多高，而是说会下象棋的人到这来的太少了。

说到高手，李辉是一个，2001年夏天我与李辉下了一盘棋，我就是抱着学习的心态，对赢他没把握，但赢的渴望还是很强烈的。

摆好棋子，李辉执红先走。

与高手下棋非同一般，我每走一步棋都考虑半天，也很紧张，双手冰凉，不过感觉也真是很好。我觉得自己是坐在点将台上的大将军，拿着令旗指挥千军万马，每一挥手都是万马奔腾，每一挥手都是翻江倒海，那气势，好一个神采飞扬！

我们谁也不吱声，都在用沉默较量着，那天，也许是我发挥得好，也许是李辉状态不佳，我把他战败了！

当我发现他棋上的漏洞时，心跳很快，心想我要给你点颜色看看了，刚要动，心里又一想，这会不会是李辉的策略，故意设下的陷阱，可我环顾整个棋盘，认真琢磨了李辉的布局态势，决定出击，步步叫杀。最后直逼得李辉认输了。而我心里真是飘飘然了："你也不过如此嘛，那些神化的传言全是虚无的，我还不算笨。"

将高手挑落马下的感觉真好，久久充溢着一种成就感，我甚至找到了关羽骑于赤兔马之上的感觉！赢李辉这盘棋将是我永远的荣耀，这份快乐将伴我很久很久。

我现在在象棋上已经有徒弟了，他就是陈德辉。这孩子对象棋非常感兴趣，对象棋的领悟力也比别的孩子强，现在他已经很厉害了，他周围的孩子中没人能下过他。每当看到陈德辉赢了别人，心里真有抑制不住的喜悦，因为那是我的徒弟呀！当初陈德辉连摆棋子也不会，如今他都有自己的走棋风格了，这多么令我欣慰呀。在以后的日子里，当有人问陈德辉象棋是谁教时，他一定会提起我的，别人的生活因为我而变得丰富、快乐，这也是多么令我开心的事呀。

我过年三十

年三十儿对每个人来说都是快乐幸福的，不过我却不能出去。

春节临近的时候，坐在屋里我总能听到外边爆响的鞭炮声，这时我都非常着急，因为我也非常想去放，多多地放！

而当春节联欢晚会播到近11点的时候，在屋里就清晰听到外边响亮的爆竹声。妈妈就坐不住了，我们说“下饺子”赶趟，可她就是不听，叫爸爸下地点火，叫二哥准备好花炮，说得我更心急火燎的……

我和三哥也要出去看放烟花，大哥二哥给我们穿大衣、戴帽子、戴手套、穿鞋，还要往外边搬椅子，抱三哥，抱我，抱到外边看一会还要抱回来，很是折腾人，麻烦人，我也挺不忍心的，但一年365天就这一次，不看又实在可惜……

看着健康活泼的小侄女跑着吵着到外边去了，我却要大哥抱，心里真不是滋味呀……

大哥一只胳膊抱着我的脖子，一只胳膊抱着我的腿，把我横着抱出去了。

一出门，一股清冽的空气把我包围住了，空中的尘埃全被冻得凝结住似的，空气吸入肺里也是冷冰冰的。

坐在板凳上，抬头望天空，耳畔是此起彼伏的鞭炮声，远处一挂长鞭还未放完，近处的“十响一咕咚”便“伸胳膊踹腿”地响起了。五彩缤纷的烟花将天空染成了红色、绿色、黄色，真好看！

因为大哥和二哥抱着我和三哥，妈妈在屋里下饺子，大嫂看着不懂事的小侄女，所以烟花只能让年过半百的爸爸放了。拿着一根魔术弹，爸爸怎么也找不到捻儿，我真是着急死了，真想一把把魔术弹夺过来，可我连坐板凳都坐不稳。于是那本该属于我的东西，只好让对它不感兴趣的爸爸放了。

我们放着烟花，妈妈在里面催我们快点进屋，因为妈妈怕我们感冒，于是大哥把我抱进屋了，我真是很不情愿，我还没看够呢，而一进屋，电视里的笑星、歌星正为没有观众的空屋子演着热闹的节目，虽无人喝彩，但激情不改。

而我，就这样又回到了我的世界，继续看着外面的彩花，听着那震耳欲聋的鞭炮声……

感谢你，我身边的小伙伴

我身边没有同龄的伙伴，只有几个比我小许多的小孩时常来玩，虽然这样，每当他们来时，我都觉得非常快乐！

这些小孩是我家邻居的孩子，年龄都在10岁左右，他们几乎每天都来我家，总叫我跟他们玩这玩那。我最喜欢和一个叫锁柱的14岁男孩玩。锁柱待人特别诚恳而且很可爱，憨憨乎乎的，不为别人不该说的话斤斤计较。

我们在一起经常下棋或打扑克。打扑克最佳的人数是四个，所以又来了一个李辉。别看李辉只有14岁，可懂得却很多，跟他聊天感觉很谈得来，因为我知道的他都知道，什么他都能说上几句，还能跟你探讨两句。

每到打扑克的时候，小毕强就会喊一句：“平地一声雷呢？”

"平地一声雷"是五个写在一个薄板上的毛笔字，那是三哥用嘴叼着毛笔写的。把"平地一声雷"这个薄板放在我伸开的双腿上，围坐一圈儿，我们开始玩"7王523"。

　　玩扑克前，锁柱和李辉他们总是让小毕强洗牌："你最小，你不洗谁洗？"锁柱拍拍小毕强的肩膀，脸上含着一种顽皮、玩笑的笑。小毕强只好带着一些怨言"服从"了。一到洗牌他们就互相让对方洗，拿来争去的挺有意思，不过他们从来没有让我洗牌。

　　玩扑克时，你一句我一句的调侃，恰到好处的玩笑，都令我非常开心，与他们在一起我没有了孤独感，多了许许多多的快乐。对了，我们在一起还会猜谜语，在棚上找字，做文字游戏。

　　四个孩子中我对锁柱有特殊的好感，每当来小伙伴时，都希望他在里面，也许是因为——他的性格和为人很像二哥吧。

　　我们是这样一个病人，而锁柱李辉他们还能来找我们玩，不另眼看待我们，我的心里真的是很感动……记得那一天，刘娟来电话，告诉我一家能治我们病的医院，放下电话后，锁柱在一边又可惜又希望地说："要是能治好那该多好啊，治好了跟我们一起玩去。"一句话，让我真的想哭。

　　不知再过几年，锁柱、李辉、小毕强是否还能记起我，记起那个常与他们玩扑克、下棋却从没站起来过的人。人生路上不会一帆风顺永远平坦，这在锁柱、李辉、小毕强的身上也不会例外，那时，他们如果看了我的这本书会怎么想，怎么做，会不会从我的书中得到一点奋进的勇气，乃至追求理想的雄心壮志，如果真的能够，那将是我最大的快慰。

千年等一回

　　公元1999年12月31日，这真是不平常的一天！

　　一千年只有一回，这一天显得如此与众不同，这空气，这阳光，都是特别地清新、明亮，整个世界都显得更温馨、安宁了。

　　下午5点半，我准时收看中央电视台《相逢2000年》节目，看着各国各地迎接新千年的各种活动，我的心情真的与往日不同，心灵深处总有一股难以抑制的激动，虽不奔放但蠢蠢欲动，就像是暴风雨来临前的海面，火山喷发前的平静。

　　爸爸喂完了猪，赶紧坐在炕上看电视。妈妈也不像往常那样看电视时总躺着，而是盘腿坐在炕上，上身前倾仔细看着……

　　世界上第一个迎来新千年的国家是基里巴斯。令我没想到的是：迎接新千年她竟只有如此简单的方式，没有街火通明，没有欢声鼎沸，没有敲钟礼花，更没有全国性的隆重庆典，而就几个人用单调的舞蹈和心中的祈祷迎接。

新千年的钟声就要敲响了，我的心情真是复杂的：我们就要告别整整一千年了，这时的感受就像是小时候跟父母去田里玩，傍晚要回家时的心情，既留恋地想多看一些庄稼地，又有些盼着回家——既留恋过去的千年又渴望新的千年。

在零点以前，我环视着这个屋子，想尽量多地记下一些上个千年的东西……

零点钟声敲响了！

此时心中竟有如释重负的轻松感，同时满怀激动地等待新千年的曙光洒遍整个世界……

奥运激情时刻

经过四年的等待、百天的倒计时，我们终于迎来了2000年悉尼奥运会！

所有中国人又一次提起心来，为自己的体育健儿或欢呼雀跃或惋惜无奈。我也不例外，每天只要有中国队的比赛，我就把所有事都放一边，聚精会神看起来。电视一放就是六七个小时，这个月的电费也比平常多了一倍。

9月18日进行的男子团体体操决赛最让我揪心！

当中国队运动员每做完一个项目，我就注意看荧屏右下角的分数。

"肯定比前一个好。"我的感觉这样告诉我，但又不敢绝对肯定，心里总有担心，不一会儿分数出来了，比刚才那个运动员高，我的心终于放下了，松了一口气，把已经蜷累了的腿伸开了……

而此时看到电视里现场的中国观众也欢呼呐喊着，使劲挥舞着手中的国旗，我觉得全身的汗毛都竖起来了，心里突然有一种想哭的感觉，同时还热乎乎的，这就是激动吧……

真的，我为这个场面激动：多好哇，在远离家乡的地方比赛，能有那么多与自己一个国家、一种肤色、一样黑头发的人在看着你，为你担心，为你欢呼，与你一起感受激动乃至骄傲，多好啊……

有的国家的运动员排名已经很靠后了，完全没有夺奖牌的可能，但还在认真比赛，坐我旁边的一个人说："都第五六了，比着还有什么劲儿呀，要是我，拿不着奖牌我就不比了。"听着这话，我不同意。参加奥运会不一定都是去拿奖的，大多数运动员是为了锻炼而来，在今天准备，下次再夺取奖牌，甚至金牌。而且，能参加奥运会就已经很不容易了，怎么能轻易放弃呢，拿不到奖牌也应尽力而为呀！

电视里说不管李小鹏跳不跳鞍马都稳拿金牌了。而李小鹏还是跳了，他开始最后一跳的时候，我的心又提起来了，我怕他万一跳不好……

我心里反复念叨着："跳好了，跳好了。"李小鹏开始助跑、起跳、空中动作、落地，哎呀，站住了！虽然往后退了一步，但没摔倒！我虽然不能给李小鹏打分，但看他的样子——攥紧拳头打出去，脸上露出胜利的笑容，我知道，李小鹏胜利了，中国胜利了！

中国队终于夺得了团体金牌，这是中国队在奥运会上夺得的第一块男子团体体操金牌！

当六名中国体操队队员共同扯起一面五星红旗面对记者时，我的心情无比激动，心里一股热血涌上来，眼里也充盈着热泪……杨威面对镜头向全世界跷起了大拇指，表情中充溢着豪气。这个动作表达了所有中国人的心声，我们要对着全世界大喊，我们的祖国是好样的！在这胜利的时刻，我们要为祖国喝彩，就像杨威的名字一样——我们要扬中国雄威。

当六名小伙子排列站在最高领奖台上时，屋里突然有人满是忌妒地说："人家这辈子行了，吃喝玩乐，荣华富贵，咱这辈子就种大地吧。"

怎么能这么说呢?！

人家得金牌是因为人家在这方面努力了，如果你（刚才说话的那个）也那样付出了，照样可以得金牌，天道酬勤，付出大回报就大呗。

看过比赛，我的心情仍难以平静。看着自己那还没有写完的文章，我也想到了自己：运动员在赛场上吃苦流汗，竭尽全力，是为了心中的理想；而我不也正在为理想拼搏吗，虽然，他们是世界冠军，而我身患重病，可我同他们一样拥有理想！同他们一样在为理想努力着！在我成功时，我同样可以像他们一样欢呼、自豪！想到这儿心中便多了一份坦然与快乐。

看奥运会，看的不光是金牌，更是一种精神，不屈的精神。中国女足与挪威女足比赛中有一种精神，中国女垒与美国女垒比赛中有一种精神，都是一种只要有一线希望就绝不放弃的精神！那我们也该知道，即使面对再大的困难，我们也不应说自己已无法到达胜利的前方，而仍要在此时奋力一搏！用无论成败都要全力以赴的精神走向前方，走向那长在险峰峻岭上的成功之花！

我是幸运的

这天，因为与家人争吵，心里烦躁极了，真想出去走走散散心，把烦闷都让清风吹走。可我，离不开这屋半步，我只能坐在那里。

亲戚家的孩子都到我家来了，不过他们已不像以前那样要呆好长时间，而是呆一会就走，他们有的说去药泉山，有的说去饮泉，这时我的心乱糟糟的，我真的很着急，我真想也跟他们一起去溜达，一起玩一起乐，可我又怎么能跟得上他们呢，可又有谁理解我的心情呢？

他们带着一串爽朗的笑声走了，留下的是如深谷般的寂静。外边，已是春暖花开了，可我为什么闻不到花香，看不到姹紫嫣红？外边，已是树木葱茏，绿草如茵的夏天了，可为什么我感受不到绿色的生机呢？外边，已是秋天了，可为什么我看不见丰收的场面，欢乐的笑脸呢，而只能趴在小窗旁，看着归雁南飞，迎着萧瑟秋风呢？外边已是雪花飞舞的冬天了，可为什么我看不见堆雪人，打雪仗，滑冰车的孩子们呢？

一年四季，春夏秋冬，我们又有几天能到外边去呢，又有几次能离开这禁锢自由的樊笼呢……

而有时我常想：我与三哥都是幸运的，因为我们没生在一个落后的旧社会，而是降生在了一个文明、富强、民主的社会主义新中国，这个社会使我们感到温暖与希望。每年年底省体委的领导都来看望我们，对我们很关心，而且每年来都问家里缺什么，给我们慰问金，支持家里农业生产。

我们周围的人对我们也很尊重。去年冬天，我感冒的一天，邻居听说我觉得嘴里没味，就特意送来了刚煮好的饺子；每次去二表姐家要本子，二表姐都已将本子为我订好了，她说她知道我订本子费劲儿。这些都令我感到温暖。而常来我家玩的小孩，他们从不问关于我和三哥病的问题，对妈妈为我们穿衣、擦脸也从不加以嘲笑，而是故意不去看，怕我们知道他们已经看出什么了……

每当兄弟俩想起出门在外的二哥张云才时，便打开录音机听听陈星唱的《离家的孩子》。

第十八章　风雨中奋飞的燕子

肌无力患者真实生活之一

朋友，你现在有空儿吗？如果有空儿，可否听我说说话？

如果读过这篇文章您能对我有所了解，而我也得到您的一点点理解，那将是我张云成最大的快慰。

无数次的日出日落，无数次的月圆月缺，带走了无数个日子，凝望外面的院子，我想跟您说说心里话。

常在寂寞与无奈的时候这样想：在满天乌云之时，突然电闪雷鸣，在闪电劈开的乌云缝隙中，飞出了一只橘红色仙鹤，上面坐着一鹤发童颜的老人，白须飘飘，手持一把银白色的甩子。窗户形同虚设，老人乘仙鹤径直而入，他没有对我说话，只是用那锐利超乎凡人的眼神上下打量着我，忽然，他用甩子向我甩了一下，只见一道金光向我袭来，洒满我全身上下每一个地方，而金光洒过的地方都是温温暖暖的……

金光将我全身包裹后又把我浮了起来，平放在炕上，这时，我全身的每个关节都在发生剧烈的疼痛，而肌肉，我最缺少的肌肉也开始迅速地生长！

看！我的胳膊在变粗，我的腿在变粗，全身各处都变得越来越有力，衣服已经不能穿了，早已被强劲有力的肌肉撑得满是口子了。在不到5分钟的时间里，我由一个肌肉萎缩患者一下变成了一个健康、健壮的青年……

老人乘仙鹤飞走了，在空中还萦绕着他留给我的话："每天坚持步行一公里，不要干重体力活儿，一个月后你便是真正的健康人了。"

我把老人的话反复念叨着，记在心间。然后用手向后一支炕，伸出的手是那样强大有力，此刻我心中是无限惊喜啊！一切都变得无限美好……

然后，我用陌生的腿站了起来，并且——迈出了第一步！

而我一下发现我周围的东西是那样地矮——从没见过地矮，而我是无比地高大！我用还很笨拙的双腿走出了屋门。一缕温暖的阳光洒在我身上，深深地吸一口这带有太阳味道的空气，噢，太好了……

风是柔柔的、甜甜的，小鸟啾啾地鸣叫，蝴蝶互相追逐，树是油绿油绿的，天是湛蓝湛蓝的。刚织好的大蜘蛛网在太阳的照耀下熠熠耀眼，大黑蜘蛛坐在中央……

走出大门，路上的行人都停下了脚步，认识我的邻居都惊呆了，他们无论如何也不敢相信这是真的——一个残疾了17年的人竟然又能走了！不认识我的人为我的与众不同而驻足。

我走在平坦宽阔的水泥路上，用早已不够使的双眼看着那每个都令我好奇的景物。我去百货商店，眼前是成片成堆的商品；我去书店，眼前是浩如烟海的书籍；我去景区，眼前是优美、壮丽的五大连池风光……

"小四儿，妈去东边地看看，你瞅着后边，别让猪把面拱了。"

妈妈的话硬是把我从幻想中拽了出来，睁开双眼，眼前一切如故。

坐在十几平方米的小屋里，我能看见园子里有郁郁葱葱的苞米、豆角、黄瓜，再往前就什么也看不见了，全被它们挡住了。屋后是一座高大的房子，将我的视线严严挡住，抬头往上看，我只拥有一小片蔚蓝的天空……

星移斗转，我的病已很重了：大哥结婚那年，我还能自己到外面走呢，可仅仅6年时间，我不但外面去不了了，而且就连吃饭也费劲了。如今，我用筷子吃饭已经不行了，总是夹不上来，我不得不用勺子。

吃饭时，用勺连吃几口饭，就得停下来歇一会，因为如果不马上停下来而直接去夹菜，很有可能会因没劲儿而将手掉进滚烫的菜盆里！

每每此时，我心里就是一揪一揪地难受，我深感病魔在一天一天将我推向深渊。我真的很怕失去所有肌肉，怕不能自己吃饭，怕让妈妈喂，最害怕的是握不住笔，实现不了我的作家梦！

每当想到这，我真想哭，真想找一个没人的地方，哭上三天，让大海的狂涛同我共悲伤，让狂风为我诉说，让惊雷为我申冤，这么想时我的泪水真的流出来了……

当一本稍厚一点的书怎么也拿不起来的时候，我心里就像刀绞一样难受，这时我觉得世界上所有东西都是那么重。我多么渴望自己能有许多肌肉，能有力量呀，在三哥摔倒在炕上时能去拉他一把，在侄女哭闹时能拿玩具逗逗她。多想帮妈妈干点什么呀，削土豆皮，摘芹菜，减轻她的负担。

现在，我的病情发展得非常快，去年春天，我的右手大拇指不知不觉中变得无力了。以前，它是可以自如弯曲的，而现在它只能是直愣愣的，一丁点劲也使不上，就跟不是我的一样！

今年春天，我的左手小拇指也在一次感冒过后变得没劲了，我再也不能像从前那样痛快地把腿拽过来了，我再也不能用大拇指按遥控器了。现在我的右手腕也开始无力了，一杯水也拿不动了……

从前，我帮妈妈扒苞米，一扒就是几十个，可现在一个也扒不动了；写毛笔字时还没写几个呢就累了，手开始发抖，不得不放下笔歇一会。病魔在无声无息地吞没着我，我的生命之树在枯萎。

肌无力的痛苦又何止这些呢？

三哥常跟我说："每天晚上我都有一两个小时睡不着觉。"

其实我心里明白这是为什么，我只是想让三哥把心里话说出来，我问他："为啥睡不着呢？"

三哥脸上带着一种用语言很难说清的表情回答说："硌得疼啊（因为身上没有多少肌肉）。一睡不着就总硌疼，硌疼还不能总翻身，妈刚躺下一会儿，我就硌疼了，我还咋召唤妈呀，一硌疼就睡不着呗。"

听了三哥这话，我沉默良久，心中不知是啥滋味，是伤心，是忧愁，还是无奈……如今，三哥的病也发展得非常严重了。现在他不但全身肌肉已萎缩尽了，而且就连他的全身骨骼也都变形了：他的腰伸不直了，腿伸不直了，胳膊伸不直了，就连他的手指、脚趾也都伸不直了。

三哥现在什么也干不了，穿衣、吃饭、洗脸、刷牙等等一切的生活起居都要妈妈料理。其实我知道他是最痛苦的。吃饭时，三哥吃完一口饭，他本想吃一口他想吃的菜，但得让别人夹，而别人也吃得正香，没有时刻注意三哥吃菜吃饭，等三哥招呼那人给他夹菜，那人听见时，三哥的饭也嚼没了，吃了菜也吃不出香劲了。

当给人家递东西却递不动而掉下时，头上痒但怎么也够不着时……总有一种无形的阴影笼罩在我的心头。

当炕太热时，我不能把脚抬起来，尽管我可以用手按住腿，左右稍稍晃动一下脚，但仍不能离开那炽热的炕，于是我只能招呼正在忙着的二哥。

吃饭时，我左胳膊支在腿上，右胳膊肘支在桌子上，这样才能去夹菜，每吃一口菜，我都要将上身伏下去，然后再用力地坐直了，每一次都非常非常吃力。

前些日子，大哥刚倒上一杯开水，正准备喝，一不小心将它碰洒了，眼看滚烫的开水就奔我的脚来了，我下意识地用力搬自己的腿，可我的力气太小了，根本搬不动。

我只能眼看着那冒着热气的开水淹没了我的脚……

我的脚本已被炕烙红了，这开水又一烫，更是雪上加霜了。被开水烫的那一瞬间，我只感全身发麻，脚似乎掉进了开水锅，一时间不知如何是好，我大声喊出来。我的脚被烫起了一溜泡，虽然抹了药膏，但晚上睡觉时仍然钻心地痛……

晚上我也有三哥同样的痛苦：没有肌肉硌得很痛。

我也不知道该怎么办，刚要招呼身边的爸爸，耳边又想起了爸爸的话：昨天给他们（我和三哥）翻身时冻感冒了。于是我默默忍受着：身上的被是那样地沉，以至于尽管我用尽全身力气也无法将它支撑起来，无法转身。炕仿佛是有引力的，它将我牢牢吸住，让我怎么也动弹不得……

睁开眼睛，我眼前一片漆黑，没有一丝光亮。此时我渴望自己是一个百万富翁，这样我便可以花钱雇一个人来给我翻身了……

可我又想到了：雇的人也是人啊，他也要睡觉呀，不论怎样，我都将给别人带来痛苦，不论怎样，我的存在都是一种不幸……

噩梦惊醒，我仍然没有动，仍然硌在那儿，爸爸翻身醒了，我想趁这个机会招呼爸爸给我翻翻身，可当我刚要开口时，我又犹豫了，要说的话咽了回去。我又有什么办法呢？我没有给这个家挣来一分钱，没有给这个家一点点幸福，我有什么资格去要求什么呢。

我只能沉默，只能将痛苦埋在心里。

但是，尽管生活这样，我却从不抱怨命运、抱怨生活，我也不会消极地对待生活！今天（对张哥）说这些话也只是说说深藏在心底的话，而不是面对生活的态度。相信我！

肌无力患者真实生活之二

过年时，家人齐动手一起包饺子，只有我和三哥俩独坐一旁，等着吃，我们多想也加入其中呀，或擀皮儿，或包馅，与家人说说笑笑，共享家的温馨，共享亲情的温暖。盛夏时，屋里闷热，全家人都想出去到院子里吃饭，可一看我们，他们又都不想出去吃了。出去也太麻烦了，为了我们搬椅子，搬垫子，搞得家人不得安宁不说，到外边在椅子上三哥也坐不住呀。端午节时，妈妈的老姐妹都来邀她一同去登山，妈妈看了我们一眼，带着遗憾说："我咋去呀？"

我们说尽了让妈妈放心的话，可我们越这样说，妈妈反倒越不放心、越不忍心了。在妈妈老姐妹走的时候，妈妈的眼睛里写着许多许多……

生活中，除了学习，写文章，我还能干什么呢？我又能干什么呢？生活是那么美好，可我只是个旁观者。听着东边水泥板路上车笛声嘟嘟传来，真想出去看看，看看是什么车，车子又是什么颜色，司机是什么表情，是喜是忧，是着急还是闲情逸致……不知道儿时的那朵小花是否还开着，路边的小草还那么迎风摇摆吗……

别人在屋里呆整整一天就会烦闷至极，而我们在屋里呆了整整10年了！

十年！三千六百多个日日夜夜！

如今，医学水平发达，对进行性肌营养不良不再无药可治，已有了特效药。近几年我也联系了一些医院，其中，石家庄的一家医院给我来了两封信，说我们的病他们可以治，这使我兴奋异常！在黑暗中，我终于见到了一缕阳光，但昂贵的药费又令我不敢再想健康后的美好，一个疗程5000元，3个月一疗程，至少要吃一年以上的药，一年就是4个疗程，4个疗程就是两万元，两个人就是4万元，再说我们都已患病20多年，用一年的药又怎么能达到理想程度呢？每个人至少还需要两万元，而这8万元又去哪儿弄呢？我家就是倾家荡产，借遍所有亲戚也凑不够8万元哪。二哥要结婚，父母又一天天地老了，而生活更要继续呀，这哪儿不得用钱呀。收到石家庄这家医院的信已一年多了，而我却没给爸爸看过。

它只会给父母带来忧愁。我将信深深藏在箱底，同时也把企盼的心收藏起来。

我渴望健康，可健康在哪里呢？

……

前几天，与我们阔别20年的一个亲戚来串门了。他的两个孩子，是与我们年龄相仿的表妹。其中一位表妹非常爱与人交谈，尽管如此，我们却竟没和她说上一句话……不是我们不愿与表妹说话，而是始终没有机会，吃饭时，她们在地桌上吃，我们在炕桌上吃。吃完饭，表妹们便去西屋读书了，而我们只能坐在原地，听大人们讲着无聊的事，不愿意听你也得听，因为你也不能当着人家的面把耳朵堵起来吧。

这时听见西屋里时常传出爽朗的笑声，我知道是两位表妹在和小侄女一起玩。多想多想与她们分享这快乐呀，让这笑声也能分给我们一些，可谁又能理解我呢。想到这里，我差一点没哭出来……

泪水就在我眼里，我把头扭向小窗户，怕亲戚看见。此时我有一种从未有过的失落感，就像一只小牛陷入泥潭中，拼命唤喊牛群却没有被发现，它们渐渐远去了，而小牛却越陷越深……

第二天，老舅全家要去景区好好游玩了，全家人都陪着去了。临走时，我不敢看他们的眼睛，生怕他们看出我那种渴望什么的心情，生怕他们想我们在伤心，于是我尽可能让自己表情自然，可怎么装，自己怎么觉着不自然，看着他们嬉笑着远去的背影，感受着这屋子里的寂静，此时，我的心里真是难受极了，我多想与他们走在一起啊……

每当心烦的时候，真想有一辆电动轮椅啊！坐上它，像雄鹰一般振翅于万里苍穹间，俯瞰大地，放眼远方……

有了电动轮椅，我们多少也会得到一些失去健康后的补偿，抚慰一下我们满是创伤的心。有了它，我们也可以作为亲戚的导游，而且会更有情趣；有了它，我们不至于没和表妹说一句话，而肯定是畅所欲言，我们有许多话题可说，比如，我们的电动轮椅是哪来的，怎么来的，它有什么功能，出去玩时话题就更多了⋯⋯

健康已离我们远去了，可不可以给我们一辆电动轮椅呀！

让我开着它散步于树阴下，听那过路行人的三言两语，呼吸那带有甜丝丝味道的空气，闻一闻草木鲜花的清香，感受正常人的生活⋯⋯

让我们走进大自然，走进社会吧⋯⋯

昨天，妈妈背我到屋外去走走看看，一开始，我真的不想去——不想让妈妈背我出去，我想自己开着电动轮椅出去⋯⋯

被妈妈背出去，一出屋门，我觉得我是那样的高，以前我总是比板杖子矮，现在我却比板杖子高许多了，视野可以无限伸展了，我看到西南角儿那片广阔的天空，以及天空下矮小的房子。

那板杖子，那砖，那地，让我有无限的遐思在脑海里萦绕：多么熟悉的板杖子啊，曾有多少次，我是扶着你走过眼前这段路啊，那逝去多年的往事好像就在昨天，仿佛就在昨天，我和三哥还在你身边打弹弓，看大燕子喂小燕子呢。

走过杖子边，我似乎看见了从前的"我"⋯⋯

"我"一只手扶着杖子，一只手攥着刚在地上捡的沙砾，正用那陌生、好奇略带胆怯的眼神看着现在的"我"⋯⋯

看见"过去那个我"，我不知心里是什么滋味，是怀念，是酸楚，是悔恨，还是⋯⋯

也许，那个从前的我怎么也没想到十几年后的我竟是这样从杖子边"走"过的⋯⋯

房后是一个宽敞偌大的院子，我非常惊奇：这院子这么大呀！我怎么从来也没发现呢，在屋子里看它也不大呀。在这个大院子中间靠北是一座锅台，显得是那样的矮小，那么的孤单。

走过走廊，来到大门口，把大门打开一条缝，我先左右看看，看到没有人，我就同意妈妈背我出了大门。哇！好大呀，好广阔的天地呀！

往西放眼望去，可以看到模糊的房子和绿油油的庄稼。再看那天空下面，是一条笔直宽阔平坦的大道——通向天边的大道。这时我脑海里突然响起一首歌："望望头上天外天，走走脚下一马平川。"此时真想驾一匹日行万里的黑色骏马，骑上它策马扬鞭，奋蹄奔腾，向着那远方的天际奔去，声如夏日闷雷，势不可挡，身边的景物如闪电一般掠过，只稍加疾鞭，睁眼看时已是异国他乡！

能那样该多好啊！

看了一会，妈妈背我回屋了。一进屋，一切都离我是那样的近，屋子是那样的窄小，味道也不像外边那样清新爽朗，情绪也随之怅然了。

傍晚时分，屋子里闷热闷热的，憋得透不过气来；外边是一片被斜阳余辉洒遍了的金黄色，非常的美……而我只能看了。

一天中午，因为电线老化，在打开电视的一刹那电线跑火把纸糊的天棚烧着了，我赶紧拿起电话拨打119，眼看火越烧越大，急得动作失常的妈妈出去呼救找人，屋里只有我和三哥。此时的情况非常危急，我和三哥的头上就是着火的天棚，我俩焦急万分却只能眼睁睁地瞅着火而无能为力，如果这时火掉下来我俩躲都躲不了，必将……

邻居们终于来了，为了灭火，人们只能无视我和三哥的存在了。当一盆盆泼向火的水落下后全倒在我身上时，当患有腰病的妈妈不顾一切冲过来把我往外拽时，当终于被妈妈放在墙角的时候，我再一次感觉到我是那样的幼小、脆弱、不堪一击，我的命运是那样不能自己把握……

如果没有妈妈，如果没有邻居们的及时救助，也许我和三哥将会随着房倒屋塌而化为灰烬。火被控制住了，一场灾难有惊无险地与我们擦肩而过了。

那一刻，我是那样悲哀。我觉得自己仿佛是一只被养在鱼缸的一条小鱼，每日吃着人们投放的现成的鱼食，吸着充足而且不用费力就可得来的氧气，一旦有一天人们忘记了投食、忘记了打氧，我就会被饿死憋死，用尽最后一口气力挣扎后，两眼一上一下翻着浮出水面，终结了我本不该结束的生命。

此时心中涌出一种愤怒，一种如山洪倾泻般的愤怒。为什么我就该失去健康，凭什么我就得在这个窄小的屋子坐一辈子！

平时没事的时候，我最爱一个人静静地听歌，静静地用心感受歌者的内心世界，然后回头去看自己那一段段走过的路，重新体味岁月留给我的各种滋味。在我记忆里时常呈现一幅画面：我推着姑父为我做的木制小推车在坑洼不平的院子里走，一阵风吹过来，我松开手，小推车被风吹着吱吱响离我而去，剩下我趴在满是荆棘的地上，这就是我，对世界的一切都那么充满渴望却又从不曾走近它，我属于这样的人：没有选择的权利，只能无条件接受。

虽然我没有一双与生俱来的翅膀，虽然我没有一片任意飞翔的天空，但我从不放下一个念头，从不放下一个理由：你有我为什么就不能拥有，你想要的我为什么就不该要。因为一颗心在胸膛跳动，有一个梦始终不愿放弃，尽管坎坷是那么多……

也许别人很难理解我与三哥的真正痛苦，尽管他们时常说着"理解"，坐在一个地方，一坐就是10年，无论夏雨滂沱，冬日飞雪，春光明媚，秋叶纷飞，我每时每刻都坐在那里，眼望窗外……

我真的不想承认，承认我就该过这种生活——这种没有自由的生活，看看这个辽阔的蓝天，想想那些拥有自由的人，以及一些健康人对我的怜悯轻视，我真的不服气，真的不怕路有多远，苦有多长，我真的渴望自由，渴望一片属于自己的天空，渴望飞翔！

肌无力患者真实生活之三

张哥：

如今三哥的病已非常严重了，年初时他的手指还有劲呢，可现在就没劲了。现在他正"一步一个脚印"向着生命的终点走去……三哥现在嘴唇、舌头都没劲了，吃饭时都不能把饭很快送到牙上了，而只能歪着头往那边送，饭都快吃不了了，那离死亡又有多长的路呢。面对亲人即将离开这个世界，又有谁会平静呢，又有谁会不尽全力去挽留呢？但是，我现在又有什么能力呢，家庭又有什么能力呢？

我只能写，只要能让三哥多活几年!!!

我不自己寻求帮助，又有谁会主动帮助我呢？（张哥除外）我如果不去寻求美好生活，那我们将无声无息地离去，而谁也不会知道，我不自己去争取行吗？像李欢，人家有好的父母、同学和朋友，而我们呢，这些哪一样也没有，父母都是没有文化的普通人，而且都已50多岁了，爸爸一年种地只能挣三四千元，而妈妈一分钱也不挣。可李欢呢，父母也就40多岁，而且有文化、有修养，年富力强都能挣钱，从小就对李欢的教育非常重视。

我们从生下来到现在一个同学、一个朋友也没有。小时候，别人家的孩子在窗外跳着脚骂我们，没有一个同龄的小孩为我们说一句公道话，没有一个人帮助我们一下。我们不能去揍他们，只能也骂他们，可人家是五六个人，而我们只有两个人，我们的声音怎么也超不过他们，于是，我们哭了，那可是一种被侮辱的泪呀，这时又有谁帮我们一下呢？

有人说，没有朋友的人，一定是自己有缺点，那我们有什么缺点呢？（我不是说我们没有缺点）是奸诈狡猾，还是与人不善呢？都不是，但是为什么我们没有一个朋友呢？还不是因为我们不拥有自由嘛。

李欢现在至少不必为没有学习用书和生活的拮据而发愁吧，而我们呢，这两样都是摆在面前的问题，都需要我们自己去解决。

要是我有了钱，第一件事就是为希望工程捐款，让失学的儿童早日回到学校。看着那流着泪说着"我要上学"的小女孩，我也哭了，钱又算得了什么呢，换得孩子幸福的笑脸，不比拥有千百万更心安吗？大诺哥，请你记住，我有钱了，我一定要资助贫困学生重返校园，为希望工程作出我的贡献！

生活中，我的压力是很大的，每当吃饭时，我心里总会有一种强烈的惭愧感：我不但没为家挣来一分钱，为父母减轻一点负担，反而一顿饭也不落。

吃饭时，我总觉得我是在吃别人家的饭，总得看人家脸色。电视、有线电视，都是为我们买的、安的，一年二三百元的电费、收视费，对于我们都是一种巨大的压力，没我们能买电视、能安有线电视吗？光为我们在电视上就花二三百，我们的心又何忍呢，可不忍又有什么用呢？写文章没地方投，有地方投了，到现在又杳无音信，想别的办法又受人冷落。如果，我写文章能挣钱的话，我即使是写一万字只给10块钱，我也写！！！因为我这是在为家庭减轻负担，如果这样真行，那我吃多少苦都行啊。

每当收电费的人对爸爸说"你这个月20元"时，爸爸都会非常忧虑地说："又20，这一年得多少钱哪。"我听了这话不好受啊，这电费有一半是花在我们身上的。为了给家挣来一分钱，我每年都要参加10多次的抽奖活动，今年，到现在我已寄出19封信了，可又有哪一次中奖了呢，哪怕是个纪念奖呢。

我生活在一个农民家庭里，我们在许多人眼里就是个"废人"，根本就得不到他们的尊重，我们在他们眼里也只是个会吃饭、一切都不懂不想的"傻子"，他们看我们时总是用那种高傲、不把你放在眼里的目光，难道我们令你感到可怕吗？！

人最大的痛苦就是不能被别人承认，有一天，有一个人来了，一指电视他竟然问我们："你们能看懂电视吗？"哎，听着这话，又让我们说什么呢。

我虽渴望为社会作出贡献，可又有谁相信我、承认我呢？我渴望付出劳动换得他人的快乐，哪怕是辛苦一个月换取他人一点点满足呀，我渴望别人的生活因为我而变得充实、快乐，可又有谁想到我呢？

我被遗忘了呀……

可以说，如果我的病不马上控制住，那我不久将会什么也干不了了，我的理想也就实现不了了，实现不了理想，我这一辈子活得又有什么意义呢？我现在就已经感到我的右手不如以前有劲了，照这样下去，我将很快无法握笔了！我真的很害怕呀，很害怕不能握笔！

看看家庭，我又给父母兄长带来多少痛苦啊。

父母都睡了，在他们布满皱纹的脸上露出一些安详。此时此刻，我的心是多么难受啊……

父母兄长为我付出了太多太多！因为我们的病，大哥黄了好多个对象，其中许多人都是大哥满意的，但人家不满意，人家一听家里有两个残疾弟弟就说什么也不想谈下去了。看着大哥沮丧的样子，我的心在揪着，心中充满了对大哥的愧疚，觉得无比对不起他，不敢看他的脸。

如今，二哥也到了该考虑终身大事的时候了，而我和三哥这个大难题仍旧摆在家庭的面前。有人要给二哥介绍对象，人家首先问："你家这两个孩子怎么办？"

尽管妈妈说："别寻思家里，只看二哥一个人就行了。"但人家仍顾虑重重。因为我们的病，父母日夜操劳，痛苦一生；因为我们的病，大哥屡遭打击；因为我们的病，二哥放弃了上大学，放弃了从小的理想，改变了一生的命运。我也曾想过一死了之，但当我想到父母兄长在我死后痛不欲生的样子，我的眼泪也流了下来，我不忍心让他们流泪、痛苦……

而且，二哥还对我寄予希望，二哥把我当成知己，我如果死了，二哥会无比伤心的，对他打击太大了，我不忍心这么做……

三哥常对我说："今天的天儿真好，要是能出去溜达溜达该多好啊。"

看着他那渴望的目光，我真是又着急又惭愧，我着急是这夏天就要过去了，如再不出去夏天就过去了，就再也不能出去了；我惭愧我的能力太小，我不能让三哥快乐。三哥，他坐在那里，一坐就是16年，16年，娃娃变成了大人，学生变成了教授，草木萌芽又枯萎16个轮回……

我家搬到五镇已17年了，可三哥只去过百货两次！（离我家只有三里路）现在他已有16年没出这个院子了，我家房顶上的烟囱是什么样他都不知道——因为没见过！他的一生哪，哎，从小就得病，一直煎熬到今天，长大了，也不能走路了，也不能洗脸了，也不能画画了（三哥的理想是当画家，可现在他已不能握笔了），长大了什么也干不了了，他的这一生不可能有甜蜜的爱情，美满的家庭，可他也是人哪！这些他都不能拥有了，而即使他很伤怀他又向谁倾诉呢，又向谁说呢？他只能沉默……

人生一切美好的东西，三哥都无法得到！

面对这一切，我心里沉甸甸的。

有一次我真的出去了，但是……

那次咳嗽得太厉害，三哥催我去医院检查检查，于是二哥找来了老爷车，二哥把我抱到老爷车上，车子飞速前行……

曾经我是那么盼着出去啊，一旦出去，心中像开了一扇几年没打开的窗户，敞亮极了，现在终于出去了，却是去医院……

坐上车，看到旁边的楼和车已没有了兴奋，取而代之的是一种木然，当看到一群同龄人谈笑着走过身边时，心中真不知道是什么滋味，我真的觉得自己不如他们，不可能与他们沟通，他们更不可能与我沟通，我与他们仿佛不生活在同一个空间、同一个世纪……

外边的世界是如此丰富多彩，而我却终日要守在低矮、简陋的小屋里，每每想到此，心中总有说不出的伤感以及说不出滋味的无奈，但也每在此时，心中又总会升腾起一股不甘，一股不屈，发誓要让自己拥有能力与成绩，用自己的能力走出那个小屋，与同龄人并肩而行……

我和三哥每年光冬春的感冒药就要花两千多元钱，这对家庭是个巨大的压力。每当春天我感冒的时候，除了身体上的痛苦之外，在精神上我也承受着折磨：如果不打吊瓶，感冒日趋严重，还会引发肺炎……而我知道家里的钱紧呀，看着爸爸眉头不展，我又能说什么呢。病还是重了，胸前剧烈的疼痛和头痛，使我对这个世界的一切都失去了兴趣……

近10年以来，我们没过过一个没得病的春天，于是我讨厌春天，讨厌房上或化或没化的雪，我讨厌呛鼻的酒精味。如果有了钱，我早早预防或早早打上吊瓶，我还能得感冒吗？我还能受这么多罪吗？每次感冒我们都必然要感染上肺炎，每当这时，三哥晚上都睡不着觉，因为肺部疼痛，总要翻身，每10分钟翻一次，10分钟一次！于是妈妈每10分钟起来一次，那又是怎样的痛苦啊！

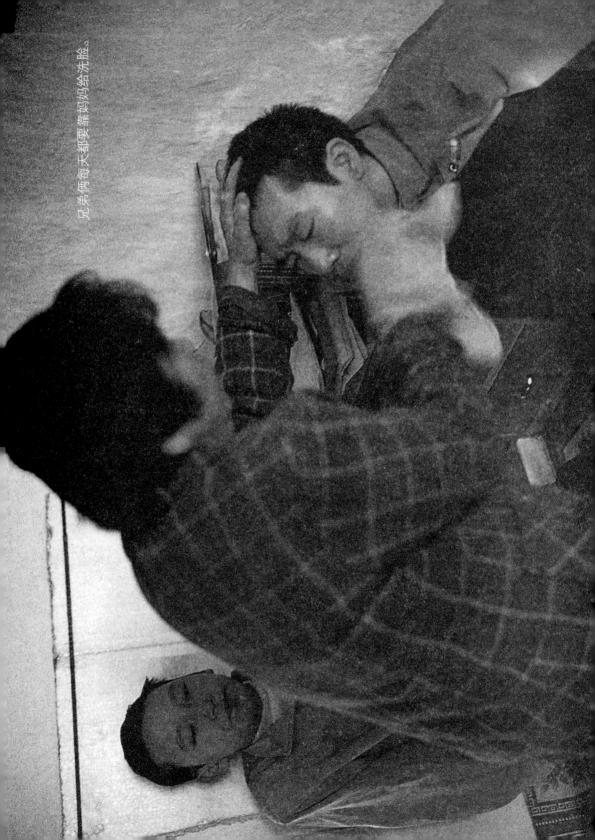
兄弟俩每天都要靠妈妈给洗脸。

第十九章　心灵的历程

1995年11月24日　　星期五　天气晴

人生是有限的，可人的精神是无限的。它可以延续于他的后代，千古流芳。今天吃晚饭的时候，爸爸正在桌子上捡碗筷，妈妈在西屋找衣服。这时三哥有些伤心地说："有生之年哪。"

我有些奇怪地问："咋了？"

"不多了呗。"三哥说。

我刚才还乐着，一听这话一下就不乐了。这话让我沉思了一会。我说："人生的价值不在于能活多久，而在于他的贡献有多大。"三哥没有什么反应，仍然用眼睛盯着窗户……过了一会开始吃饭了，三哥也就不怎么想这个了。

1996年9月22日　　星期日　天气多云

今天我给大诺哥写了一篇日记。晚上二哥割豆子回来，我给他看这篇日记。二哥读起来，我的心一个劲乱跳。二哥看完后把日记给了我，他带着一种满意的笑对我说："挺好。"虽然二哥的评语非常简短，但它使我有一种说不出来的高兴和激动。我一定要努力学习，把我的作文写得更好。

1996年9月23日　星期一　天气多云

今天我给大诺哥写了一篇作文，但我不知道该起什么名，晚上二哥割豆子回来，我把它递给二哥，我磕磕巴巴地说："二哥你看看这篇作文。"二哥接过一看，正好看到我数完字数后写在作文边上的"1339字"。二哥笑着说："1339字，不少啊。"

"大致是，不精确。"我说。

"那也总有1200字，我上学时能写一千多就觉得不少了。"

二哥说完这些话，我真是心潮澎湃激动不已。

"二哥你说我起个什么名啊？"二哥觉得很为难。我说，"那我自己起吧。"二哥看完作文后，我们就开始吃饭了。今天妈妈让大嫂买了一斤肉，盘子里虽然有好几块肉，但谁都不好意思吃。过了一会，大哥抱着张海钰来了，这下子，盘子里的肉全给她吃了。

1996年9月24日　星期二　天气多云

今天，停了一天的电，下午我睡了一觉。

"四啊，起来吧，你给孩子轰着点蝇子，我去场园看看。"妈妈高着嗓门说。

我被惊醒了，这时我特别困，总想再睡一会，但妈反复催促，我也就起来了。起来后我拿着蝇拍给海钰看蝇子，坐了一会，我想起来好长时间没举举手了，于是我使劲往头上举手。我举的时候感觉特别没劲，而且胳膊还不是垂直的，而是呈一个斜角。我把胳膊摆下来后想了很多：我在冬天换内衣时能不能举起手来呀？好像能。二哥要是知道我举不动手了，那可怎么办呀？但我一想我现在是穿着毛衣，是不是不穿毛衣可能就会举得更高一些呢？想到这我的心仿佛是阴阴的天见到了阳光，但是，我的病是在一点一点发展啊，我真不知最后会发展成什么样啊！

1996年9月26日　星期四　天气晴

现在已是中秋了，飒飒的秋风吹到脸上，真有一种伤感的感觉，仿佛它们是临死前对美好人间的留恋。现在，每天我总有一种莫名其妙的彷徨，不知该怎么是好，想学习又不太懂题该怎么做，不学又怕将来无所作为，真没办法。总好像没有什么希望似的，总有一种……说不清的心情。

1996年10月2日　星期三　天气多云

我常常想死是一种什么滋味呢？一想到人都会死，真没意思，要是人都不死多好呀，可那也不行，因为人要是总增，而不减，那这地球不就住不下了吗。行啊，只要有价值地活一生，死了又有什么可遗憾的呢。我想我的生命不长了，但我想我只要活一天就要努力一天，因为我如果活着不努力，还不如死了。

1996年10月14日　星期一　天气多云

今天，我家的豆子全打完了，听大哥说能有38袋。

今天，我们睡得最早，晚上7点爸爸就焐被了。我费劲地挪到被上时，电视正好报节目。"今天距我国对香港恢复行使主权还有260天。"我一听这话心里不禁一惊，从今年7月1日到明年香港回归，已经过去三个多月了，可我在这三个多月里又有什么收获呢，又有什么进展呢？想到这，我真是惭愧极了，我不能再这么沉沦下去了，我得好好努力学习了，要不到明年7月1日我会更加惭愧，更加痛苦的。看着永远不停的时钟，我只能努力学习，因为不这样，我们将在叹息中死去！

1996年10月16日　星期三　天气多云

我一直在看电视剧《秋瑾》，今天，秋瑾牺牲了，她是为我们现在的美好生活而死的呀，前人为了我们现在的生活付出多大的代价呀。我们要是不去珍惜，又怎能对得起前人呢。在秋瑾被杀的一刹那，我的心情沉重极了。我不知该说什么，只想哭，只想找个没人的地方，好好哭一场，把心中的伤心全部哭出来。我真恨那些狗官们，他们为什么要杀秋瑾这样的人，中国又怎么会被别国欺负成1937年那种程度呢。

我真被秋瑾那种爱国精神震撼了，我觉得人活着就应该活出秋瑾那个样来，人活着就是要奉献，为了祖国的繁荣强大，死又有何妨呢？

1996年10月17日　星期四　天气晴

今天晚上，在爸焐被时，我像往常一样，挪到我的褥子上，在我坐在褥子上时，我就想想今天都干什么了，在以往，这时是我最恨自己的时候，因为以前我每天也不学习不写日记，而今天却不是这样的，我虽然学得不多，但我写日记了，并且又收到了张大诺给我的信。我想明天一定会很充实的，因为我要回信和写一篇作文。

想到这我不再觉得生活没意思了，从这我也得出个结论：生活，只要有希望寄托就不觉得它没意思。今天收到大诺哥的信，二哥给我念了后，我觉得我的理想是能够实现的。因为大诺哥说我现在写的文章很好，并且他要帮我学小学中学大学的课程。

1996年10月19日　星期六　天气晴

今天我给大诺哥的信和作文都写完了，晚上，二哥拉沙子回来，我让二哥看作文《我与我自己搏斗》，他笑着对我说："有的地方你不用写也行，就像有两个洗脸盆，你不用说一个有水，一个没水。"

嗯，确实。我写作文有时的确废话太多，从这次我知道了，详细等于赘述。

1996年10月24日　星期四　天气晴转少云

今天，我是11点多开始学习的。我先学的是语文，按照方法，我先读了一遍文章然后写段意，总结中心思想，最后把生字练写一遍，写完后我看二哥在裁窗户纸，就把本子递给他："二哥你看看吧。"我心里直打鼓，心想：如果不好别泄气，如果好，别骄傲。二哥看完对我说："挺好，中心思想写得挺好。"我这心里一下就放松了。我又问："二哥，段意行吗？"二哥说："行，你这四段变成三段也行。"我"啊"了一声，于是认真地把二哥让改的地方改过来。

1996年10月26日　星期六　天气晴

今天晚上中央台演了一部电视剧，名字叫《太阳小队》，讲的是叫夏阳的小学生掉头发后引发的烦恼。当我看到夏阳和同学们整齐地坐在教室里听老师讲课时，我心里真羡慕他们啊。

当我又看到在这么好的条件下还有人不好好学习时，我真不知道他们是怎么想的，如果我是他们，我一定好好学习，至少也要得到全班前几名，我也要主编一个校园小报，认真完成学校任务，他们的学习条件多好啊！书本不用愁，有了难题也有人愿意解答（我虽然也有二哥的高水平指导，但二哥不能总在家呀），我真羡慕他们，他们可真幸福啊。

1996年10月30日　星期三　天气晴

我现在虽然每天都学习，但有时仍觉得生活没意思，总有种在梦中的感觉，总有一种孤独感和失落感，我想：这可能是这个年龄段都有的心理反应吧，仔细想想也有不少的寄托，比如要是有一个抽奖能中奖了，不就是希望吗？

1996年11月26日　星期二　天气阴

今天我终于下决心下地"站一站"了，下午，我看没有电视节目，我就穿上拖鞋准备站，但我站的时候总觉得不得劲，我想：是我的肌肉又萎缩了。我又站了一次，但实在站不起来了，不行，还得站哪！再不站，不就完了嘛。等一会让二哥帮一下吧，但我又不好意思说。过了好一会，我看不行，再不站就黑天了，于是我对二哥说："二哥，帮一下，我站一会。"

"站起来啊。"二哥说。

我说："不是，趴那站一会。"

二哥把我扶着站起来后，我自己总想站直了，但还是不得劲，这时我才发现，站不起来的重要原因是缝纫机不往西了，靠墙太近。我想：明天让二哥把缝纫机往东挪点再站吧。明天一定站！于是我就又上炕了。

1996年11月27日　星期三　天气阴转晴

今天我终于站起来了，但不是完全靠我自己的。从炕上往缝纫机上趴是二哥帮的。我以后还要经常锻炼。一定要自己往起站。

1996年12月17日　星期二　天气晴

想想我以后的生活，我真是伤心哪，我的病会越来越重，家人会更为我的病而发愁。我的理想也会随着我的病加重而破灭，有时我真感到老天不公啊！为什么别人都能健康过一生，享尽人世的美好，而我却不能呢。我现在真想找个没人的地方好好哭一场，哭尽我心中的伤痛。我真希望我能多活几年哪！

1996年12月28日　星期六　天气晴

又到年末岁尾了，1996年又要离我们远去了，迎接我们的是崭新的一年，在这辞旧迎新之际，我心中真是有万分感慨，在1996年我没有什么成绩，既没升上五年级，作文水平又没有什么提高。嗨！我真感慨啊！来年我一定要努力学习，不能就这么蹉跎岁月了！我决定自1997年1月1日起开始努力学习，不能再像以前那样光说不练了，我决定，从1997年1月1日起每天学语文数学各一课，自然因没有书所以先不学，以后再补，刻苦钻研作文规律，努力提高作文水平，像张大诺说的那样：一周或两周写一篇成形作文，多总结经验。

计划已设计好了，能不能达到目标就看我的行动了，想实现理想我只有努力学习。我别无选择。

1997年1月14日　星期二　天气阴

今天，新买不到1个月的乒乓球让我给按坏了，乒乓球一坏，我也没什么玩的了，妈妈说明天再给我买一个，我其实特别想再要一个，可家里现在钱很紧，怎么好意思再乱花钱呢。所以啥时候有钱啥时再买吧。

1997年2月4日　星期二　天气晴

早上吃完早饭，我便开始繁重的语文复习，为什么说很繁重呢？因为第七册语文一定要在今天全复习完，明天就要考试了，必须为此做准备，今天若复习不完，明天就不能考试了，明天考不了试，那今年的年就过不好了。

中午我正在复习，大姑家的二姐来了，她一进屋便把一只鸡和几斤苹果放在炕上，说：“这鸡是蛋鸡，煮时多煮一会，要不不烂。”

下午二哥从双泉送排骨回来，便又开始炸麻花了，因为又快过年了。

1997年2月5日　星期三　天气晴

今天我把语文第七册全部复习完了，我决定让二哥先给我写语文的考试卷，同时我在一边复习数学，我对二哥说：“二哥，你拿两张大纸，当考试卷儿，考试。”

二哥说：“考试？”

“嗯。”

二哥从西屋拿来四张大纸，趴在炕上准备给我写考试卷，我一看，便把语文书放到二哥面前。二哥拿过书翻了翻，有些为难地说：“没有试题啊。”

“我去书店看看，书店能有试题。”二哥说。

二哥穿上棉袄去书店了，在这段时间里我把《繁星》这篇课文最后一段背下来了，我背完了，二哥也回来了。他买回一本《小学语文测试卷》第七册和《小学数学单元自测与验收》第七册，我仔细一看，都是五年制的，我说：“二哥，五年制的啊？”

“你学的不是五年制的吗？”

我急忙说：“是六年制的。”

二哥无奈地说：“那咋整？”

于是我也只好这么凑合做了。我先做的是语文。第一道题是选择题，我顺利过关了，第二道题就让我为难了……就这么一直做下去，最后一题是以《客人来我家》为题写一篇作文，要求是：说清在客人来你家时，你及全家人是怎样做的，作文要层次分明，条理清晰，限字300左右。我想了一会，就写了那天邮递员来我家的事情。

最后，我的语文成绩是85.5分。

二哥跟我说："知道为啥只给你作文18分吗？一、你的字迹不清。二、词语不算通顺。"听了二哥的话，我在心里深深记住了。

1997年2月8日 星期六 天气晴

一转眼又是大年初二了，时间过得真快啊！真想把时间留住啊。唉！还是顺其自然吧。如若时间停止了，那生活不就失去了意义了！时间流逝，这是自然规律，人是无法控制的。那就珍惜时光，热爱生活，努力学习为后人作贡献吧。这样也不算白活，时间就是这样，它永远不会停下匆忙的脚步，因为它要走向未来，因为未来会更美好！

送走欢乐也是走向欢乐的开始，让我们满怀信心努力走向美好吧。

1997年2月26日 星期三 天气晴

今天我把昨天的信重新写了一遍，写后觉得还行。晚上我把草稿给二哥看了，二哥看了后，说："行。"虽然二哥说行了，但我还是不太高兴。因为二哥每次看完我的作文都只说"行"，而没有被我的作文感动。我想，原因只有一个，那就是我的水平还不行，还不能感动读者。我还要努力呀！

1997年2月28日 星期五 天气阴

每当我听到或读到一篇好文章时，我便会深深感到知识面太窄了。究其原因我想有两种。一、我没有及时、经常地在电视上记下好的作文素材。第二，没有一些好书。在作文中必须以某人的经历或名言来增强说服力，而这些东西在书里都有，但我的家庭还不能给我买许多好书，那就只有抓住电视、收音机和报纸这几个获得素材的好机会了。

1997年3月18日 星期二 天气晴

刚知道我家没有订上第二季度的电视报，听到这消息，我和三哥都有些不敢相信。我想象不出在没有报纸的那三个月中我们该如何度过。好在有第一季度的电视报，那三个月里我就仔细钻研第一季度报纸上的文章，分析、评论，从中吸取作文知识，提高作文水平。

1997年4月16日　星期三　天气多云转阴

那些句句都充满说服力的人生格言，我也懂，更懂得人生只有一次的道理，但我却时常被一种莫名的彷徨所困惑，不明白人为什么活着，什么是真正的快乐，不知如何才能得到它。当别人对生活失去兴趣时，我会讲许多有道理的话给他听，让他热爱生活，珍惜生命。但一旦讲给自己时，做起来却没有那么简单。

不行！我不能这样活下去。我要睁开双眼，看清现实，不能再困惑、彷徨了，我要看清我前面的路！让理智主宰自己，而不让感觉主宰自己。

通往成功的路就像通往琼楼玉宇的路，只有耐得住沉寂、永不停息的人才能享受成功的幸福。没有出息的人只会坐在路边，只欣赏它的华丽，而不敢拥有它；有出息的人不会因一时劳累便坐下来休息，因为他只想着尽快得到它（成功）。

大志男儿快行动起来吧，平平淡淡活一辈子多没意思，去勇攀高峰峭壁，那该多刺激。

今天，二哥来信了。打开后我念给妈和三哥听。随信还有一个包裹单，上面写的是磁带。是二哥给我和三哥买的磁带！

10点多妈妈终于拿着户口本和包裹单去邮局了，取回了包裹。包裹是用牛皮纸裹着的，在缝隙处还都用透明胶粘着。打开它，是一个塑料袋儿，我从里边拿出两盒磁带。我只看了一眼它们就紧忙把它们塞在身后，拿出磁带，里边是一个收音机。塑料袋里还有7节小电池。

我要衷心地对二哥说："谢谢你二哥，为我们想得这么多，你给别人的很多，可你自己却得到的很少。世界上只有你理解我们！"

1997年10月9日　星期四　天气中雪转小雪

不能再这样沉默下去了，因为时间已不多了，二哥就要回来了。如果我还不行动起来，到二哥回来时我会抬不起头的。我一定要有一点什么成绩，或是投稿，或者获奖。我想我应选择前者，因为它更能说明我的努力，更能让二哥欣慰，也更能让我心安。行动起来吧！

1997年10月21日　星期二　天气阴

华丽的琼楼玉宇能有几块瓷砖，其主料不还是普通的水泥钢筋吗。一年之中又有几天是不平凡的，大多数不都是平平淡淡的吗？人不要好高骛远，去追求不可及的东西，应安于平凡，脚踏实地，耐心地去追求。今天，我把《钢铁是怎样炼成的》这本书全部读完了。保尔下身完全瘫痪了，眼睛也失明了，但仍意志坚强，用木格子格着纸开始写作生涯。比起保尔来，我又庆幸又羞愧。庆幸的是我还有一双明亮的眼睛，而保尔却没有；羞愧的是保尔能在条件有限、能力有限的情况下意志顽强，信念坚定，而我却不行。我有条件有能力呀，我要向保尔学习。

1997年10月23日　星期四　天气阴转小雪

平平淡淡的日子平平地过。养精蓄锐，迎接成功！

1997年10月24日　星期五　天气小雪转中雪

下午4点20分，我打开收音机，准备记有奖收听的题，这时我听见外屋门开的声音，我想：肯定是大哥。过了一小会，一人进屋，我一看是刘德平大哥。他刚坐在炕上便带着他特有的笑对我说："你没收到那个报纸吗？"

"没有啊。"

"你的文章在报纸上发表了。"刘德平大哥边说边从裤兜里拿出报纸。

我非常不解地问："啊，哪个啊？"

接过报纸一看，"以我的坚强，向炕上挪去……"几个黑红参半的标题大字赫然入目，下边有三个小黑字儿：张云成。

这时我心中百感交集。我美滋滋地想可能过几天我会收到报社邮来的稿费。"我的作文发表了！终于靠自己挣钱了，我也能挣钱了！"

"说不定我会收到许多读者来信，那也不好，我还得给他们回信，那得要许多信封啊。"

原来，刘德平大哥看报纸上有我的作文就复印了两份，一份放在大姑家了，一份给我拿来了。他真好，心很细，刘德平大哥说："嗯，写得挺好！"

刘德平大哥坐了一会就走了。临走时，我心中的感谢之意溢于脸上，我对刘大哥说："大哥走啊！"此时他好像有些惊喜，笑着说："啊。"

刘德平大哥走后，我美滋滋地想了很多……

1997年10月25日　星期六　天气阴

我的文章发表了，但我好像并没有欣喜若狂，这是因为，我并没有为这篇文章付出太多。没有为它废寝忘食，雕肝琢肾。我从这文章的发表，更深知了那个道理：不吃苦就不知道甜是什么滋味！

1997年10月28日　星期二　天气多云

成功的台阶我已踏上了第一级，我看到了成功的曙光，感受到了它那炙人的光热！我还要继续努力，快速奔向它，去感受那我从未感受过的温暖。

1997年11月12日　星期三　天气晴

二哥来信说他为我文章的发表感到非常高兴，并为有我这样的弟弟而感到自豪。看过二哥的信后，我的劲儿更足了。我要继续努力，写出更好的文章，让二哥为我自豪，不负二哥多年来对我的期望。

1997年11月29日　星期六　天气晴

音乐真是太神奇了。它能使你在绝望时重新鼓起勇气，对未来充满希望；音乐有时有如一条溪流，从你心灵流过，将你心中所有烦闷、忧愁统统带走，使你的心灵更加纯洁，开朗。唉，我常常自叹自己才疏学浅，不能写一篇我对音乐的感悟。

但我相信总有一天我一定会写出一篇关于音乐的杰作，我一定会写出来的！

1997年12月6日　星期六　天气多云

自学，犹如在知识的汪洋大海中泛舟，它没有指航的明灯，没有先行者的导航，因而它会时常触礁甚至迷航。今天我深深体会到了这一点。数学中有一道数学题，是这样的：学校买了4张桌子和9把椅子，共用504元。3把椅子价钱跟一张桌子的价钱正好相等，求椅子和桌子的单价是多少。这道题可把我难住了，两个小时，愣就没算出一点头绪，我知道是方法不对，但我不知道问题出在哪儿。

1998年8月11日　星期二　天气多云转阵雨

现在每天都在抄写《跟你说说心里话》这篇文章，每天都按照安排抄几页，紧紧时间就多抄几页，有事耽误了就少抄几页，挺有意思，挺充实，很有规律，我很愿意过这样的生活。

1998年8月17日　星期一　天气多云

今天我让大哥把我的"长篇"文章给邮走了。邮局的人让我用档案袋邮，可我们却没有准备，我本想是让大哥用特快专递，可太贵了，要22块呢。于是大哥又买了一个档案袋，那也花了4块钱呢。真的但愿它能被发表。

1998年8月22日　星期六　天气多云转阵雨

平时有什么感想都应该马上记下来，这样可以使你在日后对这段日子有清晰的记忆，而且可能有一天你还可以依据它写出一本书来呢。你看，刘墉的《萤窗小语》不就是他常记平时感想的结果吗。读完刘墉关于平时写感想的文章，我很着急，于是急忙把读书笔记拿了出来，放在小箱子上，准备随时记下有价值的东西。

1998年8月28日　星期五　天气小雨

给那个报社的文章已邮走10多天了，也不知道他们收到没有。这件事像一只紧紧套在我头上的塑料袋，使我看不清前方，而我无法将它摘掉，我只能慢慢等待，慢慢寻找，终有一日让自己的双眼明亮起来。

1998年9月1日　星期二　天气多云转阵雨

今天我收到了大诺哥的信。信中，大诺哥让我现在就开始写书，他每次来信给我命题，然后我根据自己的日记及经历来写。乍一看到大诺哥"让我写书"这几个字，我的心真的很不自信，但通过大诺哥讲道理，我也动心了。是啊，在一年或一年半后，我能捧着十几万字的书稿，那将是多么激动人心的事啊！

1998年9月3日　星期四　天气阴

读着往日的日记，我有一种说不清的伤感：在那段寂寞的日子里，我还能那样地热爱生活……不过字里行间也能看出一种无奈。我发现在我以前的日记里，记我病情的日记很少很少。

一个弱小的躯体，从很早的时候就被注入一个病魔，一个弱小的心灵，总是向着美好飞去，却总被一只"手"阻拦，于是一颗心将背负起许多沉重，走得很累很累。

1998年9月4日　星期五　天气多云

我没有显赫的声誉，更没有巨额的存款，我只有一支钢笔和一颗美好的心灵。只要我通过艰苦的努力和永保一颗永不停息的上进心，我想我什么都会有的，我坚信。

1998年9月8日　星期二　天气小雨

日子已是9月份了，可我还是没有收到二哥邮来的学习用书。我今年的计划是小学毕业，但随着时间的一天天过去，这个计划完成的难度会越来越大，但只要在10月前拿到书，我还是有信心的。

1998年9月16日　星期三　天气多云

时间，对于每个人来说都是无比珍贵的，因为它是生命的零件，而生命对于我们又只有一次，更何况我是个病人，生命赋予我的更是少而又少，所以我要珍惜每一分每一秒。为了实现我的理想，为了体现我的人生价值，我必须分秒必争、珍惜时间，我要从珍惜现在开始。雷声大，雨点小，那是心血来潮者的能耐，而真正的成功者，没有轰轰烈烈的豪言壮语，而只是努力在现在。我便是后者。

1998年10月3日　星期六　天气阴

秋收又到了，看着爸妈那忙碌的样子，我心里真是很不好受，我真想能帮帮他们。小侄女张海钰都能帮妈妈抱白菜，而我连走也走不了。海钰长大了，而我还不如海钰，那很明显——我是个废物。

我要挣钱，想为家里出点力，不想白吃那三顿饭。可我又找不到适合投稿的报社。我好想为家里出点力呀。

1998年10月4日　星期日　天气阴转多云

现在距1999年元旦还有两个来月，而我今年创作的作文才19篇，距36篇还差得很远。在剩下的两个来月里，我必须以每月近10篇的速度才能完成今年的计划，可我现在想写的东西太少了。可能是很难完成今年的计划了。

如果我能到大自然中去，我一定会有许多感触，从而写出许多好的作文，轻松完成今年的计划。但现在我没有这个条件啊，那怎么办呢，那就搜肠刮肚地写吧，争取完成任务！

1998年10月5日　星期一　天气多云

电视不知犯什么邪，今天上午没电视，致使《中华医药》也没看着。今天的《中华医药》要讲"中医如何治疗咳嗽"，正好我该看看，心里也有个底儿。可现在看不着，心里也没数儿了。三哥常跟我说："你问问哪儿能治咳嗽。"而每次我都没说什么。我想：就算是现在问了也没用，因为治咳嗽的药有的是，可家里有钱吗？

其实，我又何尝不想治好这顽固的咳嗽病呢？何尝不想每天早晨不让咳嗽将我从梦乡中弄醒呢？何尝不想在写作疲惫之余能躺下彻底休息呢？何尝不想晚上不再吐痰了，不再让妈妈每天都给我拿塑料袋、帮我起来而受累了？可现在家里没钱，我只能这样下去，等我挣钱了再说吧。

1998年10月9日　星期五　天气多云

前些日子，我总有一种感觉，感觉我的《跟你说说心里话》就要发表了，而且过不了几天报社就会给我来一封信，向我报喜并告诉我稿费有多少多少。我是多么盼望能有这一天呀！这样我就实现我今年的计划了，但我怕我今年可能是实现不了了，这样我会惭愧的……

1998年11月16日　星期一　天气晴

时间，如果你不去珍惜，它会很快过去的，就像野马见了人一样，会毫不留情地溜走。感慨叹息都没有用，唯一该做的便是行动起来，这才是你挽留时间的最好办法，也是唯一的办法。

1999年9月21日　星期二　天气晴

电视里，一个小女孩拿着手机正在与谁说着话，她正在外地，离家千里远，说着说着，小女孩哭了，流出了想家的泪。此时我的心一颤：电话的那一端不管是谁，他都是幸福的，因为有人为了想他而哭了，可知他对小女孩是多么地重要啊。人生一世，这便是最大的幸福——被别人爱着。

2000年12月3日　星期日　天气少云

又看见海钰与妈妈做翻绳游戏了。

回首往事，我也曾与妈妈做过翻绳游戏。可如今，我已不能做这个游戏了，我的双手已无法支撑起那变幻莫测的线绳了。看看这情景，想想未来，我真想哭。

我是多么渴望有一双有力的手啊！

2001年2月1日　星期四　天气多云

回首这几天，真是有几多苦闷，几多悲伤。如今这一切的一切都已随感冒的治愈而离我远去了，我的心理状态也已差不多恢复正常了，不再对生活一无希望和信心了。我真的很怕过春天，春天的感冒真让我难受，那滋味就别提了。

今天，二哥和二嫂从双泉串门回来了。这件事对于爸妈是很小的一件事，可对于我，它可是一件大事。爸妈可能不知道，二哥在我们心目中，已不是简单的哥哥了，二哥在我们心目中是一种希望，是一种拥有快乐的开端，一种安慰，是一种新的开始。前两天，在我感冒的时候，每当我非常难受的时候，我都会这样安慰自己：过两天，二哥回来就好了。二哥可以体谅我的心情，会让着我，二哥在家的时候，我可以把心里话说给他听，而二哥也总是知道我的心事。

张学臣二十年如一日照顾着长年坐在土炕上的两个儿子。

第二十章 鸿雁传情

　　我开始与外界通信是1995年，二哥去广东那年，当时外面给我们来的信都是先寄到大队，而大队人员杂乱，我们的信时常不见踪影，为此，我决定大胆地直接给邮政局局长写信。

　　信里的主要意思是让邮政局局长考虑我们的情况，能否把信直接送到家。这封信寄出后，过了也就十来天，邮政局就派人来了！来的人说局长很重视这件事，答应把信直接送到我家！

　　我当然很高兴，不过不曾想这还造成了一个误会。

　　有一天，大队里的一个人进屋便喊："你们家谁得癌症了？"

　　爸爸奇怪地问："谁呀？没人得啊？"

　　"你自己看看吧。"那人把信往炕上一放就走了，而爸爸急忙追出去问是怎么回事。

　　我往炕上一看，那竟然是我写给邮政局局长的信！

　　爸爸从外边回来了，对我发火了："你在信上都说什么了？"

　　爸爸瞪圆的眼睛以及压过一切的嗓门，让我一时说不出话来，还觉得有点委屈。

　　"这信上写着呢，你先别吵，我先看看。"同屋的邻居阻止了爸爸，同时去看信。"……如情况属实，应投递到户。邮政局局长……你家四儿写得挺好的，局长都批了，你看你还对孩子发起火了。"

　　邻居的一句话让我如同一个孩子委屈时听到妈妈的安慰，泪水直往外涌。爸爸看过了信，气也消了，火也散了，话声也低了，眼里含着泪叹了一口气："小四这信写得真的挺好。"

爸爸这话真正安慰了我的心，我心中的委屈随着笑容散去了。

在信中我说我们的病是"不是癌症的癌症"，大队那个人就看成了"我们家谁得了癌症"。

哈哈，原来如此。

说实话，我很感激那位看了我信的邮政局局长，是他的批示让我感到了我也拥有和健康人同样的权利。在这里我要真诚地对他说一句：谢谢您！

云成给张大诺的信

张哥你好：

大诺哥，你的贺卡我收到了，谢谢你的鼓励。原谅我没有给你也送上一份贺卡。大诺哥，你说要我把一周写的日记邮给你，可有时我确实觉得日记没有什么可写的，您以前对我说写日记是为写书积累素材，最好记我病中与疾病搏斗的感受，以及对生活的感受，但生活中也不能总有对它的感受呀。

有时我真不知道写日记到底是为了什么，有时真不想写了，但我每当一想到"做事不能半途而废"这句话时，便静下心接着写了。这次收到大诺哥的信我更加有信心去写日记了！

再有三天就过年了，我衷心祝大诺哥在牛年里全家幸福，工作顺利！

云成
1997年2月3日

张哥你好：

读过张哥的信，并没有看到我渴望的文字，我之所以将文章邮给张哥，是想请您评论一下，指出它存在的缺点与不足，可这次很令我失望。

自学，犹如独自一人在知识的汪洋大海中泛舟，我更渴望在前方有一盏明灯为我导航，使我不迷茫，不走弯路，沿着它通向成功的彼岸。

可能我还很不了解张哥，不知您工作有多忙，事情有多多，可能会"误伤"您，在此云成说一声"对不起了"。

在11月里，我共写了两篇作文，是我给自己定下计划的最差完成标准。（我的计划是1周至少两篇作文）在12月学习展望中我这样写道：作文一定比上个月好。

这两个月我读了两本书。它们让我懂得许多作文开头与结尾的知识。我那篇作文开头是引文领入法开头，结尾是引语式结尾。您看我说的对吗？

祝张哥新年快乐，事业发达。

云成
1997年12月12日

张哥：

看了张哥的信，我觉得您把我说得太高了，我只是个小学生，跟高中生比起来还差得很多，这在平时写作中深有感受，这是实话。

平时有许多话想跟张哥说，可一到提笔时就什么也想不起来了。

噢，差点没忘了，给您邮的蘑菇您收到了吗？

好，就此……不能搁笔，我想让您帮我问一下私拆他人信件犯什么法，哪章哪条？您可一定要帮我问哪！

好了这回可以搁笔了。

云成

1998年1月31日下午

张哥：

你好！

电报是21号到的，23号收到的。自打3月份以来，我便时不时感冒，这几次感冒我吃药后很快就好了，可没想到到了3月11号，我就撑不住了。一夜高烧不退……今年我得的感冒是历年最严重的，共打了8次点滴，仍未好彻底，这不昨天又发烧了，吃了片药顶了过去。

在我感冒严重的那十几天里，我的心情十分不好，别说学习，就连活着对于我来说也是烦恼的。每天都重复着一件事情——打点滴。真是烦死了！真没办法。偶尔又觉得未来的一切是那样渺茫，对什么都不感兴趣。此时我的世界一下子变小了，小得只能容下我一个人，而阴霾的天气更使我心情沉闷。

这种低落的心情，我每年春天都有。

许多年前，我曾就这个问题问过二哥，他说这叫条件反射，是一种正常的生理反应。我想问问张哥，我二哥说的对吗？这种心理现象是如何造成的？应如何对待这种现象？

春天，虽然大地复苏，一派生机盎然，但我要说：我最不爱过春天！

因为春天不但使我必得最顽固的流感，而且使我心情坏到极点。每到此时，我的脑海中都会常冒出几个莫名其妙的念头与想法。死，是我最常想的一个事情。我常常想，死是一种什么滋味呢？就像睡觉一样？那我的思想上哪去了呢？虽说我今年只有19岁，但对我来说死亡的路口却比正常人要近得多……

我在去年11月1日就已经开始学习日记了，这样可以了解每天的学习情况。它不但督促我学习，更能鼓舞我的斗志和信心。

我想张哥让我每周给您邮一篇我写的日记，这无非是想督促我每天记日记，在这里我要自信地告诉您，我会坚持每天记日记的，因为我懂得它的意义。

我觉得，今年是我努力程度最大，而且收获也最明显的一年。一年升了（小学）四个年级，以往是一年一年级，这收获还不明显吗？今年还刊登了我的作品，而在以往这还只是奢望，难道这不是明显的收获吗？

　　遇到一点困难就退缩，这还算是男子汉大丈夫吗？大男儿只知道认准目标就往前奔，从不在意路旁的荆棘丛生！学习方面，就请张哥放心吧。

　　好了就写到这儿吧。

　　请张哥不要惦记，病一好，我就会马上积极学习起来的！

云成

1998年3月25日

张哥你好！

　　读过您的信后，我怦然心动。是啊，在一年或一年半后的某一天，我手捧着自己十几万字的书稿，那时我将是多么激动啊！您的建议我完全接受，因此我找来了自己几乎所有的日记！其实很早以前我就想写自己的生活了，但拿起笔又觉得没什么可写的。这次您的方法（每周给我设定一个题目）就像一把打开记忆大门的钥匙，使我不再茫然了。我愿意坚持写下去！

　　对于我写的《跟你说说心里话》不知您能否可以考虑发表它呢？我想挣钱，因为生活中用钱的地方太多了，而家里又不富裕，今年的报纸便是因没钱而没订上；我想挣钱，不愿让任何人怜悯，我要凭自己的本事挣钱！我是一只想飞的小麻雀，只是没有广阔的天空；我是一只扬帆待航的船，只是没有浪花在汹涌的海洋！我要飞出去自己觅食，不愿再趴在窠内等待父母！请给我一片天空，让我去飞！

　　我一定要好好写，使这本书早一天与读者见面。书，我竟也能写书了！想到这，我心中真的激动不已，有一种无法言表的幸福感。但在幸福之余，我也有一种担心，我的文章能否感动别人，每篇文章的篇幅太短了，可能没有打动读者的力量。但听张哥说我的文章很好，这是真的吗？如果文章有错误或不妥之处，请您一定为我指出，千万不要怕伤我的自信心，我是很坚强的。即使多写几遍，吃点苦又能算得了什么呢。我也知道，只要写出真情，就能打动读者，无论怎样，我会努力的，我会不懈努力的！

　　我相信前方是一片广阔的天！而迎着朝阳的冉冉升起，我要出发了！

　　我要与所有人一样过平等的生活！

云成

1998年9月12日

张哥：

　　您好！

　　信收到了。张哥又一次给我出了题目，这使我又一次增强了冲向理想的动力。

　　这篇《假如我能行走三天》早就写完了，不知是否合乎您的要求。反正我是坚持了一个原则——写出真情实感。

　　学习用书的事现在仍未得到解决，如果我有了钱，别人有求于我，我是决不会这样对他的，宁可我不用也先给他用，别人有困难，作为有能力的我怎么能不帮一把呢，自己有困难又算什么，不说谁能知道，总比看着别人痛苦强。

云成
1998年11月2日

张哥：

　　你好！

　　原谅我的无礼，我不能做对不起良心的事，家里虽不富裕，但还能买得起信封邮票，不必大诺哥对我额外关照。大诺哥的一片好心我完全理解，我心领了。有人对我说："给你钱你就要着呗，你能买起信封，你可以用这钱干别的。你不跟他（大诺哥）说，他知道你用这钱干啥了，不操心不费力一个月得20块，多好啊。"

　　诚然，一个月不操心不费力，白得20块，是美事，但我不能昧着良心，能买起，说买不起，捞人家的血汗钱，自己享受。您第一次给我邮钱的信是我爸打开的，所以此事他们已经知晓，他们也不同意。

　　现在我已经有要学的课本了，是我二哥为我弄的，3月1号我将开始正式学习，下封信我会把学习安排邮给您。

　　不知道《我过年三十儿》符不符合您的要求。

　　有时在夜里想想自己在省城哈尔滨还有一位理解我、关心我、支持我的大诺哥，我真是感到无比幸福。当有人把我不放在眼里的时候，我真想对他喊："黑龙江广播电视报社的记者是我好朋友，你敢看不起我！"有了大诺哥，我心里就有底多了。

　　当回首往事的时候，我会一下子发现时光在那么快地流逝，我已经长大了，往日常看见的小小子、小姑娘们现在都已成家了。我真的应该加快学习步伐了，不然我将被社会所淘汰。

云成
1999年2月28日

张哥：

　　你好！

　　我写作速度真是太慢了，三四个月了才写出两篇多一点的命题文章。

我本来也想像大诺哥说的那样，把《痛苦的三哥》补充稿写完给大诺哥邮去，可在检查原稿时却发现许多问题，如果补写后再加进去就太麻烦了，于是我干脆把《痛苦的三哥》重新修改，抄写了一遍。大诺哥不会生我气吧？这绝不是不信任大诺哥，只是想尽量让自己把文章写好，让成绩的背后流下自己的汗水。大诺哥你会理解的。

我写的书如果真的出版了，那将……我将高兴死了！

见到曙光，我会加快脚步的。

真的盼着那一天呀。

最后祝大诺哥、嫂子一生平安幸福，因为你们是好人。祝你们永远快乐。

云成
2000年5月24日

张哥：

你好！

看了昨天报纸上你对小津同学苦恼的报道，看到你说欢迎读者给小津写安慰信，于是我写了一封信，我也没改没重抄，我想那是我当时心情的真实记录，没有必要再改，尽管乱了点。报纸是昨天拿到的，而你们报纸是周一出版，现在已过了出版时间，不知这封信还能否用上。

我想我写这封信既是对你工作的支持，更是为他人做些什么的具体体现，希望大诺哥采纳（笑）。

我嫂子感冒好了吗？

云成
2001年1月19日

云成给二哥的信

想念的二哥你好：

二哥你怎么才给家写信啊（第一封信我们收到了），可把我和我三哥惦记坏了，总怕你那儿出什么不顺心的事了。其实我们也不必如此，因为你在亲戚那里，能咋不顺心呢，是吧？

二哥，当爸妈知道你又学到不少技术，并且司机直夸你活干得好时，他们心里都是美滋滋的。爸爸在看你的信时，看到动情处，眼泪便夺眶而出了，他这是看到儿子有出息了，不再被人看不起了而感到欣慰和激动。爸爸深情地说："小二，真是个好孩子呀！"

听二哥说，你要在大姐家摆炸大果子，你白天干了那么多活儿，还有时间有精

151

力卖吗？别太累了，钱不够家里给你邮。二哥你说那澡堂子不少，想要几块洁肤石卖卖，我觉得这个主意非常好，大哥把洁肤石给你邮去了，带盒是两块五毛钱一块买的，不带盒的一块五，说不定咱还能靠这小小的洁肤石挣大钱呢。

二哥，你的那个小日记本我看了，看后我很伤心也特别愧疚。二哥你为别人想得太多了，以至于耽误了自己的学习。二哥你当时为什么不向家里要那三块六毛钱，去订你想订的《中学生作文指导》呢？你为别人想得太多了。

二哥是那样想上大学，但为何又在要考试时放弃了呢？这，是不是为了我和三哥呢？二哥，我很难受，我使您失去了很多。

黑龙江电视台正在举办电视征文活动，我准备参加，二哥，如果我获奖了，我一定把这篇文章邮给你。我三哥今年也会成绩斐然的。他看了你的信，决定要努力学习！

正如二哥所说：让我们哥仨相互鼓励，共同进步，为创造美好未来，掌握自己命运而努力拼搏吧！我们的未来是美好的！努力吧，二哥！

祝好人一生平安！

按集邮规则每一张集邮邮票上都应有邮戳，请二哥邮回此邮票。

弟：云成

1997年5月21日

想念的二哥你好：

我给你写这封信，主要有三件事。

第一件事是：7月2日大哥给你寄去了一条裤子，一件短袖衬衫和一双袜子。第二件事是：从6月25日零时起五大连池市的电话号码由六位升至七位。第三件事是：再过几天，陈瑜就要放暑假了。我不知道我们往后的信该写上由谁转收啊？最后我想到了大队，开信箱的老牛头爸爸认识。爸爸说："我去跟他说一声，让他一看有咱家的信，就给送来。我再常去看看。"

二哥，下面是爸爸对你说的话。

小二你在那要安下心学习，不要惦记家里。家里今年种了4垧地黄豆，8亩地小麦。今年要是丰收的话也能打100袋左右黄豆，接近10袋小麦。你大哥也挺能干的。全家人也都很和睦的。

二哥，妈妈让你在那买双凉鞋。

二哥，下面是三哥亲手用拼音给你写的祝词。

祝二哥：Shentijiankang, xuexiyongyuanminglieqianmao!

想念你的弟弟：云鹏、云成

1995年7月4日

云成给亓昕的信

亓昕（安然）姐你好：

我现在一切都挺好的。自从你在哈尔滨电台中为我做了一期节目后，有好几个听众给我打电话或者写信。因为这个节目我有了5个朋友！

她们都理解我，支持我，关心我，她们还给我邮书邮笔。我非常感谢她们。其实，我最应该感谢的是你，因为，如果没有你的理解，就不会有这个节目，没有这个节目，我是不可能有这些好朋友的，最最衷心地谢谢你。

当我听到你为我制作的节目磁带时，我也忍不住哭了，不知是因为终于有人知道自己的心里话，还是因为你那充满感情的读解。节目做得真好，在文章中间加上合适的音乐，使文章得到升华，又为下篇文章做好情感铺垫，非常好。在节目中洋溢着你对我的理解和关心，衷心地谢谢你。

好了就写到这儿吧。

如果没时间就不要回信了。

我会努力的。

祝工作顺利，生活幸福！

云成

张大诺给云成的信

云成：

你好！

近日来全报社都在全力采访哈市的抗洪报道，一直没踏下心来给你写信，请原谅！

上次收到你的信我十分感动，你傲对着生命的一切苦难，并且坚持为理想拼搏着，看你的信对我自己也是一种感染……

宁××不知是否给你去了信，我相信你的奋斗过程会给她以鼓舞。真心希望在这个世界上有一个人因为你的帮助而重新对生活充满信心。

云成，你在这样的疾病中不断地追求理想，这一努力本身便足以影响许多人，不必需要奇异的情节取悦读者，许多平常的事因为发生在你身上而因此不平常！把这些貌似平常的事记下来便足以打动许多人。

所以，云成，既不要想自己文笔够不够成熟，也不要想自己经历是否丰富，也不要想自己太平常，也不要等着自己知识及学识升高到什么程度后再落笔。凡是想做的、值得做的都应立刻去做，这样成绩会更大！

我想了这样一个方法。

因为我中文系毕业，知道一些创作及写书的常识及规律，有些东西你也许没有我意识得清楚，而我就清晰地知道你这本书的意义，我希望你能一段段地写出来。即：我每次根据你的生活为你命题，然后你根据自己的生活写出来，由此一步步深入，积少成多，把你的周记变成我的命题文章，我们每周完成这本书的一小部分，你看可以吗？如果你接受，那么下一回请你邮回第一篇文章《我第一次发现了自己这种病》。

内容：写出自己第一次发现这种病（或对它有明确感受）时的情景（时间、地点、前后过程）、心情、感受以及自己的种种表现。

要求：真实。不讲求词语华丽，文笔要朴实。

字数：不限。

云成，我真心希望我们能以这篇开始，在不停补习知识的过程中，在一两年内把这本书的大框架写出来，试想一下，真要是在一年或一年半以后的某一天，你手捧着自己十几万字的手稿，那将是何等地激动和骄傲！

让我们共同为此努力吧！

一周一篇，循序渐进！

等着你的来信和来稿！

张大诺

1998年2月20日

另：书是否已到，请告知我！

云成：

你好！

我于近日突然收到你给哥哥的点歌信，一看时间已经过了，又一看，发现原来已邮来一段时间了，只是一直埋在报社其他信件中！一段时间以来，我报举办有奖竟猜（足球）活动，每天收到四五千封信，你这封信便埋在那里了，我知道你一定会特别失望，包括你的哥哥，在这里表达我的歉意！

另外，云成，我有很久没收到你的信了！不知你现在学习情况如何？我特别担心你会因一时的灰色心情及病痛而泄了一种劲头，这种劲头是你赖以成功的最大的资本！我真心希望永远能见到你拼搏进取不屈服于命运的样子！

所以请速来信，告知我：

1.现在各学科进展情况。

2.对下一步打算及计划。

3.目前困难。

4.日记及素材积累情况。

我准备从现在开始和你一起进入一种冲刺阶段，我们一起用一年时间学完初中三年课程，并且开始正式的创作，这方面计划我正在准备之中，但需要你告知我目前的情况，云成，我希望你能成为这世上最有拼搏精神的人，你将让许多人为你感动！

最近，我报社收到一封信，一个叫宋某某的女孩子写来的信，她因患病一直不能走动卧病在床，在信中她充满对站立行走的渴望，同时对生活有些灰心，当时读信时我一下想到了你，和她相比你病得更重，但你却有着如此积极的人生态度和远大的理想，从这点看你的确值得许多年轻人敬佩！也正因此，你若真写就你的书稿也必然会激励一大批人！

我作为一个健康人，对她说什么鼓励的话难免有"站着说话不腰疼"之嫌，所以云成，我希望你能给她去一封信，以自己的亲身经历和斗志鼓励她，让她从灰色心境中走出来，我已经给她去信打了招呼，我相信她一定会期待你的来信！云成，我急切地盼望你的来信告知情况，接到信后一定马上回信！

她的通信地址是……

你的朋友大诺

1998年7月16日

云成：

你好！

我现在临时找不到稿纸，见谅！

上次看到你的第一篇稿子，我很兴奋，甚至很激动！你写得很动情，很真实，甚至于——很感人！我觉得这是你向作家梦正式进军所迈出的第一步，云成，千万别中断，千万别放弃！在以后，也许正是你的坚持和执着会让你终于有一天写完了你的大作品。

十几万、二十几万字的作品！

所以说，云成，千万别中断，一定要保证一周一篇，或者最多不超过十天一篇！

收到我的第二个题目了吗？假如我能行走三天……

我热切地盼望这一文章的到来！

另外，来信告我你的教科书是否已经到了。

云成，你已经正式踏上了为理想奋斗的历程，不论发生什么事，一定要坚持下去！坚持写下去！

下一个题目是：

自己开始自学时的情景、心情及自我鼓励！祝成功！

大诺

1998年10月29日

云成：

你好！

今天是圣诞节，祝快乐！

这几次的稿我也都收到了，云成，你写得非常好！有的让我十分感动！（那篇《假如我能行走三天》）让我对你这本书更加增强了信心，你一定能写出一部优秀的励志感人的作品。

云成，一周一篇，我们这样一来一往，在1999年坚持不懈，一定能取得令你吃惊的成绩！

我们可以算一下，一周你若写出1000字，一年下来便可以写近五万字，二三年下来再努把力便可以达到15万字，便可以到了出书的字数了，我们相约三年后这部书稿问世，好吗？

云成，近日你将收到一套中学语文教材，那是我母亲（大庆三中语文教师）教过的教材，其中的主要课文及内容与现在初中生用的没有太大区别，你一定会很高兴，接到书后可以制订一个阅读学习计划及进度表，有疑问可以随时给我妈去信。地址是……

云成，1998年你过得很充实很有意义，也取得了很大的成绩，你应该为自己感到骄傲，相信1999年你会做得更好。

对你写的那几万字的稿子我很感兴趣，若方便请邮来！

下篇文章题目：我是怎样自学生字的！

可包括以下内容：

1.怎样由刚会拼音一直学会了那么多汉字！

2.这一努力过程中最大的困难是什么，如何去做？

3.这种学习的快乐是什么样的，最快乐时候的具体情形……

4.和其他在学校中学习的孩子比，你多吃了多少苦？

祝云成1999年更上一层楼！

张大诺
1998年12月24日

云成：

你好！

一直在等待你的稿子，我突然觉得你如此写作在稿纸邮票以及一些必备品上是否有充足的钱做保证，不知你是否会因此对父母难以启齿，而我又觉得你不间断地写作才刚刚开始，因此算作我们俩的小秘密（不要和父母讲）——每月我给你邮二十元钱，你不方便取我直接给你塞在信封里，估计丢不了，你对父母就说是稿费就行了——别拒绝也别见外！好吗？

张大诺
1999年1月28日

云成：

　　你好！

　　收到你的来稿我很激动，你的文章写得非常好，我越发相信你必会成功！尤其那篇写二哥的文章十分感人。

　　你的文章邮来的越来越多，我已隐隐看到了你那本书的模样，并且就目前已经写出的稿子来说，每一篇都具有打动读者的力量，如此一路写下去，篇篇保证质量，那么这本书的价值可想而知！

　　我此时已经敢于想象，有一天一位读者看了你的书后会很感动，并且他会觉得自己的生活本该更积极更有价值，甚至他很想见你一面！

　　这种想象也许在一两年后就成为事实，只要你不懈努力，只要你不懈地努力！

　　云成，一定要相信自己必能成功！

　　当然，为使文章越来越精彩，你需要不断学习文化知识，一方面等待书稿越聚越多直至大功告成，一方面让自己在学业上达到初中高中乃至大学水平！

　　为什么不敢大胆设想大学水平呢？张海迪便是在高位截瘫情况下自学完大学课程。我期待着，某一天你学完初中高中知识后，我给你邮去一套大学教材！

　　这套教材现在就在我柜子里，相信它早晚将属于你！

　　祝你早日走到那一天！

　　我尊重你的意见，不再邮钱过去，不过一旦有困难也别忘了告我一声。

　　等着你的学习计划，我提个建议，要想使写作再上一层楼，很好的办法是背诵一些名篇及好的段落。

　　下篇题目我已发电报邮件，题为"面对别人的不理解"，相信你能写得不错！祝快乐！

张大诺

1999年3月5日

云成：

　　你好！

　　收到你的几篇稿子，写得非常好！我现在正在整理你给我邮来的所有信件及稿件，为你以后出书作些准备，继续努力，你会成功的。

　　不过，有时候我也担心你的身体会不会因此受损害。云成，千万要注意劳逸结合，一定要把作息时间安排得既有利于学习创作又有利于身体，这一点我必须和你很郑重地说，否则我会内疚。

　　因此，在收到这封信后，你一定把时间表安排得再宽松一些，我们就按一周一文的速度，有个一两年文稿便会差不多完成了，千万别着急！

　　你渴望为家里分忧的心情我理解，我会帮你找一些征文或者发表的机会。不过一旦书出版了，说不定你便会有上万元乃至几万元的劳动所得呢！因此现在你的主要任务还是充实自己，安心学习和写作，并且一定要注意休息。

最近我采访了西安一个家庭，他们有一个女儿叫李欢，也许你在电视里看到了这个也患肌无力但十分坚强的女孩子，她从三岁起便得这种病，但如今仍坚强地在一所高中读书（坐轮椅）。她的事迹还曾使一个也患这种病的男孩子重新燃起生活的信心。从这件事上我还想到，在这个世界上也许有几万乃至十几万得肌无力的患者，而你的书一旦出版，则必然会和李欢的事迹一样鼓励那些正受这种病折磨并且沮丧失望的人，云成，你其实还肩负一定责任呢！

祝你休息好，并最终取得成功！

你的朋友张大诺
1999年4月28日

云成：

你好！我收到了你的长信，我很受感动，甚至于看得我有些……

相信我云成，正如我给你发的电报所写的那样，我会尽全力来帮助你！尽管我的能力不像你想象的那样……

云成，我已把你邮给我的所有信件稿子整理并且复印，近期我会统一过一遍，在复印时我发现这样一个事实：你那本大书的全体部分已经在这些信件及稿件中浮出水面！换句话说，即使此时便联系出版，其内容也足以让人震撼的，并且通篇洋溢着一种别人无法想象的坚强。

真的云成，如果再能有十几篇类似的稿件，那就太棒了。如果真的能出版，你便会有几千元到几万元不等的收入。云成，如果真如预想的这样，那么你不但可以实现自己的理想，还可以主宰自己的命运，并且为解决家庭的困境提供一种可能。相信我，你这部大书的文字主体部分就要完成了！

在你写的《说说心里话》里你真实记下了困苦与孤独。那么你如何在这些别人无法想象的困苦与孤独中仍不放弃理想的追求呢？

不知道病情如何，若方便请来信！

你的朋友张大诺
1999年9月8日

云成你好：

我终于可以找一个安静时间给你写这封信了。这封信只有一个目的，那就是想提醒你，你是幸福的。

我很希望在你看完信后能对自己下一个决断式的结论：这一生，我是幸福的！我是幸福的！

虽然经历了许多磨难，但归根结底我是幸福的……

或许你看到这句话时便已经对它有感觉了，便知道自己与"幸福"的距离真的是可以把握的。实际上，在你二十几年那么辛苦那么坚韧的奋斗中就已经有了"幸福"的因子，这一因子让你早晚有一天能坦然接受一生幸福的事实！

云成，你感受到了吗？

其实，你在人世间完全可以是另一个样子：沮丧失望，无所成就，你有一千种理由成为那个样子，而这世间如果有一万人像你这样生病，其中会有80%的人做不到你这样子（无处上学就是文盲，但用不屈与意志写出一部大书），换句话说你在一种几乎不可能的情况下创造了一个奇迹。一种惊讶已经发生在我身上！发生在我的朋友身上！发生在那么多知道你故事的人身上！

你本该一生无所成，一生无数次地乃至永远地消沉……

而你却使自己一生大成！一生大成！并让世人惊讶！

任何一个人做到你这样，都值得为自己骄傲，这种骄傲是以二十多年的辛苦、苦闷、彷徨以及挣扎为背景的，因而这种骄傲更值得骄傲！它几乎就是幸福！

是的，它几乎就是幸福！

从今以后你已经拥有了一个权利：任何时刻，只要一闭眼，就可对自己说：我本该有一个灰突突的人生，但我硬生生把它变成了明媚的人生！这种变化是我完成的，是由我来完成的！

而我真的完成了它！

那么我自然骄傲和幸福！

云成，你的骄傲和幸福是你的权利，是你今生今世永远拥有的权利！是你随时随地想起便拥有的权利！是你自己为自己开创的权利！是一生一世任何人都剥夺不了的权利，是面对所有年轻人都能昂起头的权利，是不仅让自己，而且让父母的一生都有价值的权利，是无论以后遇到什么波折阻碍都不能改变这一幸福的权利！

再重复一遍：

任何时刻，只要一闭眼你便可对自己说：我本该是一个灰突突的一无成就的人生，但我硬生生把它变成了奋斗的人生，有成绩有成就甚至是大成就的人生！

这种变化是你自己完成的！你对这一生的最后定义当然是：我度过了骄傲的一生，我度过了幸福的一生！

张大诺

2001年5月10日

云成你好：

对你来说，新的生活要开始了，我们需要订个新计划了。

新计划是：五年内你要把自己培养成有大学水平的人，即你和一个大学毕业的人有同等的学识和才华！

而你自学的专业是中文系的，我会为你弄相关的书，你将系统地学习中文系的课程，时间安排可以和大学生是同步的，按大一大二大三大四的进程学习！

你要遍览中文系知识的所有精华和美妙之处！在你的小屋里你将和人类有史以来最富有人性光泽和情感力量的文学世界同在！

你的目标很简单也很坚实。

几年后我可以和这世上任何一个中文系毕业的人平等对话，并且让自己的相关能力潜力得到最大程度的发挥！并为自己有本事更大程度介入社会生活做准备！

因此，云成，你要系统地好好学习中文系的所有课程：现代汉语，古代汉语，古代文学（从秦汉到清朝，从《诗经》到汉赋到唐诗到宋词、元曲和明清小说），现代文学，当代文学，外国文学，美学，写作学以及文艺理论。

所有这些课程如天上繁星闪烁着诱人的光芒，它们将给你带来无穷的心灵快感和满足，你将一一拥抱它们！

那么今后这四五年时间你将过得何等充实和激动！

云成，闭上眼睛，设想一下以后四五年的日子，每天都有朝阳升起，每天都在这中文系的知识海洋里遨游，而你的学识能力也在不断增长！一直增长到几乎不比那些大学毕业的学生差，你不激动吗！一句话也许能概括以后几年这种生活：

所有的日子都来吧，让我编织你们！

而这只是中文带给你的一部分功效，你一旦进入这个世界，你就会发现自己的领悟力在迅速增强，你将因此有能力去领会欣赏世间所有艺术。是的，所有艺术！比如音乐、绘画、书法等等，因此，一个斑斓的世界展现在你面前，而你的欢乐也将是现在的几十倍！

对你来说，一个新的生活新的世界就要展开了！

你甚至觉得在以后几年里你过着比近三年创作生活更斑斓更让人激动的日子！

云成，你感觉到了吗？

等着我的计划。

张大诺

2001年6月5日

云成的母亲您好！

我是怀着崇敬的心情给您写这封信的，刚刚看完云成写的《母亲》一稿，越发觉得您的伟大！

在这个世界上，所有知道您故事的人都会有我的感受。

我写这封信的目的在于：云成说您这一生很苦，几乎没享过福，我想，您在生活上的确如此，但您有权利应该和所有母亲一样拥有幸福的感受，并且您真的有啊。

做母亲都希望为孩子骄傲，这点恐怕是父母最大的幸福，您知道吗？您的儿子云成就值得您骄傲，他无比优秀！甚至于比同龄人要优秀几倍！而他这种优秀很大程度上是源于您。

云成，一个患病十几年的人，一本书都举不起来，只上过一天学，握笔都困难，但他居然从拼音开始坚持自学，并且顽强写作，克服了孤独、生病、无人指导、没有书籍等多种困难，到目前为止已写就十几万字的书稿，而这将是第一部由肌无力患者写的书，它将激励无数人在人生旅程上的奋斗，从某种意义上说他在写一部名著，而云成也将是中国的保尔，中国的张海迪……

我不是在夸大其辞，他的确值得我这么说！

您应该为自己的儿子骄傲，您的儿子在做着一件壮举，在您生活的村子、城市乃至整个黑龙江省，没有多少人在做着类似的壮举，也因此，您儿子都会让您在面对其他人家孩子时，坦然地对自己说：我有一个好儿子！一个让我骄傲的儿子！

而您，也绝不是两个病孩子的母亲，不是被别人视为废人的病孩子的母亲，而是两个男子汉、两个好儿子的母亲，你竭尽一生含辛茹苦养大的孩子正在以他们自己的方式回报您，回报着社会。

您一生的辛苦绝对没有白费，正是您的辛苦才有了云成20年没有消逝的生命，才有了十几万字的书稿，才有了他这坚强精神给予我们的感动。不知道您是否听了我邮去的《今晚有约》节目，在节目中有许多听众打电话，他们在真诚地甚至流着泪说：被云成的故事和精神感动了，也知道自己该怎样生活了！

而他们现在在听《今晚有约》时还经常提到云成，也就是说已经有无数听众被他感动和激励！

而他，是您的儿子啊！

是您用一生的心血养大的呀！

这里面有您太大的功劳，没有您所做的一切，就绝对没有云成20年的生命，更没有他现在所做的一切，便没有那一夜无数人的感动和激励！

这一切都是您努力的一部分啊！

这个世界已经有一大批人被您的儿子感动了，这种感动以及影响将在他们一生中存在！

这一点已不可更改，已是事实！

而您在20年中对儿子所做的一切使得这一点成为事实。

这一点已不可更改，已是事实！

如果没有您的精心照顾，没有您对云成生活的始终照顾，他的病情将会恶化得更快，并且最重要的是：正因为有了您的爱，云成才在世间感觉到了温暖，知道在这个世界上就算为了妈妈自己也要活下来，要坚强起来！

而且您知道吗？他在写作时之所以动力巨大，很大一部分原因是想通过这本书让您过上幸福的生活，他在稿子里写道：将来有钱了让母亲买无数香蕉，母亲最爱吃香蕉，但她舍不得买，我要让妈妈吃个够……

您看，正是您的爱使云成不但坚持活下来，而且在创作上有着恒久的动力，这些确实都是您的功劳呀！

某一天他的书也出版了，那一刻您会不会因此感到骄傲和幸福！

既看到了儿子的书，看到了儿子的成绩，又在书里看到自己的作用，您当然会幸福的，是吗？

肯定是的！

而且您是您所在的乡、所在的城市里最幸福的母亲啊！

当然，刚才仅仅从云成的话您也能真切感到他的孝心，您已经为此感到幸福了吧！

您知道吗？您对孩子的爱还有另一个影响：云成和云鹏因为始终生活在爱的环境里，因此他们的人格是健全的，没有坠入灰色心绪以及愤世嫉俗的心态里，他们和所有年轻人一样有善良的心，有着对社会的责任感和贡献意识，他才因此能写出带有温暖和力量的文字，这一切也都因为您！

这一切都因为您！

您想一想，若没有您，云成便是一个废人，这世上也因此多了一个废人，而不是多了一个战胜病痛战胜命运的英雄！

这也是因为您哪！

您这一生很不容易，但您一样有成就：您养育了两个好儿子！一两年后将会有许多人在心里说，张家那两个病孩子真厉害，真让人佩服！

而听到这话时，您是否已真切觉得自己的辛苦是值得的，而且以后即使还有波折也是值得的！

您周围有许多家庭主妇，她们和您相比，内心的满足感将不如您强烈，因为您已经用几十年的努力使两个被视为废人的孩子仍然高贵地活着，并且有着健全的人格，并且一个居然已写就十几万字的大书！另一个为开画展作努力！

您创造了一个奇迹，这个奇迹中若没有您，将不会发生！

这一生，在您心里，将永远有这样的东西：

1.不尽的忙与辛苦。

2.对两个孩子莫大的爱。

3.两个孩子因此的成才成功以及对世人的激励！

4.您的骄傲、满足和幸福……

以上四点就是对您一生最好的总结！您的这一生过得很值！很幸福！

在此再次表达我对您的敬意！

张大诺

2001年6月17日

云成你好：

你的书稿只差一小部分内容和————一个好名字了！

你说将来可以从事心理咨询方面的工作，当然可以！它可以让你未来几年的生活充满价值和意义！也将使你拥有许多一生难忘的时光！

我相信，未来几年将是你一生中最为灿烂的时光，你将在充实与兴奋中度过！你人生中华美的人生篇章将开始了！

我知道，长久以来你一直希望能为这社会这世界做点什么，希望有一天当自己闭上眼时能想着到目前为止，已经有许多人因为我的存在而过得更好！

你会有这样的时刻的！不久之后！

你这本书出版后，会有许多人给你来信，讲述内心的苦恼寻求你的帮助！而这就需要你有系统强大的心理学知识！那样的话你就要学许多东西！

云成，用二至三年时间好好学心理学知识，把自己当成一个大学心理学系的校外旁听生，然后获得专业的知识与能力。

说不定，今后几年内，每个月你都能让一些人的生活变得更好，使得他们心理上更积极更健康，每月都有这样的人！试想一下，某一年以后你对自己说：现在在这个世界上已经有近一百人因为我而活得更好！那你这一生无论何时回想，内心有多充实多幸福啊！

云成，努力！一定让自己在三年内成为心理学方面的专业人士！

试想以后三年，你获得大学中文系本科的知识与能力，并且体会到无穷欢乐；又成为心理学专业人士，为几百人的心灵解惑，使几百人的一生因此过得更好！那以后三年，你将何等激动、欢乐和幸福。准备着，迎接它吧！

张大诺
2001年6月20日

朋友们给云成的信

云成：

你好！愿你微笑着打开我的信，微笑着读完它，微笑着继续你的写作，微笑着生活！你现在在笑吗？我想是的，因为你是坚强、乐观的，你是热爱生活的！

早上在电话里听到你的声音，一点陌生的感觉都没有。那清晰、开朗、年轻的声音让我觉得仿佛是我的同学在跟我对话。当时，你是什么感觉呢？

我很喜欢听广播，但因学习紧张，有些好节目播出时间又太晚，所以不太经常听。昨晚碰巧收听安然的节目，"我们没有理由放弃"的话题让我很感兴趣，所以我强忍睡意听下去。于是听到了你的故事，听到了你的作品，多多少少了解了你！

也许我们是同龄人吧（如果你周岁21，我们一样大），所以很容易产生共鸣，你的精神让人敬佩，你的人生观、幸福观我亦赞同。我想我们一定能成为好朋友——因为我们同样不向命运低头，不甘平庸，我们同样热爱生活，向往明天！

你相信吗？当时宿舍已熄灯，而主持人读你地址时，我是摸黑记下来的。只可惜因为看不见没记好，只好今早给你打电话再问地址啦！

瞧我，啰嗦这么多，还没介绍自己呢。我叫周明惠，山东人，现在哈尔滨市读大学，学的是商务英语专业，很喜欢文学，尤其是散文、诗歌和一些小说。比如路遥的《平凡的世界》、朱彦夫的《极限人生》、夏洛蒂的《简·爱》等等。我爱做梦，无论是"黑夜梦"还是"白日梦"，因为有梦才有追求，对吗？

云成，现在你的情况怎么样？如果有空来信，告诉我好吗？这样我好帮你打听一下好的医院和医生。你的自传是什么名字？现在每天大约写多少字呢？注意别太让自己累着，实在撑不住了就多休息一下。喜欢你将日程安排的最后一项称为"放学"，那么每日让我们一起上学放学吧。让我们共同在学习中鼓励、进步，好吗？

云成，你相信吗？上帝是公平的，他从不会多偏爱谁一点，他给了一个人美貌却未必给他智慧；他给了一个人健全躯体却未必给他健全人格、完整的思想；他给了你坎坷、艰辛，也一定赐给你成功和幸福！

你在文章中把自己的病比喻成"无期徒刑"，把你的境况说成像"坐牢"。的确，从表面上看是这样，但实际上你是自由的。你有健全的大脑，你可以自由地思想，自由地写作，没有人会给你的大脑套上枷锁，对吗？云成，我们还很年轻，人生的路还有好长要走，让我们继续努力，与命运抗争吧！

对于你的写作，我能尽一点做朋友的义务吗？比如你需要什么书，可以写信告诉我。当然，作为一个四肢健全的人，我也许不能想象和真正理解你的处境和磨难，记得你说过希望与别人平等对话，我愿意和你成为平等的朋友，彼此交流人生体验、思想感悟（在不打扰你写作的前提下）。

喜欢我的信封和信纸吗？信封上两张太湖风景邮票是希望你有一天"把牢底坐穿"，自由地欣赏大自然。看到"天体运行图"那张吗？像不像一只风筝？愿你的心灵和思想永远自由地飞翔！

你喜欢什么颜色？绿色和白色是我的最爱，因此第一张信纸代表生命之树常青，让我们用真情和不屈丰富它，完善它。第二张信纸有点灰色调，代表生活中总有许多磨难，只要我们选择了"不放弃"我们就会赢得第三张信纸上描绘的鲜花。

接受我这个朋友了吗？如果回答是肯定的，来，我们握一下手吧！

诚祝

开心快乐！

周明惠

2000年6月10日

（也许会有许多人给你写信和打电话，你不必急着给我回信。）

云成：

你好！

不知这样称呼你是否恰当。

那一晚，夜很黑，星星很亮，打开收音机，一下子就听到了你的故事，听着，听着，我发觉泪竟然流了一脸，你的不放弃与执着让我感动，同样也让我惭愧。我面前浮现出那样的场景：风雪飘摇的严冬，一枝寒梅独立于风雪间，雪打霜击不屈服，一身傲骨硬气，无论如何，不会落半滴眼泪，不会低一下头。那就是你，执着的你。

在别人眼里，我是个无忧无虑活泼快乐的小女孩，可我以为不然，我也有很多烦恼，许多对于生命的思考，想得很苦很累。最重要的一点，我深深懂得，人活着，一定不能虚度光阴，一定要活得有意义，至少是快乐地生活着，不是吗？

我还记得，有一天早晨做早操的时候，不经意地抬头仰望，我被震撼了：好美！那清新的气息下，柔和而蓬勃的朝阳微笑着站在天边，它细致地、慢慢地把光抚过我的脸颊，那样地温暖与爽朗……不远处，几株直直的松树，前方，一栋颜色明快的楼房，一切都是如此美妙……我感到了生命的活力在我血脉中嘭嘭跳动，这是一种活着的感受、生着的幸福。

人生如此短暂，而如此灿烂的日子又能有几个？所以，好好地活吧，看看，这世上有多少痛苦的人？世界给予每一个人的已经够多，我们回报世界的就是：过好每一天每一刻每一分每一秒吧！

我们是活着的生命，我们应该也能够主宰自己。

云成，你不是说要写书吗？写吧，好好地写，写出你的心里话，写出你对生活的感悟，不要放弃，应该有永不言败的精神，我支持你，并且期待着哪一天看到人们都谈论着你，敬佩着你，一名出色的作家。

云啸九天，鹏程万里，云成，祝你成功！

方辛

2000年9月10日黑龙江大学

云成：

你好。

因为这些日子工作很忙，所以一直也没有回信，真对不起。

收到你的来信真是让我又高兴，又感动。谢谢你给了我那么多支持与鼓励。真的要说声谢谢你。快过年了，你们全家都好吗？你母亲的病好些了吗？你还咳嗽吗？来信告诉我。

你在来信时问我为什么要帮助你。当有一天我知道了一个叫张云成的人，他那么坚强，不断摆脱不幸的阴影，把个人的伤痛化成力量，转而去帮助其他陷于痛苦的人，我要做像你那样的人。做一个快乐的人。一个更快乐的人，一个更充实的人。

人性本身充满了矛盾——真与假，善与恶，丑与美。而一个人要想活得更快乐、幸福而有意义，就应该使自己多一点真善美的东西。如果你对他人没有真诚，毫不友好，又怎能期望得到友善呢？

我总觉得你没有看过一些名著是一件很遗憾的事。我会尽我所能帮助你。希望有一天你会成为大作家。

新年快到了，真希望你们全家都平安，快乐。衷心地祝福你云成，愿你事业有成，万事如意。希望你下次写信时寄一张你的照片好吗？

王云非
2001年1月12日晚

我心中的英雄云成你好：

你现在怎么样了？还好吗？病情有没有恶化？还在坚持写作吗……一连串的问题，贸然相问，难免有些唐突，可这些都是我心中最关心的话题。从昨晚起你的一切就已经成为我的牵挂。说了半天了，你还不知道我是谁吧，先来自我介绍一下。

姓名：赵海容　　性别：女

年龄：（周岁）21　　爱好：唱歌、看电视

职业：学生就读学校：黑龙江大学

现在你也了解了我的情况，我有个请求不知你能否答应我。你可得一定答应我呀！不管了，反正我现在已把你当成我的朋友了！说好了，朋友之间可要互相谅解的，我不十分了解你，而贸然写信给你，难免有些措辞不当，口气太重，你可要包容呀，这样我才放得开，说实话我现在十分拘谨。

昨晚，我听了《今晚有约》，你的家庭住址五大连池先吸引了我，居然是老乡！说实话我以前也听过很多类似的故事，但它总是给我一种虚无飘渺的感觉，但你的故事那么真实可感，你的村子我甚至还去过呢！

后来吸引我的便是你不屈不挠的斗志，真的。你也许不知道，昨夜有个小女孩一直守候在收音机旁到零点，并且流了一整夜的泪。听着主持人说你的故事，我的脑海里构想着一幅幅画面。听着你病情一点点恶化，我的心都拧在了一起。特别是当我听到你相信茫茫人海总有人愿意帮助你时，在黑夜中我便下意识地伸出了一只手……

我听主持人说，你写字很费力，一个月才能写四千字，我特别想到你身边帮你抄写，我要让你知道，现在世界上多了一个关心你爱护你的人！

我说的每句话都是肺腑之言，没有一句是敷衍之词。我没有华丽的诗句，我有

的只是一颗真诚纯朴的心，你感觉得到吗？

听着你下地赶完鸡上炕的过程，我的呼吸紧迫，为你紧张，为你流汗，为你心疼。当你终于"上去炕"时我为你兴奋！那一刻，我感觉你的形象那么高大，而我们这些健全人特别是狂妄无知的年轻人是那么渺小，每天喊着怎么怎么苦，多么多么无聊，原来竟是那么地无知。

生命是多么珍贵呀！我们没有理由放弃！

当你写到"如果能让我行走三天，我会帮三哥翻身，哪怕一宿不睡，让妈妈好好地睡上一觉"时，我真真切切感知到你那颗赤子之心，我相信你是个孝顺的好儿子。真的，你的母亲太累了，我也是农村的孩子，知道那份辛苦。代我向你母亲问好："伯母你辛苦了。"

你（看我的信）累了吧！我知道你看点什么是非常辛苦的。你先休息一下，不忙的，人家都说女人爱啰嗦，你体会到了吗？

我相信，从节目那一夜开始会有很多人给你写信、打电话的，不知在众多人的呵护下，你是否会想到我。我甚至不能想象这封信是否会有幸见到你呢。如果能见到，请给我回信好吗？我知道你写字很吃力，很辛苦，也许会很长时间才能接到你的消息。不过我会等，同时为你祈祷。

祝早日恢复

天天开心

海容　敬上

6月9日早8：20

云成：

你好！

在广播中好像是听你叫这个名字。我猜一定会有许多热心听众给你写信。我想你打开了一封又一封信，看个没完，或许你看到我这封信时已经很累了，我没奢望你会给我回信。因为你的病情的恶化，写一封信太难了。安然不是说过吗，要有耐心等你的信。

在广播中对你的基本情况我都了解了。听了之后真不知是什么滋味。很难想象这几年的生活你是怎么过来的，没上过一天学，可却快写成十几万字的书，听了以后，我太惭愧了。

向你介绍我自己吧！我也是一名残疾人。

我从没有真真正正发自内心笑过。我苦恼过，有时候晚上睡不着觉，就想，如果上天赐给我三天像正常人一样的双腿，我一定不会闲着，我要尽情地去跳、去跑、去做我以前没有做过的事……当然这只是奢想。想过之后，我还是要面对现实，面对我不想过的一天又一天……

我给《今晚有约》写信，安然给我回信说："上帝给你关了一扇门，自会为你开一扇窗。"还告诉我说"要向比我更不幸的人看"，可我就是不这么做，总是觉得老天对我不公，也总是看我身边的同学。其实，道理我都懂，就是不去做……

　　我也和你一样，想过死，总觉得死是最好的选择，不怕你笑话，我是很怕疼的，我只觉得无论想什么死法，都是很疼很难受的……但更重要的原因是我放不下我的父母。我也曾经努力过，我说，我一定要努力，做正常人都没做到的事，但这种努力坚持不了多久就放弃了，心里想：反正有明天，反正有明天……

　　有时我更想：要是这件事成功了，掉1斤肉也行，决心是下了，但就是不知怎么能掉下这1斤肉。骨子里就是没有这股子劲。我有时自己都觉得发愁……

　　我挺服你的，发自内心地佩服你。无论从学识，还是内心的境界。如果我要是你的话，可能早已不在人间了。就单是内心的压力，我都不知道怎么去克服，更别说是自学成才了。在广播中，我听到了安然读你的时间安排表。我真是太惭愧了，我也为自己订过时间表，但……当听到安然读你的时间表时，我抬头望了一眼我亲手贴在墙上的时间表，它已经被灰尘淹没了，字也看不清了。

　　我也是农村人，我深知农村的家庭环境，我能想象出你艰难学习的样子，你说过：如果你有三天时间能走路，你都做什么……如果上天真能那样，我愿把我的一半的时间给你，也就是说，如果能用我一半的生命换取你三天的时间让你走路，我也心甘情愿，因为我能理解一个残疾的人渴望走路的那种心情，就像我渴望像正常人一样走路一样，我理解！我太理解了。

　　我们无法想象你17年来走过的日子，千万不要放弃，奇迹会出现！

　　我为你祈祷。

永远支持鼓励你的女孩
2000年6月9日

张云成哥哥：

　　你好！不介意我这样称呼你吧？我觉得这样称呼你既符合我的年龄又表示亲切。虽然我们并不熟悉，但从广播里和语文老师的介绍中，我就知道你是一个多么坚强的人。

　　说了这么多，该介绍一下我自己了，我叫王柏青，那天打电话的女孩。现在读高一。

　　6月8日晚10点左右在哈尔滨电台《今晚有约》节目里我听到了你的故事，第二天在语文课上老师又用了近半小时时间对我们说你的精神。

　　你没有到学校上过一天学，在家自学，现已学完小学到初中的科目，完全靠自己，你现在又在写自己的自传小说，虽然病魔纠缠着你，但是你是不屈服的，你仍旧做着该做的事情，努力学习……我在挂电话前老师还再三嘱咐我不要与你交谈过久，以免影响你的休息，在这里我也有个请求：希望你能答应。我会给你写信的，但你不要硬撑着回信，休息好身体那才是最重要的，我和同学们都坚信"故天将降大任于是人也，必先苦其心志，劳其筋骨，饿其体肤……"你会好起来的，好人永远一生平安！

在这里我可以冒昧问一下你自学的作息时间吗？你有没有想过学高中课程，如果可能的话我可以给你邮教材（我有）。但请你相信一点，就是我写信或做其他事绝不是要怜悯你，我是发自内心深处的感动……

你的病是很不幸，但是你不绝望，勇敢面对，而且活得更好，这一点恐怕放在我身上做不到，看到你的优点，我更发现自己的不足是多么地多，今后我要把你当成我的榜样，向你学习！

乱七八糟，我说了一大堆，语文学得不太好，请原谅，最后祝云成哥哥"好人一生平安"，早日康复。

自传小说早日出版（我会先买一本）。

有机会见一面。曙光就在前面，胜利的欢呼声永远属于你！

此致敬礼

王柏青
2000年6月9日

云成：

你好！

收到你的来信，还是那句话："太高兴了。"你在信中说你感冒了，我真为你担心，不知你现在怎么样？感冒好了吗？春季是流感的多发期，所以你一定要注意预防，如果可以的话，你可以在每年年末打流感疫苗，那么到春季就不会感冒了。其实你想增强体质，首先要保持心情舒畅，注意饮食、睡眠等问题。现在你还可以多吃蔬菜，对了，你可以多吃蒜和醋。我给你说的这些你可千万不要烦呀！

云成，书的问题，你千万不要把它变为一种负担，你要把它当成动力。我想你一定会成功的。如果一个人有信念再加上努力，他就会成功。其实春天是很美的，她是播种的季节，她是万物萌芽的开始，只要你心里拥有春天，那么你就有希望，就有收获的续章。

我在医院实习期间，看见好几次生离死别，他们死后都是一样的：化成尘烟。可在生前他们的价值却是不同的。所以我们活着一定要有价值，只要把自己的价值活出来，人生就是无憾的，让我们一起为我们的人生价值拼搏吧！

人的一生，朋友难求，让我们的友谊天长地久。

祝愿你的生活像春天一样

充满希望

友：晓风（草）
2001年4月7日

云成：

　　你好！

　　收到你的来信真是高兴。但因要考试没有及时给你回信，真对不起！

　　最近你过得怎么样？还好吗？你的书写得怎么样，如果发行了一定要告诉我。我也很喜欢下象棋，但是棋技很烂，但我很愿意与你一起下，也可以向你学习。

　　谢谢你在信上给予我的鼓励。你的话使我感到很羞愧，但以后我会向你学习，遇见困难不退缩。我会为自己的目标去拼搏去努力，相信我，我一定会成为一个好医生！会成为送去健康的使者！我们现在马上就要放假了，认识你，是我生命的一个转折，因为我是一个温室里长大的孩子，不知什么是苦，可自从听到了你的故事，使我懂得了"不经历风雨怎么见彩虹"这句歌词的真正意义。我相信有你为我做榜样，我一定一直向前，永远不退缩。能交上你这个朋友真是太高兴了，也是太幸运了。

　　云成，你那里热吗？我们这里特别热，我都快要中暑了，幸好我们马上要放假了，很想很想回家，家是我最好的停泊港湾。

　　前不久我们去玩，我们照了许多相片，我比较喜欢摄影，所以在天刚蒙蒙亮的时候，我照了下来，我把它送给你，希望你的身体转好，也真心祝愿你天天快乐。

　　对了，我的朋友也想和你交朋友，过些日子她会给你写信。

晓风（草）
2000年7月3日

云成：

　　您好！

　　昨天晚上我听了《今晚有约》那个节目，从那个节目里我知道了你的故事。你的故事使我十分感动，同时也让我感到十分惭愧。你虽然是一个得了重病的人，而且病情一天一天地加重，可你却不曾放弃，一直为自己的人生理想而努力地追求着。而我虽是一个身体正常的人，可我却总是被困难所屈服。你曾说过："不想矮别人一头。"而我要对你说："你的精神要比别人高一头。"我还记得你在你的文章中曾说过："一个人没有了脚，他可以当作家；如果他没有了眼睛，他可以当音乐家。"我还要对你说："一个人即使没有了手，没有了脚，但他只要有健全的大脑，那他就是一个健全的人。"

　　我是一个学医的，虽然我在学习上不是那么好，但我知道，在医学道路上没有什么绝对的东西，每一个绝症都有它的治疗方法，只不过现在暂时没有人发现，但也许在明天或后天，总有一天会被发现，只要你活在这个世界上，就是希望。你一定要坚强地与病魔作斗争，无论前面的路有多么困难，你都要坚持走下去。我们会为你祝福，为你祈祷。

那晚，我是流着泪听完你的故事的，我相信其他听众也会同我一样。云成，你是生活的强者，你在困难面前百折不挠的精神，是永远值得我们学习的，我相信，你的精神将会成为我面对困难不退缩的动力。

就此停笔，让我为你祈祷吧！

请允许我向你最伟大的母亲敬礼。

永远支持你的人
2000年6月9日

云成：

展信好！

天气好热！愿我们的信鸽能够衔给你一片绿荫，凉爽你的夏季。

现在我们已考完试，放暑假了。我找的做家教的那家父母待我很好，小女孩也很可爱。知道吗？她还给我讲笑话，唱歌，我们相处得跟姐妹似的。这下你不用为我担心了，我一定会注意安全，保护好自己的。谢谢你的关心，云成。

云成，我说过的，第一次给你打电话时，我就把你当成了我的同学，一点陌生感也没有。而且我还说过，我愿意在平等的基础上和云成为朋友。所以，你怎么称呼我都无所谓，决定权留给你啦！其实，你不叫"姐"我也没觉得陌生呀。别忘了我们是"同学"——共同学习，共同进步的"同学"；我们还沾亲带故呢——我是你母亲的老乡呀。

云成，希望我的某些举动不会让你内疚，有负疚感。我想告诉你，我不是因为同情才给你写信、寄书，我知道你需要的不是"同情"，而是理解、平等、尊重。我是怀着敬佩的心情给你写信的。

你的故事感动了我，也给了我许多启示。我所做的，只是尽一个朋友的责任。以后你更了解我就会知道，我对朋友向来如此。所以，如果你把我当好朋友，就不要感到不安和歉疚。否则，我宁愿不打扰你平静的生活。

对了，还有一点要告诉你，我有个不好的习惯——总在无意中把自己的意见强加给别人，如果有这种情况，请你不要介意，好吗？

云成，你都读过什么书？四大古典名著以及《简·爱》、《钢铁是怎样炼成的》你都看过吗？有空我们可以互相介绍自己读过的书呀。至于寄书的事你千万别往心里去。你放心，我一定是在饿不着自己的情况下给你寄书的。你知道女孩子都是怕胖的，所以可别建议我花钱买好吃的，万一胖得像小猪似的怎么办？（开个玩笑）

云成，感谢你对我的信任。有什么问题我们可以互相交流，**OK**？其实你在问我的同时，也促进了我的学习，促进了我的思考。我在图书馆借了本《写作学教程》，准备假期学一下。你知道吗？我在高中时就想写一本书的，你的自传写得怎么样了？

你说自己不擅长口头表达，其实我也如此，我喜欢用笔写。不过，从你的信中我能够感到你的真诚、善良。你说将来为我写一篇诗一样的散文，我很高兴！我会等待着这一天。

云成，我也想问你个问题。每天都坐在那里看书写作你厌烦吗？你犯不犯困？我经常一个人待着看书或学习时就容易发困，孤独的时候你会怎么做？

我在《读者》上看了一篇笑话，差点没笑破肚皮。你看了一定会乐不可支。内容如下……

好了，先聊到这里。问候你的家人。

　　祝

开心快乐！

友：周明惠

2000年7月16日 于Harbin

我们为云鹏圆梦

我叫温兴煜，是黑龙江民盟大学的学生，我并没见过云鹏，第一次欣赏他的作品，是在黑龙江广播电视报的会议室。

2001年，我几乎每个星期六都要去那里参加一个座谈会。这个座谈会由《菁菁校园》版的编辑张大诺举行，会议的内容很有可能就是下周校园版的文字。

一个星期六，在会议接近尾声时，张大诺向我们展示了几幅画，在宣纸上我看到一幅名为"金鱼"的作品。这是我第一次见到云鹏的作品。平心而论，我当时觉得作者的水平一般，但当张大诺向我介绍作者云鹏的经历和创作条件时，我对云鹏有着深深的佩服。

"三岁患病"，"肌肉萎缩"，"用嘴叼笔作画"……

当时我就有了一个决定，征得张大诺同意后，我将其中的两幅作品带回了学校。

第二天，正是我校每年一次的"书画作品评比"，我将云鹏的两幅作品《果实》和《鸡雏》进行了展示和评选，并将作者云鹏的事迹公之于众。

在这次活动中，同学们深受教育和启发，对云鹏的作品给予了一致好评。学校团委还特意为云鹏设了一个奖项："校外作品优秀奖"，并颁发了荣誉证书！

这次小型展示的成功给了我极大的动力，又一个计划在我的脑中产生。我立刻去报社找张大诺说了我的想法。我们一拍即合，当时我就和云鹏通了电话，在电话中，云鹏听了也很兴奋，并答应我们尽快创作出更多的作品以实现他自己、我和张大诺共同的愿望——张云鹏个人作品展览。

一个多月后，我收到了云鹏寄来的近四十幅作品。而这一切，是云鹏用汗水，甚至是血水创作的。并且我一点也找不出任何"赶时间"或"粗制滥造"的痕迹。每一幅都是那样地自然和细致。或许是我的眼睛湿润了吧，那一刻，我真的感觉到了云鹏笔下的柿子、葡萄、牵牛花就像被赋予了生命……

那天我和同学用一夜的时间将云鹏的作品进行装裱，并小心固定在一块二十米长的红布上。画展正式开始前，张大诺特地赶到现场，并提出几点意见，临走时还塞给我一百元钱，叮嘱我把画展做好。

"圆梦——张云鹏个人绘画作品展"终于展出了！

地点在黑龙江民盟大学二楼大厅。学校所有领导、教师和同学参观了画展并题字留念。哈尔滨新春小学校长获知此事，亲自带领全校师生观看画展。民盟大学、新春小学所有班级进行了以"圆梦"为主题的团会、班会，反响强烈……

除此之外，学校周边居民也自发前来参观。太平区和平社区居委会还将所有作品移到了太平区团委，为所有的区人大代表、退休干部以及社区儿童展示。还在太平区共青团开展的"书法绘画摄影比赛"中授予张云鹏证书。

很多人给云鹏寄去了热情洋溢的信，鼓励云鹏继续努力，以争取更大的成绩。

经过不完全统计，此次画展约有2000人参观。

为云鹏所做的一切，我认为是那么值得！

云鹏作为一名残疾人做了一个残疾人不容易做的事情；而我做着一个健康人应该做的事情，仅此而已。

温兴煜

2002年11月

173

张云成积攒的张大诺来信。

附录一：张云成人生格言

之 一

*人不是为了痛苦活着，而是为了追求幸福才承受痛苦。

*脱俗是一种高度，发现脱俗也是一种高度。

*有的烦恼是真烦恼，它需要发自内心的安慰；有的烦恼是假烦恼，它所需要的是一种猛如雷霆、能使之顿悟的教训。

*有独立的思想才有独立的人格。

*如何验证你是有志气的？难道就是一时心血来潮发下的誓言吗？理想路途遥远，你应抓紧每时每刻！

*挑战的价值不在于志在必得，而在于明知会失败但却勇于并且能够——战胜自我。

*艺术就是完美的生活。

*走过风雨，我会更坚强。

*一首好歌，低沉处应该是潺潺细流，激扬处应如怒海狂涛。

*在战场上，战士不受伤是一种耻辱，人生也是一个战场……

*每当《爱的奉献》这首歌响起时，我的内心都会受到一种巨大的震撼，我觉得我有一种责任，我有一份义务，我应该为希望工程做一点贡献，为因离开校园而流泪的孩子付出我的所有。

*一本书就是一段路，好的书将你送向成功，坏的书将你带向歧途。

*做自己的主人。

*钱当然要计算着花，但千万不要让钱破坏了你的心情。

*每次成功都是一次火山爆发，决定这爆发大小的是爆发力，而这爆发力便是每日一点一滴的蓄积。

*事不怕成败，就怕干不干。

*没有丰富的生活经历怎能有耐人寻味的生命感悟。

*有的人懂得但做不到，有的人做到了但不懂，只有既懂道理又努力让自己做到的人才是让人敬佩的人。

*豪言壮语的背后，是默默的耕耘以及枯燥的一次次重复，是无奈是失望再希望，因为如果不这样，谁也没有资格说出豪言壮语。

*现在是冬天，纵然你把日历撕到大暑，外边依然是冰天雪地。想度过冬天的最好办法就是耐心等待。

*也许是我没受过祖国美好河山的陶冶，也许是我没有融入故土，也许我没有感受过生死情义的感天动地，所以我还没有写出优秀的作品。

*没有一颗纯洁的心，活着是很累的。

之 二

*只要是发自内心的，一切都是美好的。

*如果没有黑夜，那么朝阳又有什么意义呢。

*什么是男子汉？是默默无闻的付出，是吃苦不言苦，有痛不说痛，为了别人而不顾自己的人。

*真正的爱体现在细节之处。

*艺术的创作就是真实的投入。

*用你的勇敢去赢得快乐。

*时间可以让你习惯一切。

*成功=天赋+努力+帮助你的人。

*怕的不是没去做而是不想去做。

*少说一句话，给别人多留一片空间。

*走过坎坷，你会变得更像自己。

*生活中，做一件事只要尽力去做，用心去做，无论再发生怎样的事都是对的、好的。

*人生要有所寄托，为了寄托而去拼搏才是快乐的。

*有些人，每日披星戴月，勤恳工作，可却没有感到充实，感到的只是累，这是

因为他没有寄托，只是为了工作而工作，没有找到为某个寄托而努力的支点。

*一种好的心境是人生旅途中最重要的。

*人的一生是一个旅程，人生不在乎结果，只重视过程是怎样过的，是一路坐车看着沿途那些步行人，还是步行着只是为了别人坐车。

*冰雪寒霜让我颤抖，所以一点点光热也会让我感到无限温暖。

*你虽伶牙俐齿，能说会道，但那都是套话，是为了掩饰什么；我虽笨嘴拙舌，不善言辞，但我却句句由衷，发自肺腑。

*人的一生既是一篇文章，又不是一篇文章，说它是文章是因为它也有开头、过程和结尾，说它不是一篇文章，是因为它不像写文章那样，写不好了，写错了可以修改，它却只能写一遍，是好是坏只有一遍。

*别人吃瓜子时，闻着特别香，等到自己抓起一大把猛吃起来，却怎么也吃不出"闻别人吃瓜子"的香劲儿了。

*褶子虽不好看但要看它在什么地方。

*成功与失败之间是一条直线，要走向成功，那起点只有是失败。

*人，都是与众不同的，都有其独有的价值，所以你应该自信。

*能改变你的人才是你的朋友。

*总吃肉，你会觉得腻，总吃蔬菜，你会觉得饭不香，只有有肉有蔬菜，你才会吃得有滋有味。成功与失败便是"肉"与"蔬菜"。

*有能力才会有快乐。

*不要看到我笑就说我心中没有痛苦。

*不去战胜风雨，不去战胜巅峰，人生又有什么意义呢。

*硕果累累的果树虽有些残枝败叶，但却更有魅力，更耐人寻味。

*久经沙场、敌人钢刀架在脖子上也毫无惧色的铁血男儿，在离别亲人、挚友时也会泪如泉涌。

*哑语——发自肺腑的美丽语言，传递着心中同样美丽的声音。

*该干就干，就是享受人生。

之 三

*每天早晨醒来，眼前如清水一般清澈，我就感到幸福：我虽身患重症，不能自理生活，但我还有一双明亮的眼睛，我还能看到五彩缤纷的大千世界，我该感到满足。

*想站在与天齐高的山峰上，就必须踏过一级一级无数的台阶。

*无论你要做什么，都不要去想能否成功，最该做的就是坚持下去。

*今天的行动是明天的历史，今天努力了，取得成绩了，明天的历史将是辉煌灿

烂的；今天志气颓废，蹉跎岁月，明天的历史就是终生悔恨的记忆。

*在《二泉映月》面前，一切艰难困苦又算得了什么呢。

*一部电视剧，越到最后越能深刻体会主题歌的含意；人生亦如此，越到最后越能感受生命的真正价值。

*每到晚上临睡时，我都会不自觉回想今天都做了什么，如果成绩卓然，我会非常欣慰；如果无所事事，该做的也没做，就会有强烈的自责不安。由此我想，到我生命即将结束时我会这么想吗？那么，赶快努力吧！

*人应该至少有一个让别人佩服的特长，这样你的人生才算美。

*自然，锻造强者，淘汰弱者。

*不要仅仅为了活着而去挣钱。

*不要再为时光飞逝而叹息了，挽留时间最好的办法就是比以往努力一倍地干点什么。

*凡事要抓紧干，生命中有太多的事我们无法预料。

*生命为什么赋予我们明亮的双眼、充沛的精力，是因为我们正年轻？不！是因为我们已到了创造的年龄。

*你无愧于你的过去，所以你应该开怀畅笑。

*歌曲《中国志气》唱道："有啥也别有病，没啥也别没精神。"那我既然已经有病了，所以就必须有精神！要不我活着还有什么意义呢。

*人生，遇上艰难困苦是非常自然的，就像大海里怎么能没有浪花呢？

*音乐需要顿挫，文章需要顿挫，演讲需要顿挫，人生亦需要顿挫。因为没有顿挫，音乐将不再激昂；没有顿挫，文章将不再感人至深；没有顿挫，演讲将不再具有吸引力；人生没有顿挫，将淡而无味。

*对于一个伤心落泪的人来说，再多的安慰话也不如递给他一块随身携带的手绢……

*后悔失去的人是最无能的人。

*冬——无声无息酝酿着春天，那样漫长那样无奈但却又充满了希望。

*因为没有创造所以没有理由去要求。

*亲情的裂痕不应自然愈合而应精心护理，自然愈合会留下"硬结"的。

*如果一首歌只有一个音符，那么这首歌又怎能动听呢；如果人生只是一成不变，那么人生又怎能绚丽多彩呢。

*与生活有关的事都是小事，与尊严有关的都是大事。

*我好想改变这困苦的生活，但小麻雀又怎能像雄鹰那样翱翔高空呢？慢慢积蓄着、等待着，等待自己成为一只鹰——一只飞过云朵将无限云海一轮红日归于脚下的雄鹰，傲视生命，傲视生活，将一切掌握自己手中。

*我伤心，没有丰富的人生经历——写不出感人的作品献给你——我的朋友。在

今后的日子里我只有用忘我的努力才能平静这颗惭愧的心。

　　*也许是久经寒冬，也许是因为我那么渺小，所以有一点点的阳光也会让我有靠近整个太阳一样的温暖。

　　*这个世界上为什么有盲人、聋哑人、肢残人，上苍为什么要让盲人看不到阳光、明月，看不到五彩斑斓的世界？为什么要让聋哑人听不到莺歌燕语，听不到高山流水，说不出心中的话语？为什么要让肢残人不能自由行走，想去哪儿就去哪儿，只能眼望空中的鸟儿自由飞翔？这都是为什么呢？这个世界为什么就不能人人都是健健康康的呢？为什么！！！

　　*岁月悠悠，冷却了当初的激情，想想曾立下誓言的过去，心中不知是何滋味，回头看看已走过的路，发现自己站的地方仍是起点。

　　*生活就是一个七彩的大转盘，不同颜色不停地更迭，使这个转盘不断转动的就是积极的上进心，只有这样才不至于让生活总停留在一种颜色上。

　　*只要在人生的雪地上走过，就不可能不留下脚印。

　　*能听懂音乐的人是懂得生活的人。

　　*男子汉可以掉眼泪，但绝不应该在困难面前。

　　*行动起来是挽留时间的最好办法。

　　*生活就是一列开往未来的火车，运载着你给以后岁月的粮食，这粮食便是你今天的努力，如果今天不努力，那么以后就会"饿死"。

　　*让破折号穿起省略号的眼泪，去踏出平坦的人生路途。

　　*时间是雌蕊，你的努力是雄蕊，两者结合的果实便是你的成绩。

　　*你无法阻止天上下雨，但你可以找个地方避雨。

　　*因为有渴望所以要追求。

　　*用心面对一切……

　　*无论做什么，只要努力就有希望。

　　*人生无长久的停靠站，开拓才是人生的主题。

　　*让漫长的时间来证明我是一个强者！

　　*最难筑的是人生之路，最动听的是生命之歌！

　　*安逸的生活是一种平庸的生活，无风无浪的一生是不幸的一生。

感觉诗（一）

　　这呼啸的风啊/你是不是因为内心的话儿无处诉说/所以才这样掠过山冈/跨过丘壑地奔跑/停下脚步吧/没人听你诉说/你就向这地、这天诉说吧/凭栏远眺/群山连绵起伏/仰望苍穹万里茫茫/这地，这天，有广阔无边际的胸怀/心中的酸楚与希冀你可以尽情地向它诉说/让你的泪流下来吧/生命短促，你这样纵情落泪又会有几次呢/让这泪，融入江河/一同奔向浩瀚的海洋/让生命也永远永远。

感觉诗（二）

外边的云啊，你是否有一个思念的故乡
我有一段衷肠，请你帮我捎向远方
我渴望健康
我渴望走出这禁锢自由的草房
春天到来，外面的花草是否正在自由地生长？
我看不到这些，我只能靠在窗边凝望那鸟儿的自由飞翔
蓝天白云啊，你是否可以感受得到我的心肠
你是否知道我渴望的天堂它在哪个地方
我也曾在夜晚祈求上苍
还我一个健康
可当天亮时寒冬依然洒满冰霜
风雨依然
我也曾不止一次地哭泣，怨恨这命运的凄然
为什么要使我病魔缠身，残酷剥夺我的健康
让我不能走路，不能活动，不能，走近那一切美好的向往
望着孩子们远去的背影，我泪浸衣裳
我渴望与他们一起游戏，一起玩耍，一起歌唱
梦，从来就是现实生活的缩影
梦里从来就没有一个自由的天堂
在梦里，我害怕别人把我扔在一个遥远而可怕的远方
任凭我怎样呼喊
也不会有人理我，有人抚平我心中的创伤
在梦里，我从来就没有走路的惬意，健康的欢畅
在梦里，我依然是双腿无力、双手沉重、行动困难连吃饭都费劲的现实模样
夏雨秋叶，几度风霜
几多童年往事已奔向远方
播撒彩霞瑰光的是那黄昏夕阳
坐在窗前
我心绪神往
也许我的心里话不会给人以教益，作为人之榜样
是啊，我也只是向你诉诉衷肠

我也只是——渴望健康

感觉诗（三）

夕阳西下的时候我看到了你
看到你佝偻蹒跚的样子
你艰难地走着
奔向那众人早已到达的地方
你虽遭遇苦难，可你依旧怀着热爱生活的心
腿不好还能常出来走，去看你爱看的杂技……
看你很吃力地走，我的心一颤，突然伤心起来
我想：如果我拥有一份力量，我也会毫不犹豫地献给你
让这份力量为你拥有自由和快乐
垫上一段洼路，搬走一块砖头
洒下
一片洁净的天空
让坦途在你脚下延伸，让伙伴离你不再遥远
让你过得幸福一些，我不在乎自己付出多少

附录二：张云成的日常生活

一、每日学习安排表

每日上午学习语文、数学、自然三科各一课。

下午首先先学两个生字、词（学1小时）。然后读1小时作文方面的书，并做笔记。读完书，做写作训练（写作文片断也行，写成形文章更好）。

每日除读作文书外，还必须保证再读1小时其他的书（内容任意），并做笔记。每日一定要完成当日日记。

每月每周学习安排

每月必须保证至少两篇成形作文，必须保证五天正常学习时间。周末两天为写作时间。明年此时必须由现在的小学四年级升到初中二年级。

1997年11月1日星期六

今日早9点开始学习，上午语文、数学、自然各学了一课。下午学了两个生字、词（仇、砭；循规蹈矩、狙击）；读了1小时的书（并做了笔记），写了1小时的作文。

1997年11月6日星期四

今日早10点45分才开始学习。原因是没纸了，三科学习项目按要求完成。下午学了两个生字、词（突、瞳；影影绰绰、多舛），读了1小时作文方面的书（并做了笔记），把《行动起来吧》的草稿全部改完了（这就算是今天的练笔了）。

1997年11月8日星期六

中央电视台播出长江三峡大江截流报道，不可不看；6天的日记不能再拖了；一周所学的知识应该复习；一周的紧张状态需要放松。

鉴于以上原因，我决定今天放一天假。

1997年11月21日星期五

今日早11点45分开始学习（因没有量角器，心烦，所以才这么晚开始学习），数学、语文（复习）各一课。两个生字、词（谍、眍；搁浅、孑然），读了1小时作文书，写了1小时练笔作文。

1997年11月27日星期四

今日早11点10分开始学习。因爸爸给我买了量角器和三角板，所以我把以前因为没量角器不能做的题都做了。并学了一课数学、一课语文（复习）。因今天木匠来给我家打双套子的窗框，我看了一会儿，耽误了一些时间，生词、字，读书都没学和读。我明天一定把这些全补上。

1997年11月30日星期日

今日早10点开始学习，现在已经20点20分，今天把昨天的都补上了。

1997年12月6日星期六

数学让我很羞愧，一道题竟做了两个小时，还没做太明白。学了三个生词（不期而遇，摸索，邂逅），生字一个（铿）。读书和练笔都没做。（现在9点23分）明天一定都补上。

1998年1月6日星期二

先写了两小时练笔（写的日记）。补昨天1小时。晚上因爸爸将电灯无意熄灭，开着小黄灯看不清字，所以书没读。明日读两小时的书。

1998年1月22日星期四

今天自己给自己考试。做了第八册语文的试卷，并在今天交了卷，得97分，还做了两小时的数学试卷。

1998年1月27日星期二

今天我加紧时间将数学第八册的试卷做完了。得60分，刚好及格。在数学上我不行，这点我非常承认，以后我一定要好好学习数学呀。

1998年3月16日星期一

放假。打吊瓶。

1998年3月17日星期二

放假。打吊瓶。看报。

1998年3月18日星期三

放假。打吊瓶。看报。

1998年3月19日星期四

放假。打吊瓶。写日记。

1998年3月20日星期五

放假。打吊瓶。

1998年3月21日星期六

放假。写日记。

我的一份年终总结

1997年的年终总结好像刚写完，就该写1998年年终总结了，时间过得真快呀。

回首1998年，总的来说收获还不小。先总结生活上的收获及成绩吧（以时间的先后为序）。

今年，我有生以来第一次上了电视。那是元月16日，省体委领导来看望我们，市电视台和镇电视台各派了一架摄像机，后来这一新闻播出了。打这儿以后，我们又连续两次上了电视（3月20日、6月6日，镇领导也来看望我们了）。

今年7月20日，老舅他们全家来串门了，这是我第一次看到老舅。7月23日，老舅家两位表妹给我们买了一套中国古典文学四大名著和两本刘墉的书。7月26日，我正式开始读《西游记》。

9月22日我们家收到了有史以来的第一次汇款，那是二哥从辽宁邮回来的200元钱。今年二哥给我们邮来了11本歌曲磁带，感谢二哥！

11月11日，我们家安上了有线电视，可以收到19个频道！

今年，我们有了真正的录音机。是二哥在辽宁给我们买的双卡收录机。

今年，还收到4个包裹。其中一个是张哥母亲崔老师邮来的书，一个是老舅邮来的气管炎菌苗。今年参加了9次抽奖活动，无一次中奖。

生活上的收获总结完了，该总结一下学习上的了。

今年我仍旧没有弄到小学课本。

我今年读了四本书，《超越自己》、《创造自己》、《西游记》、《祖国·青春与我》。今年向报社及杂志社投稿共3篇，均未发表。今年我一共写了27篇文章，其中最长的一篇是《跟你说说心里话》，共10875字。今年学的生字我也没统计，太麻烦了（我还得一篇一篇地去翻学习日记），大概有五十多吧。从今年秋天开始，我已经开始写书了，我为这本书写了4篇稿子。

展望一下未来吧，在1999年里我将更加努力，作文一定要完成计划（每月三篇）。而且要在每月的月末写月末总结，这样也方便到时候写年终总结，能随时看到进步，促进学习积极性。

就把万丈豪情化做一句话吧：更加努力！

我相信，在1999年里我的成绩会比以往任何一年都大！

今天的努力，是明天的成绩，生命有限，时不我待，努力吧！

附录三：A tale of courage in our time

（时代的勇者）

It is a book that will at once inspire, humble and shame most people. Running to more than 170, 000 Chinese characters, it was written by a 25-year-old victim of amyotrophy —— a serious neurological disease —— who has difficulties in even lifting his hands, and who has had just one day's schooling. But rather than focusing on the author's own tragedy, the book is an outstanding story of courage and fortitude which provides the reader with much food for thought. The book is entitled "Jiaru Wo Neng Xingzou Santian （Three Days to Walk）," taking its example from Helen Keller's remarkable story "Three Days to See." To Zhang Yuncheng, living in Qingquan Village in Northeast China's Heilongjiang Province, life means pain —— he suffers unimaginable agony every minute he lives in the world. In spite of that, every day is very precious to him, not least because his days in the world are numbered. Amyotrophy is a congenital disease characterized by acute pain and weakness or atrophy of musculature. Only a few amyotrophy patients have lived beyond 28, according to medical records. But as he wrote in the book which records his struggles, Zhang has never despaired. In the beginning Zhang began to develop symptoms when he was three years old in 1982. The illness developed gradually and four years later, he could neither run, nor jump, only walk. His parents sent him to the village school that September. But that first day at school during playtime, he had to remain by the classroom door, watching as his peers ran about playing nearby. It was windy that day and after sitting in the draught for a whole afternoon, he caught cold. The next day, his parents decided not to send him to school and over the next 17 years, he never again set foot in a classroom. His condition continued to worsen. By the age of 10, he was unable to lift anything heavier than a pillow. At 12, he could not walk without the aid of a stick. At 14, he could walk no further than his courtyard. At 16, he could not walk at all. At 18, he could not get out of his bed. At 20, he could not raise his arms above his head. Thereafter, he has been confined to his kang, a brick-piled bed common in northern parts of China, all day long. His world extends no farther than the courtyard, which he can see from his kang through the window. For most of the time, his only companion was his third elder-brother Zhang Yunpeng, who was also stricken with amyotrophy. One day when he was randomly turning the pages of a primary school textbook, he noticed many Chinese characters which seemed to be very strange to him. His second eldest brother explained that if he knew those characters, he would be able to read many interesting stories. That fired his interest in learning and with the help of his second brother, he began to learn. He was 12 that year. Several years later, he had taught himself thousands of Chinese characters. In June 1996, when he was 17 years old, Zhang Yuncheng wrote a letter to Heilongjiang Broadcasting and Television News, one of the few publications he had access to read. Zhang Danuo, an editor at the newspaper, by chance happened to open the letter. Reading the letter, in which the boy related his condition as well as his desire for a better life, Zhang Danuo was deeply moved. "Once the notion of killing myself did come to me. But then I thought of my parents. I felt I was so reluctant to leave the world. Only cowardly people commit suicide to free themselves from the pains of life. I am not cowardly, and I should live on to fight against all the hardships of life," read the letter. "Every one should have his dream," Zhang Yuncheng wrote, "My dream is to become a writer." Zhang Danuo immediately wrote back, encouraging him to stick to his dream. At that time neither Zhang Yuncheng nor Zhang Danuo would have thought that exchange would mark the beginning of a long friendship. Mentor and friend In his reply, Zhang Danuo offered to help Zhang Yuncheng fulfil his dream of writing a book of his own. They reached an agreement that every week or fortnight, Zhang Danuo would assign a topic for the boy to compose. It proved to be a big challenge for Yuncheng. Even grasping a pen was a struggle, owing to muscular weakness. "It took half a minute for me to pick up a pen every time. But I could not grasp it tightly immediately after I picked it up. I would have to exert my strength bit by bit," said Zhang Yuncheng. He said winter was the most uncomfortable time. "While ordinary people may not feel cold indoors, I will. While writing, my hands were exposed in the cold air and I had to put down the pen every several minutes and warm up my hands." Because of his poor constitution, he frequently fell ill with colds. "I would have to rest in bed for at least a week if I got a fever, but I begrudged stopping to write even when my chest and head ached," wrote Zhang Yuncheng. Through a sheer act of will he overcame all these difficulties and continued to write an essay each week under the guidance of Zhang Danuo, who was always there to give the boy confidence whenever he began to lose heart. "Stick on, you will be the Helen Keller of China," Zhang Danuo encouraged. "Every day the ink in the refill shrinks, and that would make me extremely satisfied and delighted," said Zhang Yuncheng. The happiest moment was when he finished an essay. Then, he said, "I felt everything in the world was so beautiful, and how wonderful it was to live in the world." In early 2003, Chinese Youth, a monthly magazine published in Beijing, carried an eight-page story on Zhang Yuncheng. Around the same time, the Lijiang Publishing House based in Southwest China's Guangxi Zhuang Autonomous Region, decided to publish his essays. Bestseller Zhang Yuncheng's book came out in May. Acording to Pang Jianke, the editor-in-chief of the book, unsure whether it would be welcomed in the market, the publisher decided to do an initial print run of just 10, 000 copies. But the response of readers was much more optimistic than Pang and the publishing house had anticipated. All 10, 000 copies sold out and Lijiang is considering making a second print run. "The book will move every reader," said Pang. In it, Zhang Yuncheng wrote of his longing for a healthy body. He described how once he tried to pick up a thick book, but failed. "I felt as if a knife were being twisted in my heart," he wrote. "All things in the world are so heavy for me. How I wished that I could be powerful so that I could help my third elder-brother when he tumbled, so that I could coax my little niece with toys when she cries." The most remarkable parts of the book are his descriptions of how he overcame the obstacles posed by his illness and managed to do many things, such as teaching himself Chinese pinyin. It seemed that he was always full of courage when facing the cruelties of life. "The length of my life will not be as long as others, so I need to broaden my life," he wrote. "To many people, one is useless if he loses physical strength. I am not convinced of that. The value of people is decided by his attitude towards life," he wrote.

原载《中国日报》（China Daily 07/07/2003 page9）

附录四：ZHANG YUNCHENG ACHIEVES HIS AMBITION

(张云成实现了他的梦想)

At the age of 25, Zhang Yuncheng achieved his ambition to write and publish a book. Having a book published is a great achievement for anyone, but Zhang Yuncheng's success is particularly special. Zhang went to school for only one day and he did not start learning to read until he was 12 years old. Even more amazing, every character the young author writes causes him pain.

Yuncheng has a disease which affects the muscles in his body. His parents first noticed there was something wrong with their son when he was just three years old. By the time he was seven, the boy could neither run nor jump. He could only walk. On his first day of school, Yuncheng had to watch the other students as they ran around at lunchtime. That day he caught a cold and his parents decided not to send him back to school. So Yuncheng stayed at home and over the years, his condition got worse and worse. By the time he was 16 he could not walk at all, by 18 he couldn't get out of bed without help, and by the time he was 20 he could not lift his arms above his head. Yuncheng's whole world became his family and what he could see out of the window near his bed. Every movement he made caused him pain.

However. Yuncheng's condition has not stopped him making the most of his life. When, at the age of 12, he became interested in learning to read, his brother showed him some characters. Within a few years he had taught himself thousands of Chinese characters. Zhang Yuncheng also taught himself to write and when he was 17 he wrote a letter to a newspaper describing his situation and his dream of a better life. The letter was read by Zhang Danuo, an editor at the newspaper, who was inspired by Zhang Yuncheng's spirit. The two began writing to one another and soon became friends.

Zhang Danuo offered to help Zhang Yuncheng achieve his ambition to write a book. Every week or so he set Zhang Yuncheng a writing assignment. Although he was often ill, and sometimes could hardly pick up his pen. Zhang Yuncheng kept writing and sent his finished essays to Zhang Danuo. Zhang Yuncheng was always happy when he finished an assignment. "I felt everything in the world was beautiful and how wonderful it was to love in the world," he said. Zhang Yuncheng's book describes what his life is like, what his hopes and dreams are and how he overcomes the problems he faces every day. Readers have been inspired by his courage and his good heart and his book has sold extremely well. Zhang Yuncheng says that because his life will not be a long one, he must do as much as he can in the time that is left to him.

选自人教版《普通高中课程标准实验教科书英语7选修》第一单元练习册部分 "读与写的任务" 板块，2005年6月第一版

附录五：张云成十三个愿望的实现情况

第一：买电脑。已经实现。

第二：拥有电动轮椅。未实现。

第三：文学水平达到大学以上。基本实现。

第四：学习英语，达到可以阅读英文书籍的水平。未实现，改变想法了，不想学了。

第五：掌握大量的心理学知识，为他人做一些事。未实现，原因同上。

第六：为穷人和有困难的人说话。已经实现。

第七：有一份工作，能挣钱。已经实现。

第八：给二哥买手机。已经实现。

第九：彻底改变家庭状况。实现了一半。

第十：治病，让三哥和自己的病得到控制。未实现。

第十一：努力成为省作协会员。已经实现。

第十二：为希望工程捐款。已经实现。

第十三：2008年去北京看奥运会和登长城。长城已登，只待奥运。

2008年5月